증편 한국구비문학대계

8-24

경상남도 남해군 ②

이 저서는 2008년 정부(교육과학기술부)의 재원으로 한국학중앙연구원(한국학진흥사업단)의 지원을 받아 수행된 연구임.(AKS-2008-AIA-3101)

증편 한국구비문학대계
8-24
경상남도 남해군 ②

박경수 · 정규식 · 류경자 · 서정매 · 정혜란

한국학중앙연구원

역락

발간사

 민간의 이야기와 백성들의 노래는 민족의 문화적 자산이다. 삶의 현장에서 이러한 이야기와 노래를 창작하고 음미해 온 것은, 어떠한 권력이나 제도도, 넉넉한 금전적 자원도, 확실한 유통 체계도 가지지 못한 평범한 사람들이었다. 이야기와 노래들은 각각의 삶의 현장에서 공동체의 경험에 부합하였으며, 사람들의 정신과 기억 속에 각인되었다. 문자라는 기록 매체를 사용하지 못하였지만, 그 이야기와 노래가 이처럼 면면히 전승될 수 있었던 것은 그것이 바로 우리 민족의 유전형질의 일부분이 되었기 때문이며, 결국 이러한 이야기와 노래가 우리 민족을 하나의 공동체로 묶어 주고 있는 것이다.

 사회와 매체 환경의 급격한 변화 가운데서 이러한 민족 공동체의 DNA는 날로 희석되어 가고 있다. 사랑방의 이야기들은 대중매체의 내러티브로 대체되어 버렸고, 생활의 현장에서 구가되던 민요들은 기계화에 밀려 버리고 말았다. 기억에만 의존하여 구전되던 이야기와 노래는 점차 잊히고 있다. 한국학중앙연구원이 1970년대 말에 개원함과 동시에, 시급하고도 중요한 연구사업으로 한국구비문학대계의 편찬 사업을 채택한 것은 바로 이러한 시대적 상황에 대한 우려와 잊혀 가는 민족적 자산에 대한 안타까움 때문이었다.

 당시 전국의 거의 모든 구비문학 연구자들이 참여하였는데, 어려운 조사 환경에서도 80여 권의 자료집과 3권의 분류집을 출판한 것은 그들의 헌신적 활동에 기인한다. 당초 10년을 계획하고 추진하였으나 여러 사정으로 5년간만 추진되었으며, 결과적으로 한반도 남쪽의 삼분의 일에 해당하는 부분만 조사하게 되었다. 그럼에도 불구하고 한국구비문학대계는 주관기관인 한국학중앙연구원의 대표 사업으로 각광 받았을 뿐 아니라, 해방 이후 한국의 국가적 문화 사업의 하나로 꼽히게 되었다.

21세기에 들어서면서 한국학중앙연구원에서는 미완성인 채로 남아 있는 구비문학대계의 마무리를 더 이상 미룰 수 없다는 생각으로 이를 증보하고 개정할 계획을 세웠다. 20년 전의 첫 조사 때보다 환경이 더 나빠졌고, 이야기와 노래를 기억하고 있는 제보자들이 점점 줄어들고 있었던 것이다. 때마침 한국학 진흥에 대한 한국 정부의 의지와 맞물려 구비문학대계의 개정·증보사업이 출범하게 되었다.

이번 조사사업에서도 전국의 구비문학 연구자들이 거의 다 참여하여 충분하지 않은 재정적 여건에서도 충실히 조사연구에 임해 주었다. 전국 각지의 제보자들은 우리의 취지에 동의하여 최선으로 조사에 응해 주었다. 그 결과로 조사사업의 결과물은 '구비누리'라는 이름의 데이터베이스에 탑재가 되었고, 또 조사 자료의 텍스트와 음성 및 동영상까지 탑재 즉시 온라인으로 접근할 수 있는 시스템을 갖추었다. 특히 조사 단계부터 모든 과정을 디지털화함으로써 외국의 관련 학자와 기관의 선망의 대상이 되고 있다.

이제 조사사업의 결과물을 이처럼 책으로도 출판하게 된다. 당연히 1980년대의 일차 조사사업을 이어받음으로써 한편으로는 선배 연구자들의 업적을 계승하고, 한편으로는 민족문화사적으로 지고 있던 빚을 갚게 된 것이다. 이 사업의 연구책임자로서 현장조사단의 수고와 제보자의 고귀한 뜻에 감사를 표하지 않을 수 없다. 아울러 출판 기획과 편집을 담당한 한국학중앙연구원의 디지털편찬팀과 출판을 기꺼이 맡아준 역락출판사에 감사를 드린다.

2013년 10월 4일

한국구비문학대계 개정·증보사업 연구책임자 김병선

책머리에

　구비문학조사는 늦었다고 생각하는 지금이 가장 빠른 때이다. 왜냐하면 자료의 전승 환경이 나날이 달라지고 있기 때문이다. 전승 환경이 훨씬 좋은 시기에 구비문학 자료를 진작 조사하지 못한 것이 안타깝게 여겨질수록, 지금 바로 현지조사에 착수하는 것이 최상의 대안이자 최선의 실천이다. 실제로 30여 년 전 제1차 한국구비문학대계 사업을 하면서 더 이른 시기에 조사를 했더라면 하는 아쉬움이 컸는데, 이번에 개정·증보를 위한 2차 현장조사를 다시 시작하면서 아직도 늦지 않았다는 사실을 실감했다.

　구비문학 자료는 구비문학 연구와 함께 간다. 자료의 양과 질이 연구의 수준을 결정하고 연구수준에 따라 자료조사의 과학성이 결정되기 때문이다. 실제로 1차 조사사업 결과로 구비문학 연구가 눈에 띄게 성장했고, 그에 따라 조사방법도 크게 발전되었다. 그러나 연구의 수명과 유용성은 서로 반비례 관계를 이룬다. 구비문학 연구의 수명은 짧고 갈수록 빛이 바래지만, 자료의 수명은 매우 길 뿐 아니라 갈수록 그 가치는 더 빛난다. 그러므로 연구 활동 못지않게 자료를 수집하고 보고하는 일이 긴요하다.

　교육부에서 구비문학조사 2차 사업을 새로 시작한 것은 구비문학이 문학작품이자 전승지식으로서 귀중한 문화유산일 뿐 아니라, 미래의 문화산업 자원이라는 사실을 실감한 까닭이다. 따라서 학계뿐만 아니라 문화계의 폭넓은 구비문학 자료 활용을 위하여 조사와 보고 방법도 인터넷 체제와 디지털 방식에 맞게 전환하였다. 조사환경은 많이 나빠졌지만 조사보고는 더 바람직하게 체계화함으로써 누구든지 쉽게 접속하여 이용할 수 있는

데이터베이스를 구축했다. 그러느라 조사결과를 보고서로 간행하는 일은 상대적으로 늦어지게 되었다.

2차 조사는 1차 사업에서 조사되지 않은 시군지역과 교포들이 거주하는 외국지역까지 포함하는 중장기 계획(2008~2018년)으로 진행되고 있다. 한국학중앙연구원 어문생활연구소와 안동대학교 민속학연구소가 공동으로 조사사업을 추진하되, 현장조사 및 보고 작업은 민속학연구소에서 담당하고 데이터베이스 구축 작업은 한국학중앙연구원에서 담당한다. 가장 중요한 일은 현장에서 발품 팔며 땀내 나는 조사활동을 벌인 조사자들의 몫이다. 마을에서 주민들과 날밤을 새우면서 자료를 조사하고 채록하여 보고서를 작성한 조사위원들과 조사원 여러분들의 수고를 기리지 않을 수 없다. 조사의 중요성을 알아차리고 적극 협력해 준 이야기꾼과 소리꾼 여러분께도 고마운 말씀을 올린다.

구비문학 조사를 전국적으로 실시하여 체계적으로 갈무리하고 방대한 분량으로 보고서를 간행한 업적은 아시아에서 유일하며 세계적으로도 그 보기를 찾기 힘든 일이다. 특히 2차 사업결과는 '구비누리'로 채록한 자료와 함께 원음도 청취할 수 있는 데이터베이스를 구축해서 세계에서 처음으로 인터넷과 스마트폰으로 이용할 수 있는 디지털 체계를 마련했다. '구슬이 서 말이라도 꿰어야 보배'인 것처럼, 아무리 귀한 자료를 모아두어도 이용하지 않으면 소용이 없다. 그러므로 이 보고서가 새로운 상상력과 문화적 창조력을 발휘하는 문화자산으로 널리 활용되기를 바란다. 한류의 신바람을 부추기는 노래방이자, 문화창조의 발상을 제공하는 이야기 주머니가 바로 한국구비문학대계이다.

2013년 10월 4일

한국구비문학대계 개정·증보사업 현장조사단장 임재해

한국구비문학대계 개정·증보사업 참여자(참여자 명단은 가나다 순)

연구책임자
김병선

공동연구원
강등학 강진옥 김익두 김헌선 나경수 박경수 박경신 송진한 신동흔
이건식 이경엽 이인경 이창식 임재해 임철호 임치균 조현설 천혜숙
허남춘 황인덕 황루시

전임연구원
이균옥 최원오

박사급연구원
강정식 권은영 김구한 김기옥 김영희 김월덕 김형근 노영근 류경자
서해숙 유명희 이영식 이윤선 장노현 정규식 조정현 최명환 최자운
한미옥

연구보조원
강아영 고호은 공유경 기미양 김미정 김보라 김영선 박은영 박혜영
백민정A 백민정B 서정매 송기태 신정아 오소현 윤슬기 이미라 이선호
이창현 이화영 임세경 장호순 정혜란 황영태 황은주 황진현

주관 연구기관 : 한국학중앙연구원 어문생활사연구소
공동 연구기관 : 안동대학교 민속학연구소

일러두기

■ 『증편 한국구비문학대계』는 한국학중앙연구원과 안동대학교에서 3단계 10개년 계획으로 진행하는 "한국구비문학대계 개정·증보사업"의 조사 보고서이다.

■ 『증편 한국구비문학대계』는 시군별 조사자료를 각각 별권으로 간행하는 것을 원칙으로 한다. 서울 및 경기는 1-, 강원은 2-, 충북은 3-, 충남은 4-, 전북은 5-, 전남은 6-, 경북은 7-, 경남은 8-, 제주는 9-으로 고유 번호를 정하고, -선 다음에는 1980년대 출판된 『한국구비문학대계』의 지역 번호를 이어서 일련번호를 붙인다. 이에 따라 『증편 한국구비문학 대계』는 서울 및 경기는 1-10, 강원은 2-10, 충북은 3-5, 충남은 4-6, 전북은 5-8, 전남은 6-13, 경북은 7-19, 경남은 8-15, 제주는 9-4권부 터 시작한다.

■ 각 권 서두에는 시군 개관을 수록해서, 해당 시·군의 역사적 유래, 사회·문화적 상황, 민속 및 구비 문학상의 특징 등을 제시한다.

■ 조사마을에 대한 설명은 읍면동 별로 모아서 가나다 순으로 수록한다. 행정상의 위치, 조사일시, 조사자 등을 밝힌 후, 마을의 역사적 유래, 사회·문화적 상황, 민속 및 구비문학상의 특징 등을 중심으로 설명하고, 마을 전경 사진을 첨부한다.

■ 제보자에 관한 설명은 읍면동 단위로 모아서 가나다 순으로 수록한다. 각 제보자의 성별, 태어난 해, 주소지, 제보일시, 조사자 등을 밝힌 후, 생애와 직업, 성격, 태도 등을 중심으로 서술하고, 제공 자료 목록과 사진을 함께 제시한다.

- 조사 자료는 읍면동 단위로 모은 후 설화(FOT), 현대 구전설화(MPN), 민요(FOS), 근현대 구전민요(MFS), 무가(SRS), 기타(ETC) 순으로 수록한다. 각 조사 자료는 제목, 자료코드, 조사장소, 조사일시, 조사자, 제보자, 구연상황, 줄거리(설화일 경우) 등을 먼저 밝히고, 본문을 제시한다. 자료코드는 대지역 번호, 소지역 번호, 자료 종류, 조사 연월일, 조사자 영문 이니셜, 제보자 영문 이니셜, 일련번호 등을 '_'로 구분하여 순서대로 나열한다.

- 자료 본문은 방언을 그대로 표기하되, 어려운 어휘나 구절은 ( ) 안에 풀이말을 넣고 복잡한 설명이 필요할 경우는 각주로 처리한다. 한자 병기나 조사자와 청중의 말 등도 ( ) 안에 기록한다.

- 구연이 시작된 다음에 일어난 상황 변화, 제보자의 동작과 태도, 억양 변화, 웃음 등은 [ ] 안에 기록한다.

- 잘 알아들을 수 없는 내용이 있을 경우, 청취 불능 음절수만큼 '○○○'와 같이 표시한다. 제보자의 이름 일부를 밝힐 수 없는 경우도 '홍길○'과 같이 표시한다.

- 『증편 한국구비문학대계』에 수록된 모든 자료는 웹(gubi.aks.ac.kr/web)과 모바일(mgubi.aks.ac.kr)에서 텍스트와 동기화된 실제 구연 음성파일을 들을 수 있다.

차례

● 설화

● 민요

2. 상주면

▌조사마을

3. 이동면

● 근현대 구전민요

남해군 개관

1. 지리적 위치와 역사

　남해군은 한반도 남단에서 사천시와 여수시 사이에 위치한 섬이다. 제주도, 거제도, 진도, 강화도 다음으로 큰 섬으로 우리나라에서 다섯 번째이다. 세부적으로 남해도와 창선도에 조도, 호도, 노도 등 3개의 유인도와 73개의 무인도로 구성된 도서군을 형성하고 있다. 남해군은 1973년 6월에 노량해협을 잇는 남해대교의 개통으로 육지와 연결되었고, 1980년 6월 창선대교의 개통으로 본도와 연결되었다. 그리고 2003년 4월 남해 창선과 사천시를 잇는 3.4km의 창선·삼천포대교가 개통되어 남해로 드나들기 위한 교통이 훨씬 편해졌다.

　남해군의 총 면적은 357.62km²로 전국 면적의 0.36%이고, 경상남도 면적의 3.40%에 해당된다. 남해군은 북쪽으로 하동군과 사천시에, 동쪽으로 통영시, 서쪽으로 전남 광양시와 여수시, 남쪽으로는 대한해협과 접하고 있는데, 남북 약 30km, 동서 약 26km의 길이를 가진 나비 모양의 섬이다. 남해군의 지세는 망운산(786m), 금산(681m), 원산(627m) 등 높은 산들이 있어 산악지형이 많고 평야지대는 협소한 편이다. 해안은 굴곡이 심하며, 해안선이 302km로 길게 섬을 둘러싸고 있다. 사방이 모두 바다와 접하고 있기 때문에 어족자원이 풍부하고 연근해 어업을 위한 전진기지로서 좋은 조건을 갖추고 있다.

남해의 역사를 살펴보자.

남해는 삼한시대에 남쪽 변한의 12개 부족 국가 중 군미국(軍彌國) 또는 낙노국(樂奴國)에 속하였다고 추측하고 있다. 가야연합시대에는 6가야 중 진주 관할인 고령가야(古寧伽倻)에 속한 것으로 추정한다. 『삼국사기(三國史記)』의 기록에 의하면, 신문왕 7년(687년)에 남해군을 전야산군(轉也山郡)이라 칭했으며, 10년(690년)에는 청주(菁州, 현 진주) 관할의 11개 군에 속했음을 알 수 있다. 경덕왕 16년(757)에는 지방행정제도를 다시 개편하면서 청주를 강주(康州)로 개칭하고 그 아래에 11군과 27현을 두었는데, 강주에 속한 전야산군은 남해군으로 개칭되었다. 『고려사(高麗史)』에 의하면, 남해군은 태조 10년(927년) 4월에 전이산향(轉伊山鄕, 구 전야산군)과 노포향(老浦鄕, 구 난포현), 평서산향(平西山鄕, 구 평산현)이라고 하였다. 성종 14년(995년)에는 진주·합주 관할에 있던 남해군을 남해현으로 개칭하고 현령을 두었다. 창선면은 창선현으로 진주에 속하였으며, 충선왕 때 흥선현(興善縣)으로 개명되었다. 그런데 왜구의 잦은 침탈로 고려 공민왕(1351~1353년) 때는 행정치소를 진주 관내의 대야천(大也川), 즉 선천(鐥川)으로 옮겨야 했던 때도 있었다. 정이오(鄭以吾, 1347~1434)는 『교은문집(郊隱文集)』에 「남해읍성(南海邑城)」이라는 제목으로 이러한 사실을 기록하고 있다. 그런데 『고려사』 지리지에서 창선도가 본래 고구려 유질부곡이었다는 기록으로 보아 고구려 유민으로 구성된 부곡이었음을 알 수 있다. 고려 말에 남해는 문헌과 향토사의 자료 등을 통해 팔만대장경 판각지였음이 밝혀지고 있고, 또한 몽고가 침입할 때 안전지대로서 국사(國史)가 소장되어 있었고 삼별초군이 주둔하기도 했던 곳이다.

진주 관내의 대야천으로 옮겼던 남해군의 행정치소는 고려시대에는 복원되지 못했고 46년 후인 조선 태종 4년(1404년)에야 복원되었다. 하지만 신라와 고려시대에 존재했던 속현 둘은 복원된 기록을 찾을 수 없고, 문헌상 폐현으로 기록되어 있다. 태종 14년(1414년)에는 군현의 행정구역 개편에 따라 하동현과 합하여 하남현으로 개칭되었다. 이듬해 하동현이 독립하면서 남해현과 진주 관할 금양부곡을 합하여 해양현이라 했다. 1417년 금양부곡이 진주에 다시 합병되어 남해현으로 독립되었다. 세종 1년(1419년)에는 진주에 속해 있던 곤명(昆明)을 남해현에 병합시켜 곤남군(昆南郡)으로 삼았지만, 세종 19년(1437년)에 다시 남해현으로 독립했다. 선조 25년(1592년)부터 남해도는 임진왜란, 정유재란의 전란지가 되어 거의 무인지경이 되었다. 고종 32년(1895년)에 남해현은 남해군으로 개칭되었고, 1906년에는 진주목에 속해 있었던 창선도가 남해군으로 편입되어 8면이 되었다.

근대 이후 남해군은 8면의 행정구역을 계속 유지해 오다가 1979년 남해면이 남해읍으로 승격되어 1읍 7개면이 되었다. 1986년 4월 1일에는 이동면 상주출장소가 상주면으로, 삼동면 미조출장소가 미조면으로 승격되어 남해군의 관할 행정구역은 현재와 같이 1읍 9면, 즉 남해읍, 고현면, 설천면, 서면, 남면, 이동면, 삼동면, 창선면, 상주면, 미조면으로 구분되었다.

2. 자연환경과 관광·산업

남해는 기후가 온난한 곳이다. 겨울철 극한이라 해도 영하 7°를 넘는 때가 별로 없어서 겨울철에도 지내기가 쉽다. 그리고 여름에도 35°C 이상이 되는 날이 극히 드물어 사계절을 지내기가 좋은 지역이다.

그런데 남해는 임야면적이 68%, 농지는 23%에 불과하여 우리나라 섬 중에서 산의 비율이 가장 많은 지역이다. 한때 13만 명이 넘는 인구가 살았던 남해는 이런 지형적 조건에서 생존을 위해 산을 개간하여 논밭을 만들었다. 그것이 남해에 들어서면서 보게 되는 계단식 논밭인데, 남해에서는 이를 '다랭이(다랑이)논'이라 한다. 남해인들은 이 논밭에 마늘, 쌀, 고구마, 시금치 등을 심어 생계를 유지했다. 특히 마늘은 오늘날 남해의 주

산지로 전국 생산량의 7%를 차지하고 있다. 그런데 농업은 남해의 주요 산업 중의 하나이지만 농지는 8,091ha, 농가 한 가구당 경지면적은 0.65ha에 불과하다. 남해 농민들은 경지면적이 협소함에도 불구하고 수입개방시대에 대비하기 위해 마늘, 쌀농사 위주의 농업에서 다양한 소득 작물을 개발하는 농업으로 변화를 시도하고 있다. 남해의 특산물인 유자는 향이 뛰어나 전국에서 인기를 끌고 있고, 유자술과 유자차 등 다양한 가공식품을 개발해 판매하고 있다.

남해는 15세기 이후 말을 기르는 유명한 목장지였다. 남해도의 금산목장, 흥선도 즉 창선도의 흥선목장은 유명한 말 목장지였다. 현재 남해는 말 대신 축산업으로 한우를 가장 많이 기르고 있고 젖소, 돼지, 염소, 닭을 기르는 주민들도 많다. 특히 남해의 화전한우는 육질이 뛰어나 농가소득 향상에 큰 도움이 되고 있다.

사면이 바다로 둘러싸인 남해는 수산자원이 풍부하여 연근해어업은 물론 수산양식의 최적지로 유명하다. 302km 해안선과 넓은 연안의 양식장은 우럭, 광어, 전복, 우렁쉥이, 피조개, 굴, 미역, 바지락, 보리새우 등을 양식하고 있으며, 연안 바다에는 감성돔, 삼치, 멸치, 도다리 등이 많이 잡히고 있다. 선박의 출어와 수산물 가공 등을 뒷받침하기 위해 1986년 미조항을 어업전진기지로 삼고 제빙공장, 수산물 판매장, 냉동설비 등을 갖추어 수산 남해의 소득 증대에 힘쓰고 있다. 또한 상주에는 국립수산진흥원에서 설치한 수산종묘배양장이 있어 종묘생산과 기술보급에 힘쓰고 있다.

남해는 천혜의 자연조건과 이순신 관련 역사유적 때문에 관광명소가 많다. 이른바 남해 12경은 대표적인 관광명소로 대부분 국가지정문화재이기도 하다. 1경 남해금산과 보리암, 2경 남해대교와 충렬사, 3경 상주은모래비치, 4경 창선교와 원시어업 죽방렴, 5경 이충무공전몰유허, 6경 가천암수바위와 남면해안, 7경 노도, 서포 김만중 선생 유허, 8경 송정솔바람해변, 9경 망운산과 화방사, 10경 물건방조어부림과 물미해안, 11경 경호구산과 용문사, 12경 창선-삼천포대교가 바로 그것이다. 이중 특히 남해금산은 태조 이성계의 건국신화를 간직한 곳으로 이성계 관련 설화가 많이 전승되는 배경이 된다. 그리고 이순신의 최후 전투 현장이었던 노량해역 등 전적지와 유허지는 이순신 관련 설화를 생성한 역사의 현장이다. 「구운몽」, 「사씨남정기」를 쓴 서포 김만중의 유배지로 알려진 노도 역시 국문학사상 중요한 문학 현장이다.

3. 인구의 동태

남해군의 인구는 인구통계가 남아 있는 1900년대부터 1964년까지 계속 증가상태를 보여 137,914명으로 최고치를 기록하였다. 그러나 1965년 이후부터 현재까지 점차 감소 추세를 보였다. 도시 중심으로 산업화가 되면서 농촌 지역의 이농(離農)현상이 점차 가속화되는 한편 도시로의 청년층 이탈이 심화되었기 때문이다. 1985년 말 남해군의 총 인구수는 90,086명이었는데, 2005년 말 한때 50,000명 이하(46,791명)로 줄어들었다가 2009년 12월 말 기준 50,767명(남자 24,314명, 여자 25,453명)으로 최고치를 기록한 1964년 말 인구수 대비 36.81%가 되었다.

그런데 남해군은 장수의 고장으로 널리 알려져 있다. 65세 미만 인구는 감소하지만 65세 이상 노년층은 계속 증가 추세를 보였다. 2009년 말 현재 65세 이상의 노령 인구는 15,004명으로 전체 인구의 29.55%로 거의 30%나 되는데, 이런 현상은 앞으로도 계속될 전망이다. 장수하는 노령 인구가 증가하는 까닭은 청정지역에 건강에 좋은 마늘을 많이 먹기 때문이라고 한다. 하지만 인구의 노령화가 가속화됨으로써 빚어지는 문제는 점점 심각해진다고 말할 수 있다. 그런데 남해군에 65세 이상 노인들이 많다는 사실은 구비문학을 조사하는 데에는 유리한 조건이 될 수 있다.

남해군은 노령 인구의 증가와 함께 농가(農家) 가구 수의 감소도 커다란

고민거리이다. 1985년도에 총 가구 수가 21,732호에 농가가 15,215호, 비농가가 6,517호로 농가수와 비농가수의 비율이 70 : 30 정도였으나 2009년 말 기준으로 총가구수 22,223호에 농가수 8,736, 비농가수 13,487호로 농가수와 비농가수의 비율은 39.3 : 60.7로 나타나고 있어 농가수의 비율이 급격하게 낮아지고 있는 실정이다.

4. 민속과 문화·교육

　남해는 오랜 기간 내륙과 분리되어 있었기 때문에 남해 특유의 여러 민속이 전승되고 있다. 정월 대보름의 진대굿기나 더위팔기, 2월 초하룻날의 영등맞이 등 세시명절에 따른 풍속이 다양하다. 이뿐만 아니라 마을을 중심으로 동제와 풍어제를 지내 왔다.

　동제의 경우 대체로 음력 10월 상순이나 보름에 행하는데, 마을의 안녕과 풍년을 기원하기 위해 동신(洞神)을 모신 곳이나 마을의 당산나무에서 지낸다. 그런데 남해는 어업을 하는 해안마을이 많기 때문에 풍어제나 용신제를 지내기도 한다. 특히 이동면 화계마을에서는 일제강점기 동안 전승이 중단되었던 '화계배선대'라 하는 풍어제를 1996년부터 화계배선대보존회를 결성하여 다시 복원하였다. 이 화계배선대는 정월 대보름에 지내왔던 이 마을의 풍어제인데, 솟대세우기 → 풍어제 → 배선대 → 대동놀이의 순서로 진행된다.

　남면 선구마을에서는 해마다 음력 정월 대보름날에 아랫마을과 윗마을로 나뉘어 '줄끗기'란 민속놀이를 행한다. 이 '선구줄끗기'(남해군 무형문화재 제26호, 2003년 지정)는 일제강점기 동안 사라졌다가 해방 이후에 선구마을 김찬중씨의 노력으로 재현되었고, 이후 보존회가 결성되어 이 놀이를 계속 전승하고 있다. 이 선구줄끗기는 본래 풍농과 풍어를 빌고, 해난사고를 방지하며, 마을의 번영을 위해 놀았던 것인데, 당산제 → 어불림 →

필승고축 → 고싸움 → 줄끗기 → 달집태우기의 순서로 진행된다. 당산제를 지낸 후 진행되는 줄끗기놀이에서 암고가 이기면 풍농, 풍어가 된다고 믿는다. 줄끗기가 끝나면 승부에 관계없이 달집태우기를 하면서 화합을 다짐한다.

남해에는 과거 화방사 중매구패란 놀이패가 있었다 한다. 하지만 현재 이들 놀이패의 놀이는 사라지고 그 실체에 대해서 밝혀진 바도 없다. 화방사 중매구패 이외에도 각 마을마다 매구패들이 있어 마을의 안녕과 풍농·풍어를 비는 매구를 치는 놀이가 있었다. 그렇지만 일제강점기에 민속놀이를 하지 못하게 하면서 매구패들도 차츰 사라졌다. 해방을 맞아 다시 마을에 매구패들이 살아났는데, 특히 서면 장항매구패가 크게 발전하여 남해의 대표농악으로 자리매김을 했다. 그리고 이들 매구패는 남해군의 별칭인 화전(花田)을 매구패의 공식 명칭으로 사용하여 '남해화전공악'이라 하여 오늘날까지 전승하고 있다.

한편, 남해는 제주도, 거제도, 진도 등과 함께 중요한 유배지였다. 남해로 유배를 온 사람들이 고려시대에 7명이고, 조선시대에는 182명이나 된다고 한다. 이중 백이정, 남구만, 김만중, 신위, 이달 등 유명 인물들도 많다. 그리고 이들이 유배 기간에 많은 저술을 남겼다는 점도 기억해둘 필요가 있다. 남해군은 이들 유배문인들이 남긴 문학을 기리기 위해 남해유배문학관을 2010년 11월에 개관하였다. 남해유배문학관은 향토역사실, 유배체험실, 유배문학관 등 전시실을 갖추고 있으면서 김만중문학상을 제정하여 매년 11월 1일 시, 소설, 평론 분야에서 시상한다. 남해는 이외 김흥우 교수가 개인적으로 모은 탈 등 공연예술 자료를 중심으로 '남해국제탈공연예술촌'을 2008년 5월 개관하여 전시하고 있으며, 삼동면에 폐교가 된 초등학교를 꾸며서 2003년 5월에 '남해해오름예술촌'을 개관하여 도자기 등 전통공예품들을 전시하고 있다. 이밖에 삼동면에 나비생태관 등을 갖춘 나비생태공원이 조성되어 있다.

남해군의 교육 환경은 섬지역의 특수성을 감안하여 유치원부터 대학까지 군 지역 내에 설치되어 있다. 중학교의 경우, 남해중과 창선중을 비롯하여 13개교가 있으며, 고등학교로는 남해종합고등학교(1932년 설립), 남해제일고등학교(1932년 설립), 남해해양과학고등학교(1938년 설립) 등 9개교가 있다. 대학으로는 도립남해대학(1992년 7월 설립)이 있다.

5. 구비문학의 전승과 조사

남해군의 구비문학은 오랫동안 제대로 조사되지 못했다. 남해군과 읍·면에서 군지나 읍·면지를 발간하면서 남해지역의 전설과 민요를 수록하고 있기는 하지만, 이들 자료는 군·읍·면에서 독자적으로 조사한 것들이 아닐 뿐만 아니라 구비전승의 현장성이 제대로 드러나지 않는 자료들이다. 가장 최근에 발간된 『남해군지』(남해군청, 2009)에 지역 전설 50편과 민요 163편이 수록되어 있는데, 민요 163편 중 90여 편은 경상대학교 박성석, 박용식 교수가 군청의 지원을 받아 남해군 민요를 조사하여 자료집으로 엮은 『금산 우에 뜬 구름아』(도서출판 열매, 2005)에 수록된 것을 재수록한 것이다. 남해군 민요가 두 교수의 노력에 의해 처음으로 전면 조사된 셈이나, 민요 구연의 현장성을 제대로 살리지 못하고 채록했다.

남해군의 구비문학은 물론 개인적으로도 여러 차례 조사된 바 있다. 설화보다는 민요 자료 조사가 많이 이루어졌다. 설화의 경우, 임석재의 『한국구전설화-경상남도편 1』(평민사, 1993)에 남해의 설화가 일부 채록되어 수록된 바가 있다. 민요의 경우는 일찍부터 조사한 자료들이 있다. 김소운이 편찬한 『언문조선구전민요집』(제일서방, 1929)에 남해 민요 3편이 수록되어 있으며, 임동권이 편찬한 『한국민요집』에도 남해군에서 채록했다는 <징금이타령>, <목도꾼 노래> 등 여러 민요들이 올라 있다. 그리고 강남주는 『남해의 민속문화』(도서출판 둥지, 1991)를 통해 남해 낙도의 어로요로 <쎄노야>를 조사하여 수록하면서 해당 민요의 특징을 논의했다. 남해군 민요를 악보 또는 별도로 음원을 제공하는 전문적인 조사 성과를 학계에 보고한 사례들도 있다. 이소라는 『한국의 농요』 제3집(현암사, 1989)에서 남해의 <모찌는 소리>, <모심기 소리>, <논매는 소리> 등을 채록하여, 악보와 함께 제시하면서 남해 농요에 대한 간략한 해설을 덧붙였다. 『한국민요대전-경남편』(문화방송, 1994)과 『임석재 채록 한국구연민요자료집』(민속원, 2004) 등에도 남해의 민요가 여러 편 채록되어 있는데, 이들 자료는 음원자료를 함께 이용할 수 있도록 한 것이 특징이다. 남해군의 설화와 민요는 남해 출신의 류경자에 의해 폭넓게 조사되었다. 『한국구전설화집(18~20)-남해군편』(민속원, 2011)을 전설과 민담으로 구분하여 3권으로 출간했으며, 『현장에서 조사한 구비전승 민요-남해군편』(민속원, 2011)을 간행했다. 류경자의 조사를 통해 구연 현장성을 제대로 살린 남해군의 설화와 민요 자료를 풍부하게 살필 수 있게 되었다.

남해군의 설화와 민요에 대한 연구가 여러분에 의해 이루어졌다. 강남주의 『남해의 민속문화』(1991)에서 남해의 어로요에 대한 논의와 함께 「남해 설화의 원초적 세계인식」을 통해 남해 설화를 나름대로 분류하면서 설화에 나타난 세계인식을 논의했다. 이후 발표된 배도식의 「남해설화의 특성과 구조」와 류종목의 「남해군 민요의 현상과 특성」(이상 『석당논총』 제25집, 동아대 석당전통문화연구원, 1997)은 남해군의 설화와 민요 연구를 위한 디딤돌을 놓았다. 그리고 류경자가 「경남 남해군의 전승민요 연구-<모심기소리>를 중심으로」(부산대 석사논문, 2002), 「남해군의 장례의식요 연구」(『한국민요학』 제25집, 한국민요학회, 2009)에 이어 「남해군 전승민요의 현장론적 연구」(부산대 박사논문, 2010)를 발표하여 남해군 민요의 존재 양상과 특성을 파악하는 데 크게 기여했다.

한국학중앙연구원의 한국학진흥사업의 일환으로 진행된 『한국구비문학대계』 개정·증보사업(현장조사는 국립안동대학교의 민속학연구소가 주관

함)의 제1차 3차년도(2011년도) 현장조사 지역 중에 경상남도 남해군이 선정되었다. 경상남도 남해군 구비문학 현장조사단은 박경수(부산외대 교수)를 현장조사 책임자로 하여 정규식, 서정매, 류경자, 정혜란 등 조사연구원과 5명의 학부생 조사보조원을 포함하여 모두 10명으로 구성되었다. 특히 남해 출신으로 남해의 설화와 민요를 여러 차례 조사한 경험이 있는 류경자의 현장조사 참여는 남해군 조사에 큰 도움이 되었다. 조사단 일행은 3개의 조사팀으로 나뉘어 현장조사를 실시했다. 1개 읍과 9개면 중 남해읍은 공동조사 지역으로 정해서 조사하고, 나머지 9개면은 각 팀에서 3개면씩 분담하여 조사하기로 했다.

남해군 구비문학 현장조사는 2011년 1월 10일(월)부터 1월 26일(수)까지 집중적으로 이루어졌으며, 이후 보충조사를 2월 7일(월)~8일(화)과 2월 17일(목)~18일(금)에 실시했다. 먼저 조사단은 두 팀으로 나뉘어 남해읍을 3일간 공동조사를 했다. 남해읍 외의 9개면은 각 면별로 2일 또는 3일씩 일정을 할애하여 조사를 실시했다. 남해군의 읍·면별 조사마을과 각 마을별 조사자료를 차례로 보이면 다음과 같다.

[표 1] 남해읍 조사마을과 조사자료

조사마을	설화	민요	소계	조사마을	설화	민요	소계
선소리 선소마을	9편	18편	27편	차산리 동산마을	2편	6편	8편
서변리 서변마을	7편	0편	7편	차산리 중촌마을	1편	8편	9편
심천리 심천마을	0편	3편	3편	입현리 소입현마을	16편	12편	28편
아산리 아산마을	10편	37편	47편	입현리 토촌마을	3편	23편	26편
아산리 신기마을	1편	12편	13편	평현리 양지마을	7편	21편	28편
차산리 곡내마을	0편	14편	14편				
총계(11개 마을)				설화	56편	민요 154편	210편

[표 2] 고현면 조사마을과 조사자료

조사마을	설화	민요	소계	조사마을	설화	민요	소계
갈화리 화전마을	4편	18편	22편	오곡리 오곡마을	5편	10편	15편
남치리 북남치마을	0편	11편	11편	차면리 차면마을	1편	7편	8편
대사리 대사마을	13편	11편	24편	포상리 포상마을	7편	27편	34편
총계(6개 마을)				설화	30편	민요 84편	114편

[표 3] 설천면 조사마을과 조사자료

조사마을	설화	민요	소계	조사마을	설화	민요	소계
금음리 봉우마을	0편	2편	2편	문항리 모천마을	3편	0편	3편
남양리 남양마을	1편	0편	1편	비란리 정태마을	7편	12편	19편
문의리 왕지마을	3편	45편	48편	진목리 진목마을	10편	9편	19편
문항리 문항마을	4편	0편	4편				
총계(7개 마을)				설화	28편	민요 68편	96편

[표 4] 서면 조사마을과 조사자료

조사마을	설화	민요	소계	조사마을	설화	민요	소계
서상리 서상마을	1편	19편	20편	정포리 우물마을	1편	1편	2편
서호리 서호마을	2편	15편	17편	중현리 회룡마을	0편	11편	11편
연죽리 연죽마을	0편	1편	1편				
총계(5개 마을)				설화	4편	민요 47편	51편

[표 5] 남면 조사마을과 조사자료

조사마을	설화	민요	소계	조사마을	설화	민요	소계
덕월리 구미마을	2편	19편	21편	임포리 임포마을	2편	27편	29편
석교리 석교마을	3편	15편	18편	홍현리 가천마을	10편	38편	48편
선구리 선구마을	3편	20편	23편				
총계(5개 마을)				설화	20편	민요 119편	139편

[표 6] 창선면 조사마을과 조사자료

조사마을	설화	민요	소계	조사마을	설화	민요	소계
당저리 당저1마을	2편	23편	25편	오용리 오용마을	7편	17편	24편
동대리 동대마을	4편	28편	32편	진동리 장포마을	8편	25편	33편
서대리 서대마을	5편	20편	25편				
총계(5개 마을)				설화	26편	민요	113편	139편

[표 7] 이동면 조사마을과 조사자료

조사마을	설화	민요	소계	조사마을	설화	민요	소계
난음리 난양마을	2편	0편	2편	무림리 정거마을	1편	7편	8편
난음리 난음마을	0편	1편	1편	신전리 신전마을	0편	8편	8편
난음리 문현마을	3편	25편	28편	용소리 용소마을	4편	18편	22편
무림리 봉곡마을	2편	28편	30편	초음리 초양마을	0편	13편	13편
총계(8개 마을)				설화	12편	민요	100편	112편

[표 8] 삼동면 조사마을과 조사자료

조사마을	설화	민요	소계	조사마을	설화	민요	소계
동천리 내동천마을	0편	21편	21편	봉화리 내산마을	10편	19편	29편
물건리 물건마을	6편	14편	20편	봉화리 봉화마을	5편	7편	12편
총계(4개 마을)				설화	21편	민요	61편	82편

[표 9] 미조면 조사마을과 조사자료

조사마을	설화	민요	소계	조사마을	설화	민요	소계
미조리 미조마을	17편	7편	24편	송정리 설리마을	5편	9편	14편
미조리 사항마을	0편	22편	22편	송정리 항도마을	0편	21편	21편
송정리 노구마을	6편	0편	6편				
총계(5개 마을)				설화	28편	민요	59편	87편

[표 10] 상주면 조사마을과 조사자료

조사마을	설화	민요	소계	조사마을	설화	민요	소계
상주리 금전마을	1편	29편	30편	양아리 대량마을	0편	24편	24편
상주리 임촌마을	6편	26편	32편				
총계(3개 마을)				설화	7편	민요 79편	86편

　이상의 표에서 보듯이, 남해군의 10개 읍·면에서 구비문학을 현장조사한 마을은 모두 59개 마을이며, 이들 마을에서 설화 232편, 민요 884편으로 총 1,116편이 채록되었다. 이중 12개 마을을 조사한 남해읍에서 설화 56편과 민요 154편으로 총 210편을 조사하여 가장 많은 조사 성과를 보였다. 남해읍 다음으로는 남면, 창선면, 고현면의 순으로 많은 구비문학 자료가 조사되었다. 조사 성과가 가장 빈약한 곳은 서면이었다. 설화를 기준으로 보면 남해읍, 고현면, 설천면, 미조면의 순으로 설화가 많이 조사되었으며, 민요를 기준으로 보면 남해읍, 남면, 창선면, 이동면의 순으로 민요가 많이 조사되었다.

　설화로는 남해 금산을 배경으로 한 상사바위 설화, 이태조 등극설화 등 인물이나 지형지물에 관한 설화가 많았다. 민요의 경우 <모심기 노래>는 약간 채록하는 정도에 그쳤으며, <논매기 노래>는 거의 채록되지 않았다. 반면 <상여 소리>가 여러 지역에서 채록되었고, 여성 노인들을 중심으로 김쌈을 하며 불렀던 서사민요가 상당수 채록되었다. 남해읍 선소리 선소마을에서 채록한 <전어잡이 소리>는, 류경자에 의해 먼저 채록된 바 있으나, 어로요로 처음 채록된 귀중한 자료로 이번 구비문학 조사의 중요한 성과의 하나이다.

1. 남면

경상남도 남해군 남면 덕월리 구미마을

조사일시 : 2011.1.26
조 사 자 : 박경수, 정규식, 오소현, 공유경

덕월리 구미마을회관

　덕월리 구미(九尾)마을은 마을의 지형이 거북 형상으로 생겼다고 하여 구미(龜尾)로 불리다가 조선조 행정구역 개편 시 '구(龜)'의 글자가 너무 획수가 많아 어렵다는 이유로 '아홉 구(九)'자를 써서 구미(九尾)로 바꿔 썼다고 한다.

　이 마을은 고종 32년(1895) 행정구역 개편 시 덕월과 합하여 법정리인 덕월리가 되었지만 철종 4년(1853)에 하달된 남면 향약계 군오구폐절목(軍

伍捄幣節目)에 구미리(九尾里)가 나오는 것으로 보아 1895년 이전에 구미가 단독 마을로 있었음을 알 수 있다. 이 마을은 500여 년 전 제주 고 씨들이 들어와 살면서 마을이 형성된 것으로 알려져 있다.

이 마을은 1970년대만 해도 교통 사정이 아주 나빠 마을 외부로 나가기 위해서는 남구마을까지 가서 버스를 타거나 덕월마을 앞 등 넘어 공신월까지 험한 길을 30여분 걸어야 했는데, 1973년에 마을의 숙원을 풀게 되었다. 당시 마을사람들의 숙원이 함양지역 국회위원을 거쳐 정부에 전달됨으로써 1973년에 마침내 정부 지원으로 60여m의 선착장을 완공하게 되었다. 그 결과 여수행 여객선이 공신월을 거쳐 이 마을에도 기항하게 되어 구미마을이 교통 오지에서 벗어나게 되었다. 그리고 2008년 12월에 마을의 남쪽 바다 쪽에는 힐튼남해리조트가 들어서고, 덕월-오리와 연결된 18홀의 골프장이 만들어졌다.

이 마을은 대부분이 은진 송씨일 정도로 군내 최대의 송씨 집성촌이며 그 외 정, 장, 강, 박, 김, 이 씨 등이 살고 있다. 세대수는 대략 128세대이며 인구수는 240명 정도이다. 남자는 103명, 여자는 137명이다.

조사자 일행은 이 마을을 조사하기 전에 덕월마을을 먼저 방문하였다. 그러나 마을 경로당에는 사람이 아무도 없어서 구미마을로 이동하였다. 오후 1시쯤에 구미마을에 도착하니 경로당에 4~5명의 할머니들이 있었다. 조사자 일행은 할머니들에게 조사의 취지와 목적을 전달한 뒤 다른 분들이 올 때까지 경로당 밖에서 잠시 기다렸다가 1시 30분부터 본격적인 조사를 시작하였다.

이 마을에서 정한엽(여, 85세) 할머니에게 <신작로 질질이>, <진도아리랑> 등을, 김춘자(여, 75세) 할머니에게 <아리랑>, <노랫가락>, <모심기노래> 등을, 강윤아(여, 87세) 할머니에게 <창부타령> 등을, 박춘애(여, 79세) 할머니에게 <진도아리랑>, <청춘가> 등의 민요와 <지렁이국으로 시어머니를 봉양한 며느리>, <귀신들의 대화를 들은 소금장수> 등의 설화를 조사할 수 있었다.

할머니들은 조사자들이 아주 좋은 일을 한다고 하면서 조사에 적극적으로 임해 주었다. 조사에 소극적인 분에게도 누구나 노래 하나씩은 해야 된다고 하면서 적극적으로 민요 구연을 권유하기도 했다. 조사자들을 우호적인 분위기에서 1시간 30분가량 조사를 진행한 후 오후 3시쯤에 조사를 완료하였다.

경상남도 남해군 남면 석교리 석교마을

조사일시 : 2011.1.25
조 사 자 : 박경수, 정규식, 오소현, 공유경

석교리 석교마을회관

석교리 석교(石橋)마을은 신라 제31대 신문왕(神文王, 681~692) 대부터 사람이 살기 시작하였다고 하며, 지금부터 약 400여 년 전 우형에 현령이 주재할 당시 박 장군이란 역사(力士)가 출생하여 마을 동북쪽 지금의 망운교 옆 하천에 길이 3m, 두께 30cm의 돌로 가교를 놓았는데, 이를 석교(石橋)라고 하면서부터 마을 이름도 이를 따서 불렀다고 한다. 이 돌은 도로 확장과 새 교량 가설로 철거되어 석교마을 앞 유공자 공적비 부근에 옮겨져 보존되고 있으며, 서포 김만중의 작품에도 등장하고 있다.

마을 내에는 조선조 말인 1890년대에 한석동, 김창섭 두 선비가 청소년 교육을 위하여 설립한 소영재학당(邵詠齊學堂)이 있다. 이 학당은 남면지역의 청소년교육에 큰 공헌을 하였는데, 일제강점기에 구학문의 쇠퇴로 문을 닫았을 수밖에 없었다. 그러다가 1937년에 초등학교를 가지 못하는 어린이들의 야학을 위해 '석교강습소'를 열었으나, 6·25전쟁으로 다시 문을 닫게 되었다. 그 후 1961년부터 1971년까지 약 10년 동안 '석교푸른 학원'으로 다시 문을 열어 마을 유지들이 헌책을 구해다가 중학교에 진학하지 못한 청소년을 가르치기도 했다. 지금은 당시의 건물과 유허지가 남아 있다.

이 마을에는 2008년 12월 기준으로 총 70세대에 남자 70명, 여자 74명이 거주하고 있다. 대부분 농업을 위주로 생활하고 있으며 김씨와 이씨가 가장 많이 거주하고 있다. 음력 10월 보름에 마을 동제를 지내는데 장소는 마을회관이며 모든 주민들이 참여하여 마을의 안녕과 농사의 풍년을 기원한다.

조사자 일행은 2011년 1월 25일, 오전 10시 50분경에 석교마을회관에 도착하였다. 이미 마을이장과 전화 통화를 해서 조사자 일행이 방문한다는 것을 알려 놓은 상태였지만 마을회관에는 할머니 4명밖에 없었다. 조사가 원활히 진행되지 않을 것 같아 다른 곳으로 이동하려고 했으나, 다른 곳도 마찬가지 일 것 같아, 할머니들이 오기를 기다린 후 11시부터 본격적인 조사를 진행하였다.

이 마을의 할머니들은 조사자들의 방문을 반기지 않았다. 어떤 분은 조사가 끝날 때까지 조사자를 바로 대하지 않고 옆으로 앉아 있기도 했다.

마을회관의 분위기는 전반적으로 싸늘했다. 그럼에도 임정이(여, 76세) 할머니와 강복례(여, 78세) 할머니만은 조사의 목적과 취지에 동의하면서 조사에 적극 임해 주었다. 임정이 제보자는 <가축을 존대한 며느리>, <해와 달이 된 오누이>, <귀신에게 홀린 사람> 등 설화 세 편과 <물레 노래>, <진도아리랑>, <화투타령>, <아리랑>, <창부타령>, <양산도> 등의 민요를 제공해 주었다. 강복례 제보자는 <진도아리랑>과 <도라지타령>를 불러 주었다.

조사는 대략 1시간 50분 정도 진행되었으며 조사를 마친 시간은 12시 50분경이었다. 조사자 일행은 조사를 마친 후 다음 조사 예정지인 가천마을로 향했다.

경상남도 남해군 남면 선구리 선구마을

조사일시 : 2011.1.24
조 사 자 : 박경수, 정규식, 오소현, 공유경

선구리 선구(仙區)마을의 본래 이름은 순 우리말인 배구미(배가 많이 드나드는 곳)이었는데, 지금은 선구마을이라 불리고 있다. 또 이 마을에 잣나무 숲이 있었다고 하여 백림(柏林)이라 불려 왔으며, 문헌에 선구미리(船仇昧里)라 기록된 것으로 보아 예전부터 배구미로 불려 왔던 것을 알 수 있다.

이 마을은 정조 10년(1786)에 선구미리로 고쳤다가 고종 32년(1895)에 선구(仙區)로 개칭되어 항촌마을과 합쳐져 법정리인 선구리로 통합되었다. 마을을 선구로 부르게 된 것은 마을 뒤의 산봉우리에 옥녀가 하강하여 놀다가 승천하고, 잣나무 숲에는 신선이 살았다는 전설 때문이라 한다. 또한 그 당시 감찰 선생이라는 분이 마을을 지나다가 노숙을 하게 되었는데 모기가 극성을 부려 모기 입에 부적을 붙여 쫓았다고 전해지고 있다. 그 후로 이 마을에는 모기가 적다고 한다.

선구리 선구마을회관

마을의 정확한 형성 연대는 알기가 어렵다. 고려 말, 조선 초에 걸쳐 김해 김씨, 진양 하씨 등이 정착하여 삶이 터전을 잡고 그 후 임진왜란 뒤에 밀양 박씨와 전주 이씨가 입주하면서 집단부락을 형성하게 되었다고 한다.

이 마을에는 경상남도의 무형문화재로 지정된 <선구줄끗기 놀이>가 전승되고 있다. 이 놀이는 1993년 경상남도 민속예술경연대회에 출전하여 최우수상을 받았고, 1994년에는 전국민속예술경연대회에 경상남도 대표로 출전하였으며, 2003년에는 경상남도 무형문화재 제26호로 지정되어서 보존되고 있다. 선구줄끗기는 일제가 민족문화 말살정책으로 없앤 것을 기능보유자 김찬중 씨 등이 노력하여 60년 만에 재현해 낸 것이다. 줄끗기는 남편과 북편으로 나뉘어, 매년 정월 대보름날 윗당산에서는 풍년을 빌고 아래당산에서는 풍어를 기원하는 제를 올린 후, 바닷가 몽돌밭에서 만나고를 끼워서 줄을 당겨서 겨루는 놀이이다. 이 줄끗기에서 이기는 쪽의 소원이 이루어진다고 한다. 뒤풀이는 달집을 태우며 마을의 안녕을 빌며 모든 액운을 태워버리는 신명나는 마당놀이로 진행된다고 한다.

선구마을에서 줄끗기를 재현한 뒤로는 마을이 화평하고 이웃 간의 정이 더욱 두터워지며 좋은 일만 생긴다고 한다. 지금도 부인들의 모임방 구실을 하는 빨래터 2개가 남아 있는데, 이는 이 마을이 아직도 지역공동체의 특성을 잘 지니고 있음을 말해 주고 있다.

선구마을에는 2008년 12월 기준으로 90세대에 남자 90명, 여자 102명이 거주하고 있다. 김해 김씨, 밀양 박씨, 전주 이씨, 진주 하씨 등이 많이 거주하고 있다.

조사자 일행은 1월 24일, 오전 10시 45분쯤에 선구마을에 도착하여 11시에 선구줄끗기 기능보유자인 김찬중 씨 댁에 도착하였다. 미리 전화로 방문할 계획을 전달한 상황이라 집에 도착하니 <줄끗기 노래>를 잘 구연하는 배이동(남, 65세) 제보자와 함께 기다리고 있었다. 대략 11시 10분부터 조사를 시작하여 <줄끗기 노래> 두 편과 설화 <아들 따라 벌을 선 아버지> 한 편을 조사하였다.

조사자 일행이 선구마을회관의 경로당에 도착한 시간은 12시 경이었다. 경로당에는 아홉 명의 노인들이 있었는데, 미리 전화로 연락을 한 상태라서 그런지 조사자 일행을 반갑게 맞았다. 곽달여(여, 87세) 제보자로부터 민요 <진도아리랑>, <창부타령>, <양산도>를, 김해녀(여, 90세) 제보자에게 <진도아리랑>을 조사하였다. 이들 외 다른 제보자들로부터도 민요와 설화를 조사하였다. 조사는 약 1시간 30분가량 지속되었고 조사가 끝난 시간은 오후 1시 30분경이었다.

경상남도 남해군 남면 임포리 임포마을

조사일시 : 2011.1.24

조 사 자 : 박경수, 정규식, 오소현, 공유경

임포리 임포마을회관

    임포리 임포마을에는 오랜 옛날부터 사람들이 살았을 것으로 추정되기는 하나 고증을 할 만한 구체적인 사료를 찾을 길이 없다. 단지 임진왜란 이후에 지금 살고 있는 사람들의 선조들이 입주하여 살았다는 기록이 족보에 전한다.

    조선 22대 정조 10년(1786)에 간행된 진주진관 남해현지에 임포리(荏浦里)라는 명칭이 처음으로 등장하고 고종 32년(1895)에 지금의 법정리인 임포리가 되고 동시에 3개 마을로 분동될 때 임포마을이 되었다.

    임포마을 지명과 관련해서는 마을에 전해 오는 다음과 같은 전설이 있다. 동방에는 군자가 강림하였다는 군자곡(君子谷 : 응봉산 아래에 있음)이 있고 남방에는 구름같이 솟아 있는 운암산(구름방)이 둘러 있는데, 북방에는 옥녀가 강림하였다는 옥녀봉이 있으며, 서쪽으로는 옥녀가 군자를 봉양하기 위한 시루봉이 솟아 있다. 그 밑으로는 밥내고랑이 흐르고 있는데 옥녀가 군자를 봉양하기 위해 음식 맛의 조화에 필요한 '깨(임자(荏子))'를 많이 심었다고 하며 그 후로 이 마을에서 깨가 많이 생산되어 '깨골'이라 불렀으며, 지명을 깨밭이라는 뜻의 '임포(荏圃)'로 불렀다가 다시 '임포(荏浦)'로 바뀌었다고 한다.

1929년에 운암이, 1937년에는 사촌이 임포에서 분동되어 오늘에 이르고 있다. 임진왜란 후인 300여 년 전에 진양 하씨, 파평 윤씨, 풍천 임씨 등이 들어와 정착하였으며, 그 뒤로 조, 김, 이, 강, 박, 정씨 등이 입주하여 살고 있다. 약 50여 년 전까지 삼남지방 유일의 대장간이 이 마을에 있었으나 1970년대 이후 사라졌다.

마을에는 2008년 기준으로, 남자 60명과 여자 88명의 총 148명이 살고 있으며 세대수는 총 71세대이다. 마을의 동제는 매년 음력 2월과 10월의 첫 정일(丁日)에 지낸다. 동제를 지내는 장소는 마을회관이며 전 동민이 참여하여 마을의 안녕과 농사의 풍년을 기원한다.

조사자 일행은 이 마을을 방문하기에 앞서 남면사무소에 들러 문화담당자로부터 면지를 확보한 후 이 마을에 대한 대략의 상황을 파악하였다. 담당자의 말에 따라 임포마을에 어른들이 많이 모인다고 해서 이 마을을 조사하게 되었다. 대략 2시 45분 즘에 마을에 도착하니 마을회관에 많은 노인들이 모여 있었다. 노인들은 조사자 일행을 환대해 주었으며 적극적인 협조로 조사가 순조롭게 진행되었다.

이 마을에서 김동심(여, 79세) 제보자로부터 <아리랑> 등 민요와 <가천 암수바위의 유래>라는 설화 1편을 조사하였으며, 조정엽(여, 70세) 제보자로부터 <양산도>를 들을 수 있었다. 다른 제보자들로부터도 <아리랑>, <양산도>, <창부타령> 등을 조사하였다. 그런데 <아리랑>과 <양

산도> 외에 다른 민요는 채록되지 않았다. 대략 1시간 45분 정도 조사를 진행하여 오후 4시 30분쯤에 완료했다.

경상남도 남해군 남면 홍현리 가천마을

조사일시 : 2011.1.25
조 사 자 : 박경수, 정규식, 오소현, 공유경

조경태 제보자 댁

가천(加川)마을은 언제부터 사람이 살기 시작했는지 정확한 시기를 알기는 어렵다. 다만 신라 신문왕 당시라고 전해져 오고 있을 뿐이다. 설흘산 봉수대를 보아도 고려시대 이전부터는 사람들이 살았던 것으로 추정할 수 있다.

옛날에는 마을을 간천(間川)으로 불러 왔는데 정조 10년(1786)에 간행된 진주 남해현지에 가천리라는 명칭이 처음으로 등장하여 독립마을로 지내오다가 고종 32년(1895)에 행정구역 개편으로 법정리인 홍현리의 한 마을이 되었다. 그 뒤 1926년에 홍현마을에서 분동되어 오늘에 이르고 있다. 마을 양쪽으로 내(川)가 흐른다고 하여 가천이라 부르게 되었다고 하며 '가내'라고 부르기도 한다.

홍현리 가천마을경로당

이 마을은 동쪽의 홍현마을과 서쪽의 향촌마을까지는 거리가 먼 데다 지세가 험하여 오랫동안 교통이 발달하지 못한 탓으로 암수바위, 다랑이 논, 설흘산 봉수대 등의 자연 경관과 문화적 유산이 잘 보존되어 있다. 그래서 2000년에는 농촌전통테마마을, 2002년에는 자연생태우수마을, 다랑이 논은 2005년에 한국의 명승지로 지정되었다. 2006년에는 '한국의 살기 좋은 지역 자원 100선'에 선정되기도 하였다.

가천마을의 문화자산 가운데 첫째로 꼽히는 것은 자연과 조화를 이룬 최고의 예술품인 계단식 다랑이 논이다. 이곳에 터를 잡고 살기 시작한 주민들은 바다로 내리 지르는 소울산 응봉산 비탈을 깎아 논을 만들어 왔다. 그 결과, 삿갓을 씌우면 보이지 않을 정도로 작은 논이라 하여 삿갓배미라 부르는 달갱이로부터 봇물이 실한 세마지기 가웃논까지 100층이 넘는 논배미들이 층계를 이룬 모습은 장관을 형성하게 되었다. 위에서부터 물을 대야 모든 논에 골고루 물을 댈 수 있기 때문에 척박한 비탈에 석축을 쌓아 논을 만들었다. 그 석축은 한 뼘이라도 땅을 더 넓히려는 주민들의 집념으로 만들어졌는데 안으로 기운 것 없이 바짝 곧추 서 있는 것이 특징이다. 이렇게 형성된 다랑이 논은 석축을 따라 농군의 심성을 닮은 듯 유연한 곡선을 그리고 있어 한 폭의 그림 같다.

영조 27년(1751) 현령이었던 조광징의 꿈에, 백발을 휘날리며 한 노인이 나타나 "내가 가천에 묻혀 있는데 우마의 통행이 잦아 일신이 불편해 견디기가 어려우니 나를 일으켜 주면 필시 좋은 일이 있을 것"이라 말했다. 현령이 관원을 모아 가천으로 가 꿈에 본 것과 똑 같은 지세가 있어 땅을 파자 남자의 성기를 닮은 높이 5.8m, 둘레 1.5m인 거대한 수바위와 아기를 밴 배부른 여인의 형상인 높이 3.9m, 둘레 2.5m인 암바위가 나왔다. 현령은 암바위는 누운 그대로 두고 수바위는 일으켜 세워 미륵불로 봉안하고 제사를 올렸다. 이때부터 주민들은 미륵불이 발견된 음력 10월 23일 자정이면 생선이나 육고기 없이 과일만 차려 불교식 제사를 올리면서 마을의 안녕을 빌고 있다.

암수바위는 주민들뿐만 아니라 어선들이 고기잡이를 나갈 때 예를 올리는 용왕신이며 불임여성, 병자가족, 입시생을 둔 학부모들이 기도하기 위해 찾는 민간신앙처라고 전한다. 조선시대 남아선호사상이 나은 성기숭배의 대상물에서 바다와 마을의 수호신, 탄압받던 민초들이 해방된 세상을 기원하던 미륵불인 가천 암수바위는 남해의 귀중한 문화자산이다.

조사자 일행은 석교마을의 조사를 완료하고 오후 1시 5분경에 가천마을에 도착하였다. 간단히 식사를 마친 후 미리 전화를 통해 안내를 부탁드린 가천다랭이마을 사무국장 김효용 씨를 만났다. 이후 이분의 친절한 도움으로 조사를 순조롭게 진행할 수 있었다.

이 마을의 경우, 마을 경로당에서는 주로 할머니들이 모여 있었고 제보자 중 한 분인 조경태(남, 81세)씨 댁에 모여 있었다. 먼저 할머니들이 있는 경로당에서 조사를 시작하였다.

김효용 씨의 안내를 받아 2시 경에 경로당에 도착하니 할머니들이 상당이 많이 모여 있었다. 김효용 사무국장이 미리 조사자 일행의 방문을 알려둔 상태였기 때문에 조사의 여건이 아주 좋았다. 조사도 순조롭게 진행되었다. 주요 제보자로는 조막심(여, 83세)과 이달막(여, 88세)이 있다. 조막심이 제공한 자료는 <아리랑> 등의 민요와 <꾀를 부려 호랑이를 잡은 토끼>, <똥장군이 많이 굴렀다는 다랭이밭> 등 설화 2편이며, 이달막이 제공한 자료는 민요 <진도아리랑>, <도라지타령>, <베틀 노래>와 설화 <귀신불을 만난 사람>이다.

경로당에서 약 1시간 45분 정도 조사를 한 후, 오후 3시쯤에 할아버지들이 있는 조경태씨 댁으로 향했다. 역시 김효용 사무국장이 그곳까지 친절히 안내해 주었다. 그곳에서 이태수(남, 73세) 제보자와 조경태 제보자들로부터 민요와 설화를 조사하였다. 이태수 제보자가 제공한 자료는 <진도아리랑> 등의 민요와 <과부와 자고 헤어지는 간부>, <앉아서도 잘 보이는데>, <도깨비와 씨름한 사람> 등의 설화이다. 조경태 제보자 댁에서 약 1시간가량 조사를 한 후 모든 조사를 완료하였다. 오후 5시에 조사를 마치고 숙소로 귀가 하였다.

▌제보자

강복례, 여, 1933년생

주 소 지 : 경상남도 남해군 남면 석교리 석교마을
제보일시 : 2011.1.25
조 사 자 : 박경수, 정규식, 오소현, 공유경

강복례는 1933년 계유생으로 닭띠이다.
남해 용소마을에서 5남 3녀 중 둘째로 태어
났다. 20살에 결혼을 하여 슬하에 2남 2녀를
두었다. 자녀들은 다 객지에 나가 있고, 현
재 남편(이대수, 81세)과 함께 살고 있다.

제보자는 목소리가 작고 부끄러움을 많이
타는 성격이었다. 처음에는 노래가 기억이
안 나서 잠시 멈칫했지만, 조사자의 가사 유
도로 노래를 불러 주었다. 한 곡을 부르자 노래가 생각이 많이 났는지 계
속 불러 주었다.

제공한 자료는 <진도아리랑>과 <도라지타령> 등이다. 이 자료들은 어
릴 적 자라면서 친구들과 둘러앉아 같이 부르면서 익혔다고 했다.

제공 자료 목록
04_04_FOS_20110125_PKS_KBL_0001 진도아리랑
04_04_FOS_20110125_PKS_KBL_0002 도라지타령

강윤아, 여, 1925년생

주 소 지 : 경상남도 남해군 남면 석교리 석교마을
제보일시 : 2011.1.26

조 사 자 : 박경수, 정규식, 오소현, 공유경

　강윤아는 1925년 을축생으로 소띠이다. 본관은 진주이며 경상남도 남해군 삼동면 지족리에서 태어났다. 1남 3녀 중 첫째로 태어났다. 17살에 결혼하여 2남 2녀를 두었다. 자녀들은 객지에 살고 있고 제보자는 남해군 남면 덕월리 구미마을에서 혼자 살고 있다.

　제보자는 부끄러움이 많았다. 구연을 하다가도 더 이상 안 부른다고 하면서도 조사자가 유도하면 또 불러 주었다. 녹음하는 걸 부담스러워하기도 하고 기억이 안 난다며 계속 노래 부르기를 꺼렸다. 하지만 노래를 시작하면 적극적으로 구연에 임했다.

　강윤아 할머니는 <창부타령>, <모심기 노래> 등을 제공해 주셨다.

제공 자료 목록

04_04_FOS_20110126_PKS_KYA_0001 창부타령
04_04_FOS_20110126_PKS_KYA_0002 모심기 노래

곽달여, 여, 1925년생

주 소 지 : 경상남도 남해군 남면 선구리 선구마을
제보일시 : 2011.1.24
조 사 자 : 박경수, 정규식, 오소현, 공유경

　곽달여는 1925년 을축생으로 소띠이다. 남해군 서면 사상리에서 4남 2녀 중 막내로 태어났다. 17살에 결혼을 하여 1남 6녀를 두었다. 27년 전 남편을 잃었고, 현재 혼자 살고 있다. 과거에는 농사를 지었는데 지금은 하지 않는다.

제보자는 양손을 흔들면서 재밌게 웃으면서 노래를 불러 주었다. "부르라면 불러야지"라고 말하며 박수치면서 기분 좋게 불러 주었다.

제공한 자료는 <진도아리랑>, <창부타령>, <양산도> 등이다. 늘 부르던 노래라서 잘 부를 수 있었다고 말했다. 이 자료들은 예전에 일하면서 듣고 익혔다고 하였다.

제공 자료 목록

04_04_FOS_20110124_PKS_KDY_0001 진도아리랑 (1)

04_04_FOS_20110124_PKS_KDY_0002 창부타령 (1)

04_04_FOS_20110124_PKS_KDY_0003 진도아리랑 (2)

04_04_FOS_20110124_PKS_KDY_0004 양산도

04_04_FOS_20110124_PKS_KDY_0005 진도아리랑 (3)

04_04_FOS_20110124_PKS_KDY_0006 창부타령 (2)

곽심엽, 여, 1927년생

주 소 지 : 경상남도 남해군 남면 임포리 임포마을

제보일시 : 2011.1.24

조 사 자 : 박경수, 정규식, 오소현, 공유경

곽심엽은 1927년 정묘생으로 토끼띠이다. 경상남도 남해군 서면 서상리에서 태어났다. 학교는 다니지 못했지만 저녁에 회관에 다니며 공부를 배웠다고 한다. 26살에 결혼하여 슬하에 1남 2녀를 두었다. 시집살이가 고되 적게 낳길 원했다고 했다. 현재는 남편

하재순(81세)과 남면 임포리 임포마을에서 살고 있다.

제보자는 말씀이 별로 없고 부끄러움을 많이 타는 편이다. 제공한 자료는 <양산도>, <아리랑> 등이다.

제공 자료 목록
04_04_FOS_20110124_PKS_KSY_0001 양산도
04_04_FOS_20110124_PKS_KSY_0002 아리랑

권심덕, 여, 1929년생

주 소 지 : 경상남도 남해군 남면 홍현리 가천마을
제보일시 : 2011.1.25
조 사 자 : 박경수, 정규식, 오소현, 공유경

권심덕은 1929년 기사생으로 뱀띠이다. 2남 2녀 중 첫째로 태어났다. 18살에 결혼을 하여 2남 3녀를 두었다. 자녀들은 다 객지에 나갔고 혼자 살고 있다.

제보자는 귀가 잘 안 들려 더 많은 조사는 불가했다. 또한 제보자는 숨이 가빠 길게 노래를 하지는 못했지만 춤을 추며 재밌게 노래를 불러 주었다. 아는 노래도 많고 노래  부르는 걸 좋아하여 즐기면서 조사에 응해 주었다.

제공한 자료는 <진도아리랑>, <도라지타령> 등이다. 이 자료들은 어릴 적부터 듣고 배웠다고 하였다.

제공 자료 목록
04_04_FOS_20110125_PKS_KSD_0001 노랫가락
04_04_FOS_20110125_PKS_KSD_0002 진도아리랑
04_04_FOS_20110125_PKS_KSD_0003 도라지타령

권옥봉, 여, 1931년생

주 소 지 : 경상남도 남해군 남면 홍현리 가천마을
제보일시 : 2011.1.25
조 사 자 : 박경수, 정규식, 오소현, 공유경

권옥봉은 1931년 신미생으로 양띠이다. 구례 곡성에서 4녀 중 둘째로 태어났다. 17살에 결혼을 하여 1남 5녀를 두었다. 5년 전 남편을 잃었고, 혼자 살고 있다.

제보자는 점잖은 성격을 가지고 있었다. 무릎장단을 치며 노래를 불렀다. 노래가 길어도 힘들어하지 않고 끝까지 불러 주었다. 제공한 자료는 <진도아리랑> 등이다. 이 자료들은 어릴 적 친구들에게 듣고 배웠다고 하였다.

제공 자료 목록

04_04_FOS_20110125_PKS_KOB_0001 아리랑
04_04_FOS_20110125_PKS_KOB_0002 진도아리랑
04_04_FOS_20110125_PKS_KOB_0003 창부타령

권옥희, 여, 1934년생

주 소 지 : 경상남도 남해군 남면 홍현리 가천마을
제보일시 : 2011.1.25
조 사 자 : 박경수, 정규식, 오소현, 공유경

권옥희는 1934년 갑술생으로 개띠이다. 남해군 이동면에서 4녀 중 셋째로 태어났다. 17살에 결혼을 하여 1남 1녀를 두었다. 자녀들은 객지에 있고 혼자 살고 있다.

제보자는 구슬픈 목소리를 가졌다. 노래를 잘하는 분 중 한 명이었다. 목청도 크고 성격도 화통하였다. 제공한 자료는 <양산도>, <이리랑> 등의 민요와 설화 <부모상에 방귀 뀐 상주> 등이다. 이 자료들은 어릴 때 논을 매면서 듣고 배웠다고 하였다.

제공 자료 목록

04_04_FOT_20110125_PKS_KOH_0001 부모상에 방귀 뀐 상주
04_04_FOS_20110125_PKS_KOH_0001 양산도
04_04_FOS_20110125_PKS_KOH_0002 아리랑

김강순, 여, 1924년생

주 소 지 : 경상남도 남해군 남면 임포리 임포마을
제보일시 : 2011.1.24
조 사 자 : 박경수, 정규식, 오소현, 공유경

김강순은 1924년 갑자생으로 쥐띠이다. 경상남도 남해군 서면 서상리에서 태어났다. 1남 1녀 중 둘째로 태어났다. 일찍이 농사를 지어 지금까지도 농사일을 하고 있다. 20살에 결혼하여 슬하에 3남 2녀를 두었다. 큰 아들 내외와 함께 임포마을에서 살고 있고 다른 자녀들은 객지에 살고 있다.

제보자는 처음에는 노래를 못 부른다고 했으나 시간이 지나자 조사자가 노래를 요구하기 전에 먼저 나서서 구연을 해 주었을 정도로 적극적으로 조사에 임하였다. 하지만 실제 구연한 자료는 두 편에 불과하다. 제공한 자료는 <아리랑>이다. 제보자는 이 노래를 어렸을 때, 농사하면서 배웠다고 한다.

제공 자료 목록

04_04_FOS_20110125_PKS_KKS_0001 아리랑

김금엽, 여, 1933년생

주 소 지 : 경상남도 남해군 남면 선구리 선구마을
제보일시 : 2011.1.24
조 사 자 : 박경수, 정규식, 오소현, 공유경

  김금엽은 1933년 계유생으로 닭띠이다. 남면 선구리 선구마을에서 2남 4녀 중 셋째로 태어났다. 20살에 결혼을 하여 슬하에 4남 1녀를 두었다. 자녀들은 모두 객지에 있다. 현재 남편(77세, 최인선)과 함께 살고 있다. 과거에도 농사를 지었고 지금도 계속짓고 있다.

  제보자는 고운 말씨를 가졌다. 숨이 금방 차서 노랫가락을 길게 못 불렀지만 그래도 열심히 불러 주었다. 제공한 자료는 민요 <양산도>, <진도아리랑> 등과 설화 <귀신에게 뒷다리를 잡힌 사람>이다. 이 자료들은 일할 때 들으면서 노래를 익혔다고 하였다.

제공 자료 목록

04_04_FOT_20110124_PKS_KKY_0001 귀신에게 뒷다리를 잡힌 사람
04_04_FOS_20110124_PKS_KKY_0001 양산도
04_04_FOS_20110124_PKS_KKY_0002 진도아리랑

김동심, 여, 1933년생

주 소 지 : 경상남도 남해군 남면 임포리 임포마을
제보일시 : 2011.1.24

조 사 자 : 박경수, 정규식, 오소현, 공유경

김동심은 1933년 계유생으로 닭띠이다.
본관은 김해이며 경상남도 남해군 남면에서
태어났다. 3남 2녀 중 넷째로 태어났다. 예
전엔 농사도 짓고 삼도 쌌었다. 18살에 결혼
하여 슬하에 1남 2녀를 두었다. 자녀들은 대
구, 진주, 부산에 살고 있지만 제보자는 남
편 하창진(82세)과 남해군 남면 임포리 임포
마을에서 살고 있다.

제보자는 "무슨 노래 해 볼까?"라고 먼저 물으시며 적극적으로 조사에
참여해 주었다. 양 어깨를 흔들며 흥에 겨워 노래를 불러 주었다. 제공한
자료는 <아리랑>. <진도아리랑>, <노랫가락> 등과 <가천 암수바위의
유래>라는 설화이다. 제보자는 이 노래들을 어렸을 때 일하면서 배운 것
이라고 한다.

제공 자료 목록
04_04_FOT_20110124_PKS_KDS_0001 가천 암수바위의 유래
04_04_FOS_20110124_PKS_KDS_0001 아리랑 (1)
04_04_FOS_20110124_PKS_KDS_0002 진도아리랑
04_04_FOS_20110124_PKS_KDS_0003 노랫가락
04_04_FOS_20110124_PKS_KDS_0004 아리랑 (2)
04_04_FOS_20110124_PKS_KDS_0005 창부타령
04_04_FOS_20110124_PKS_KDS_0006 양산도

김두실, 남, 1926년생

주 소 지 : 경상남도 남해군 남면 선구리 선구마을
제보일시 : 2011.1.24
조 사 자 : 박경수, 정규식, 오소현, 공유경

김두실은 1926년 병인생으로 범띠이다.
본관은 김해로 선구리 선구마을에서 4남 4
녀 중 다섯째로 태어났다. 24살에 결혼을 하
여 2남 5녀를 두었다. 자녀들은 모두 객지에
나가 있고, 현재 부인과 함께 살고 있다. 상
남초등학교를 다녔다. 과거에 바다 일을 하
거나 농사를 지었다.

제보자는 목청이 크고 시원시원한 목소리
를 가지고 있었다. 부끄러워하는 면도 있었지만 그래도 잘 불러 주었다.
제공한 자료는 <양산도> 한 곡이다. 이 자료는 예전에 일을 하면서 듣고
배웠다고 하였다.

제공 자료 목록
04_04_FOS_20110124_PKS_KDS_0001 양산도

김성악, 여, 1924년생

주 소 지 : 경상남도 남해군 남면 임포리 임포마을
제보일시 : 2011.1.24
조 사 자 : 박경수, 정규식, 오소현, 공유경

김성악은 1924년 갑자생으로 쥐띠이다. 경상남도 남해군 남면 임포리
임포마을에서 태어났다. 18살의 나이로 결혼하여 슬하에 2남 3녀를 두었
다. 자녀들은 현재 큰아들을 제외하고는 모두 외지에 나가 살고 있다고 했
다. 28년 전 남편을 여의고 현재는 큰아들 내외와 살고 있다. 제보자는 사
진 촬영을 거부하는 바람에 사진을 찍지 못했다.

제보자는 처음에는 조용하고 소극적이었지만 분위기가 흥에 겨울수록
같이 노래를 부르곤 하였다. 제공한 자료는 <아리랑>이다.

제공 자료 목록
04_04_FOS_20110124_PKS_KSA_0001 아리랑

김성지, 여, 1932년생

주 소 지 : 경상남도 남해군 남면 임포리 임포마을
제보일시 : 2011.1.24
조 사 자 : 박경수, 정규식, 오소현, 공유경

　김성지는 1932년 임신생으로 원숭이띠이
다. 본관은 김해이며 경상남도 남해군 남면
에서 태어났다. 현재까지도 농사를 짓고 있
다. 18살에 결혼하여 슬하에 2남 3녀를 두었
다. 모두 외지에서 생활하고 있다. 현재 남
편 하명훈(82세)과 함께 남해군 남면 임포리
임포마을에서 살고 있다.

　제보자는 처음에는 노래 못 부른다고 하
였지만 분위기가 고조되자 노래를 불러 주었다. 같이 부르기도 하면서 흥
에 겨워하셨다. 제공한 자료는 <아리랑>이다.

제공 자료 목록
04_04_FOS_20110124_PKS_KSJ_0001 아리랑

김일선, 여, 1933년생

주 소 지 : 경상남도 남해군 남면 홍현리 가천마을
제보일시 : 2011.1.25
조 사 자 : 박경수, 정규식, 오소현, 공유경

　김일선은 1933년 계유생으로 닭띠이다. 남해군 남면 다항리에서 태어났다.

17살에 결혼을 하여 슬하에 3형제를 두었다. 10년 전에 남편을 잃었고 혼자 살고 있다.

제보자는 노래를 부를 때 외에는 말이 없는 조용한 성격이었다. 다른 제보자가 노래를 부를 때 같이 장단을 맞추며 따라 불러 주었다.

제공한 자료는 민요 <진도아리랑>과 설화 <한복을 입은 귀신에 홀린 사람> 등이다. 이 자료들은 예전에 일하면서 듣고 배웠다고 하였다.

제공 자료 목록
04_04_FOT_20110125_PKS_KIS_0001 한복을 입은 귀신에 홀린 사람
04_04_FOS_20110125_PKS_KIS_0001 진도아리랑

김춘자, 여, 1937년생

주 소 지 : 경상남도 남해군 남면 덕월리 구미마을
제보일시 : 2011.1.26
조 사 자 : 박경수, 정규식, 오소현, 공유경

김춘자는 1937년 정축생으로 소띠이다. 본관은 김해이며 경상남도 남해군 남면 석교리 을포마을에서 태어났다. 3남 3녀 중 첫째로 태어났다. 22살에 결혼하여 슬하에 3남 3녀를 두었다. 자녀들은 서울, 부산, 양산 등 객지에 살고 있다. 제보자는 5년 전 남편을 잃고 남해군 남면 덕월리 구미마을에서 혼자 살고 있다.

제보자는 수줍게 웃으시며 노래를 불렀다. 원래 노래 부르는 것을 좋아하는데 나이가 들어 가사가 기억나지 않아 노래를 잘 부르지 않는다고 했다. 다른 제보자들이 노래를 부를 때면 박수치며 즐겁게 조사에 참여했다. 제공한 자료는 <아리랑>, <노랫가락>, <모심기 노래>이다.

제공 자료 목록
04_04_FOS_20110126_PKS_KCJ_0001 아리랑
04_04_FOS_20110126_PKS_KCJ_0002 노랫가락
04_04_FOS_20110126_PKS_KCJ_0003 모심기 노래

김태성, 남, 1934년생

주 소 지 : 경상남도 남해군 남면 홍현리 가천마을
제보일시 : 2011.1.25
조 사 자 : 박경수, 정규식, 오소현, 공유경

김태성은 1934년 갑술생으로 개띠이다. 본관은 김해로 남해군 남면 홍현리 가천마을에서 2형제 중 막내로 태어났다. 23살에 결혼을 하여 1남 3녀를 두었다. 부인을 잃었고 혼자 살고 있다. 아직도 농사를 짓는다고 하였다.

제보자는 노래를 시원시원하고 크게 잘 불러 주었다. 긴 노래를 쉬지 않고 부를 만큼 체력도 좋고 소리도 잘 내었다. 긴 가사를 다 외우고 있었다. 제공한 자료는 <창부타령>, <도라지타령>, <베틀노래> 등의 민요이다. 이 자료들은 어렸을 때 놀면서 듣고 배웠다고 하였다.

제공 자료 목록
04_04_FOS_20110125_PKS_KTS_0001 창부타령 (1)
04_04_FOS_20110125_PKS_KTS_0002 도라지타령

04_04_FOS_20110125_PKS_KTS_0003 베틀 노래
04_04_FOS_20110125_PKS_KTS_0004 창부타령 (2)

김해녀, 여, 1922년생

주 소 지 : 경상남도 남해군 남면 선구리 선구마을
제보일시 : 2011.1.24
조 사 자 : 박경수, 정규식, 오소현, 공유경

김해녀는 1922년 임술생으로 개띠이다.
남해군 남면 을포리 을포마을에서 3남 3녀
중 넷째로 태어났다. 16살에 결혼을 하여 5
남매를 두었다. 현재 아들 내외와 같이 살고
있다.

제보자는 조용하고 말씀이 없는 점잖은
성격이었다. 하지만 노래를 부를 때는 목소
리도 크고 신명나게 잘 불러 주었다. 연세
때문에 노래는 길게 못 부르셨다.

제공한 자료는 민요 <진도아리랑> 등이다. 이 자료들은 예전에 일하면
서 듣고 배웠다고 하였다.

제공 자료 목록

04_04_FOS_20110124_PKS_KHN_0001 아리랑 (1)
04_04_FOS_20110124_PKS_KHN_0002 진도아리랑 (1)
04_04_FOS_20110124_PKS_KHN_0003 아리랑 (2)
04_04_FOS_20110124_PKS_KHN_0004 나비노래
04_04_FOS_20110124_PKS_KHN_0005 진도아리랑 (2)

류상악, 여, 1929년생

주 소 지 : 경상남도 남해군 남면 임포리 임포마을
제보일시 : 2011.1.24
조 사 자 : 박경수, 정규식, 오소현, 공유경

류상악은 1929년 기사생으로 뱀띠이다.
경상남도 남해군 남해읍 항촌리에서 태어났
다. 1남 3녀 중 둘째로 태어났다. 17살에 결
혼하여 슬하에 3남 2녀를 두었다. 자녀들은
서울, 경주 등 객지에 살고 있고 5년 전 남
편을 여의고 남해군 남면 임포리 임포마을
에서 혼자 살고 있다.

제보자는 다른 할머니 두 분과 장단 맞춰
가면서 신나게 부르다가도 갑자기 다른 노래를 불러 주곤 하였다.

제공한 자료는 <창부타령>, <아리랑> 등의 민요이다. 제보자는 이 노
래를 어렸을 때 어머니로부터 듣고, 일하면서 듣고 알게 되었다고 한다.

제공 자료 목록
04_04_FOS_20110124_PKS_RSA2_0001 창부타령
04_04_FOS_20110124_PKS_RSA2_0002 아리랑

박춘애, 여, 1933년생

주 소 지 : 경상남도 남해군 남면 덕월리 구미마을
제보일시 : 2011.1.26
조 사 자 : 박경수, 정규식, 오소현, 공유경

박춘애는 1933년 계유생으로 닭띠이다. 본관은 밀양이며 경상남도 남해
군 서면 서상리 장항마을에서 태어났다. 2남 5녀 중 셋째로 태어났다. 20

살에 결혼하여 슬하에 4남을 두었다. 자녀들
은 객지에 살고 있고, 제보자는 현재 남편
(송정석, 85세)과 함께 살고 있다.

제보자는 제일 먼저 구연에 임해 주었다.
알고 있는 노래도 많다고 했다. 실제 노래를
부를 때는 춤도 추고 손뼉을 치며 흥겨워하
였다. 특히 손으로 방바닥을 치면서 노래를
구연하였다. 노래판이 무르익자 할머니도 신
이 나는 듯 아주 즐거워했다.

제공한 자료는 <진도아리랑>, <청춘가> 등의 노래와 <지렁이국으로
시어머니를 봉양한 며느리>, <무덤가에서 귀신들의 대화를 들은 소금장
수> 등의 이야기이다. 제보자는 노래와 이야기를 어렸을 때 들었다고 하
였다.

제공 자료 목록

04_04_FOT_20110126_PKS_PCA_0001 지렁이국으로 시어머니를 봉양한 며느리
04_04_FOT_20110126_PKS_PCA_0002 귀신들의 대화를 들은 소금장수
04_04_FOS_20110126_PKS_PCA_0001 진도아리랑 (1)
04_04_FOS_20110126_PKS_PCA_0002 청춘가
04_04_FOS_20110126_PKS_PCA_0003 너냥 나냥
04_04_FOS_20110126_PKS_PCA_0004 진도아리랑 (2)

박행이, 여, 1937년생

주 소 지 : 경상남도 남해군 남면 홍현리 가천마을
제보일시 : 2011.1.25
조 사 자 : 박경수, 정규식, 오소현, 공유경

박행이는 1937년 정축생으로 소띠이다. 20살에 결혼을 하여 2남 4녀를

두었다. 자녀들은 객지에 나갔고, 남편(이영 태, 76세)과 함께 살고 있다.

제보자는 조용한 성격을 가지고 있었다. 다른 제보자들이 노래를 부를 때 옆에서 같이 웃으며 장단을 맞춰 주었다. 조사가 끝나 갈 무렵 부끄럽게 이야기를 해 주었다.

제공한 자료는 <삿갓 아래 숨겨진 삿갓뱅이 논> 한 편이다. 이 자료는 어렸을 적 들었던 이야기라고 하였다.

제공 자료 목록
04_04_FOT_20110125_PKS_PHI_0001 삿갓 아래 숨겨진 삿갓뱅이 논

배이동, 남, 1946년생

주 소 지 : 경상남도 남해군 남면 선구리 선구마을
제보일시 : 2011.1.24
조 사 자 : 박경수, 정규식, 오소현, 공유경

배이동은 1946년 병술생으로 개띠이다. 본관은 성주이며 전남 여수에서 2남 2녀 중 셋째로 태어났다. 25살에 결혼을 하여 2남 2녀를 두었다. 현재 부인(조수이, 65세)과 함께 살고 있다. 과거에는 어업을 하다가 현재는 농업을 하고 있다.

제보자는 정확한 발음으로 노래를 길게 잘 불러 주었다. 긴 노래 가사를 다 기억하고 있었다. 다른 제보자와 조사자들에게 뒷소리를 가르쳐 주어 같이 부를

수 있었다. 노래를 부를 때 몸을 좌우로 흔들며 부른다.

　제공한 자료는 민요 <줄끗기 노래> 등과 설화 <아들 따라 벌을 선 아버지> 등이다. 이 자료는 옛날 어르신들에게 듣고 배웠다고 하였다.

제공 자료 목록

04_04_FOT_20110124_PKS_BID_0001 아들 따라 벌을 선 아버지
04_04_FOS_20110124_PKS_BID_0001 줄끗기 노래 (1)
04_04_FOS_20110124_PKS_BID_0002 줄끗기 노래 (2)

이귀춘, 여, 1925년생

주 소 지 : 경상남도 남해군 남면 선구리 선구마을
제보일시 : 2011.1.24
조 사 자 : 박경수, 정규식, 오소현, 공유경

　이귀춘은 1925년 을축생으로 소띠이다. 남해군 서면 서상리 서상마을에서 3남 4녀 중 첫째로 태어났다. 17살에 결혼을 하여 슬하에 4남 3녀를 두었다. 10년 전 남편을 잃었고 현재 아들 내외와 함께 살고 있다. 아직도 농사를 짓는다고 하였다.

　제보자는 다른 제보자들의 노래 소리에 장단을 맞추며 같이 즐겁게 불러 주었다.

　제공한 자료는 <진도아리랑>이다. 어렸을 때 듣고 배웠다고 하였다.

제공 자료 목록

04_04_FOS_20110124_PKS_LKC_0001 진도아리랑

이달막, 여, 1924년생

주 소 지 : 경상남도 남해군 남면 홍현리 가천마을
제보일시 : 2011.1.25
조 사 자 : 박경수, 정규식, 오소현, 공유경

이달막은 1924년 갑자생으로 쥐띠이다. 남해군 이동면 초음리에서 5녀 중 셋째로 태어났다. 18살에 결혼을 하여 3남 3녀를 두었다. 자녀들은 다 객지에 있고, 혼자 살고 있다.

제보자는 먼저 노래를 많이 해 주었다. 숨이 차서 한 번에 길게는 부르지 못했지만 중간 중간 쉬어가며 많이 불러 주었다. 어깨를 덩실덩실하며 웃으며 노래를 불러 주었다.

제공한 자료는 <진도아리랑>, <도라지타령> <베틀 노래> 등과 설화 <귀신불을 만난 사람> 등이다. 이 자료들은 옛날에 일하면서 듣고 배웠다고 하였다.

제공 자료 목록
04_04_FOT_20110125_PKS_LDM_0001 귀신불을 만난 사람
04_04_FOS_20110125_PKS_LDM_0001 진도아리랑 (1)
04_04_FOS_20110125_PKS_LDM_0002 진도아리랑 (2)
04_04_FOS_20110125_PKS_LDM_0003 아리랑
04_04_FOS_20110125_PKS_LDM_0004 도라지타령
04_04_FOS_20110125_PKS_LDM_0005 베틀 노래

이태수, 남, 1938년생

주 소 지 : 경상남도 남해군 남면 홍현리 가천마을
제보일시 : 2011.1.25

조 사 자 : 박경수, 정규식, 오소현, 공유경

이태수는 1938년 무인생으로 범띠이다.
남해군 남면 홍현리 가천마을에서 장남으로
태어났다. 26살에 결혼을 하여 3남 1녀를 두
었다. 현재 부인(한영애, 69세)과 함께 살고
있다. 마을에서 노인회 부회장을 맡고 있다.
고등학교까지 다녔다고 하였다.

제보자는 목소리가 굵고 크다. 조사하는
목적을 정확히 이해하고 이야기를 많이 해
주었다. 노래를 할 때는 노래에 관해 부연 설명을 해 주어 조사자들의 이
해를 도왔다. 이야기를 할 때 몸짓으로 표현까지 하며 이해가 잘 가도록
이야기를 해 주었다. 제공한 자료는 민요 <진도아리랑> 등과 <과부와 자
고 헤어지는 간부>, <누워서도 잘 보이는데>, <도깨비와 씨름한 이야
기> 등의 설화이다. 이 자료들은 부모님께 듣고 배웠다고 하였다.

제공 자료 목록

04_04_FOT_20110125_PKS_LTS_0001 과부와 자고 헤어지는 간부
04_04_FOT_20110125_PKS_LTS_0002 누워서도 잘 보이는데
04_04_FOT_20110125_PKS_LTS_0003 도깨비와 씨름한 사람
04_04_FOS_20110125_PKS_LTS_0001 청산도 섬이라던가
04_04_FOS_20110125_PKS_LTS_0002 진도아리랑

임정이, 여, 1936년생

주 소 지 : 경상남도 남해군 남면 석교리 석교마을
제보일시 : 2011.1.25
조 사 자 : 박경수, 정규식, 오소현, 공유경

임정이는 1936년 병자생으로 쥐띠이다. 남해군 남면 평산리 유구마을에

서 3남 3녀 중 넷째로 태어났다. 과거에는 농
사를 하였다. 21살에 결혼을 하여 슬하에 1남
6녀를 두었다. 10년 전 남편을 잃었고 현재
딸과 같이 살고 있다. 종교는 기독교이다.

제보자는 목소리가 곱고 발음이 좋았다.
숨이 가쁜데도 많은 노래를 불러 주었다. 조
사자가 먼저 가사 한 소절을 유도하면 바로
완곡을 하였다. 시간이 지날수록 노래들을
더 많이 기억해 내어 많은 노래를 불러 주었다. 제보자는 상당히 많은 자
료를 제공해 주었다. 제공한 자료는 <가축을 존대한 며느리 >, <해와 달
이 된 오누이>, <귀신에게 홀린 사람> 등 설화 세 편과 민요 <물레 노
래>, <진도아리랑>, <화투타령>, <아리랑>, <창부타령>, <양산도>
등이다. 이 자료들은 과거에 농사를 하면서 듣고 배웠다고 하였다.

제공 자료 목록

04_04_FOT_20110125_PKS_LJY_0001 해와 달이 된 오누이
04_04_FOT_20110125_PKS_LJY_0002 귀신에게 홀린 사람
04_04_FOT_20110125_PKS_LJY_0003 가축을 존대한 며느리
04_04_FOS_20110125_PKS_LJY_0001 저 건네라 사랑방에
04_04_FOS_20110125_PKS_LJY_0002 시집가던 삼일만에
04_04_FOS_20110125_PKS_LJY_0003 물레 노래
04_04_FOS_20110125_PKS_LJY_0004 진도아리랑
04_04_FOS_20110125_PKS_LJY_0005 창부타령 (1)
04_04_FOS_20110125_PKS_LJY_0006 남의집 서방님은
04_04_FOS_20110125_PKS_LJY_0007 창부타령 (2)
04_04_FOS_20110125_PKS_LJY_0008 아리랑 (1)
04_04_FOS_20110125_PKS_LJY_0009 창부타령 (3)
04_04_FOS_20110125_PKS_LJY_0010 양산도
04_04_FOS_20110125_PKS_LJY_0011 화투 타령
04_04_FOS_20110125_PKS_LJY_0012 노래만 부르고

정한엽, 여, 1927년생

주 소 지 : 경상남도 남해군 남면 덕월리 구미마을
제보일시 : 2011.1.26
조 사 자 : 박경수, 정규식, 오소현, 공유경

정한엽은 1927년 정묘생으로 토끼띠이다.
본관은 온양이며 경상남도 남해군 고현면에
서 태어났다. 1남 1녀 중 둘째로 태어났다.
17살에 결혼하여 슬하에 4남 3녀를 두었다.
자녀들은 서울, 부산 등 객지에 살고 있다.
제보자는 20년 전에 남편을 잃고 현재 아들
과 함께 이곳에서 살고 있다.

제보자는 목청이 시원시원하고 크며 목소
리가 굵다. 말의 속도가 느렸지만 느린 장단의 노래를 잘 부른다. 노래를
부를 때는 천천히 박수를 치면서 장단을 맞추기도 하였다.

제공한 자료는 <신작로 질질이>, <진도아리랑> 등이다. 제보자는 이
노래들을 어렸을 때 들었던 것이라 했다.

제공 자료 목록

04_04_FOS_20110126_PKS_JHY_0001 신작로 질질이
04_04_FOS_20110126_PKS_JHY_0002 진도아리랑
04_04_FOS_20110126_PKS_JHY_0003 아리랑

조경태, 남, 1931년생

주 소 지 : 경상남도 남해군 남면 홍현리 가천마을

제보일시 : 2011.1.25

조 사 자 : 박경수, 정규식, 오소현, 공유경

조경태는 1931년 신미생으로 양띠이다. 본관은 함안으로 남해군 남면 홍현리 가천 마을에서 장남으로 태어났다. 23살에 결혼을 하여 4남 3녀를 두었다. 2년 전 부인을 잃고 혼자 살고 있다. 아직도 농사를 짓는다고 하였다.

제보자는 작은 체구를 가지셨다. 노래를 부를 때 구성지게 잘 불러 주었다. 목소리가 독특했고, 노래 부를 때 감정이 풍부하게 담겨져 있었다.

제공한 자료는 <양산도>, <진도아리랑>이다. 이 노래들은 부모님께 듣고 배웠다고 하였다.

제공 자료 목록

04_04_FOS_20110125_PKS_JKT_0001 양산도

04_04_FOS_20110125_PKS_JKT_0002 진도아리랑

조막심, 여, 1929년생

주 소 지 : 경상남도 남해군 남면 홍현리 가천마을

제보일시 : 2011.1.25

조 사 자 : 박경수, 정규식, 오소현, 공유경

조막심은 1929년 기사생으로 뱀띠이다. 16살에 결혼을 하여 3남 1녀를 두었다. 10년 전에 남편을 잃었고 현재 아들 내외랑 함께 살고 있다. 옛날 에는 농사를 지었다.

제보자는 조사 분위기가 무르익자 노래가 많이 생각났는지 뒤로 갈수록

노래를 많이 불러 주었다. 노래 부를 때 박
수를 치며 불렀다. 몸을 좌우로 흔들며 장단
에 맞추어서 노래를 하였다. 목청도 크고 장
단도 잘 맞추고 노래 가사도 다 기억하였다.

　제공한 자료는 민요 <아리랑>, <닐리니
타령> 등과 설화 <꾀를 부려 호랑이를 잡
은 토끼>, <똥장군이 굴러 내린 다랭이밭>
등이다. 이 자료들은 옛날부터 들었던 것을
기억해서 불러 주었다고 하였다.

제공 자료 목록
04_04_FOT_20110125_PKS_JMS_0001 꾀를 부려 호랑이를 잡은 토끼
04_04_FOT_20110125_PKS_JMS_0002 똥장군이 굴러 내린 다랭이밭
04_04_FOS_20110125_PKS_JMS_0001 아리랑 (1)
04_04_FOS_20110125_PKS_JMS_0002 진도아리랑
04_04_FOS_20110125_PKS_JMS_0003 닐니리야
04_04_FOS_20110125_PKS_JMS_0004 아리랑 (2)

조정엽, 여, 1942년생

주 소 지 : 경상남도 남해군 남면 임포리 임포마을
제보일시 : 2011.1.24
조 사 자 : 박경수, 정규식, 오소현, 공유경

　조정엽은 1942년 임오생으로 말띠이다. 본관은 양천으로 경상남도 남해
군 남면에서 태어났다. 2남 4녀 중 넷째로 태어났다. 예전엔 농사뿐 아니
라 배도 탔다고 한다. 지금은 농사만 하고 있다. 21살에 결혼하여 슬하에
3남 1녀를 두었다. 자녀들은 거제, 마산, 창원 등 객지에 살고 있지만 남편
김형수(77세)와 함께 남해군 남면 임포리 임포마을에 살고 있다.

제보자는 목소리가 크고 발음도 정확한 편이다. 젊기도 하지만 유쾌하기도 하다. 제보자는 이 노래를 어렸을 때 친구들과 일하면서 알게 됐다고 한다. 제공한 자료는 <너냥나냥>, <양산도>이다.

제공 자료 목록

04_04_FOS_20110124_PKS_JJY_0001 양산도 (1)
04_04_FOS_20110124_PKS_JJY_0002 너냥 나냥
04_04_FOS_20110124_PKS_JJY_0003 양산도 (2)

하봉원, 남, 1925년생

주 소 지 : 경상남도 남해군 남면 선구리 선구마을
제보일시 : 2011.1.24
조 사 자 : 박경수, 정규식, 오소현, 공유경

하봉원은 1925년 을축생으로 소띠이다. 본관은 진주이며 선구리 선구마을에서 2남 1녀 중 첫째로 태어났다. 20살에 결혼을 하여 2남 5녀를 두었다. 12년 전에 부인을 잃었고 현재 혼자 살고 있다.

과거에는 농사를 하였고, 초등학교 4년을 다녔다. 제보자는 점잖은 성격이었다. 처음에는 노래를 못 한다고 계속 거절했지만 조사자의 유도 끝에 몇 곡 불러 주었다. 감정이 풍부하게 잘 불러 주었다. 구슬프고 깊이 있게 노래를 불러 주었고, 이야기할 때는 웃으면서 재밌는 분위기를 조성하며 말해 주었다.

제공한 자료는 민요 <양산도>와 설화 <귀신이 자신을 잡아당겼다고

착각한 사람>이다. 이 자료들은 어릴 적 듣고 배웠다고 하였다.

제공 자료 목록
04_04_FOT_20110124_PKS_HBO_0001 귀신이 자신을 잡아당겼다고 착각한 사람
04_04_FOS_20110124_PKS_HBO_0001 양산도

하창우, 남, 1928년생

주 소 지 : 경상남도 남해군 남면 임포리 임포마을
제보일시 : 2011.1.24
조 사 자 : 박경수, 정규식, 오소현, 공유경

하창우는 1928년 무진생으로 용띠이다.
본관은 진양이며 경상남도 남해군 남면 임
포리 임포마을에서 태어났다. 초등학교를 졸
업하고부터 농사를 짓기 시작하였다. 18살에
결혼하여 슬하에 5남을 두었다. 지금은 아내
김숙례와 함께 남해군 남면 임포리 임포마
을에서 살고 있다.

제보자는 노래를 부를 때나 다른 조사자
들이 노래를 부를 때도 항상 웃고 계셨다. 제공한 자료는 <아리랑>이다.

제공 자료 목록
04_04_FOS_20110124_PKS_HCW_0001 아리랑

하창진, 남, 1930년생

주 소 지 : 경상남도 남해군 남면 임포리 임포마을
제보일시 : 2011.1.24
조 사 자 : 박경수, 정규식, 오소현, 공유경

하창진은 1930년 경오생으로 말띠이다. 본관은 진양이며 경상남도 남해군 남면 임포리 임포마을에서 태어났다. 2남 중 막내로 태어났다. 중학교를 졸업하고 농사를 지었으며 아직까지도 농사를 하고 있다. 21살에 결혼하여 슬하에 1남 2녀를 두었다. 자녀들은 객지에 나가 살고 있지만 할머니와 함께 남해군 남면 임포리 임포마을에서 살고 있다.

현재 노인 회장을 맡고 있으며 목소리가 크고 점잖으시다. 남자다우며 이야기해 주실 때 외에는 말씀이 별로 없었다. 제공한 자료는 설화 <시루봉의 유래>이다.

제공 자료 목록
04_04_FOT_20110124_PKS_HCJ_0001 시루봉의 유래

부모상에 방귀 뀐 상주

자료코드 : 04_04_FOT_20110125_PKS_KOH_0001
조사장소 : 경상남도 남해군 남면 홍현리 가천마을
조사일시 : 2011.1.25
조 사 자 : 박경수, 정규식, 오소현, 공유경
제 보 자 : 권옥희, 여, 78세
구연상황 : 조사자가 <방귀 뀌는 며느리> 이야기를 구연해 달라고 하자 제보자가 이 이
　　　　　야기가 생각났다고 하면서 구연해 주었다.
줄 거 리 : 어떤 사람이 부모님 상을 맞았다. 배가 고픈 나머지 음식을 많이 먹고는 계속
　　　　　방귀를 뀌었다. 다른 상주가 장례를 치른 뒤에 두고 보자고 했다.

　상가 집. 저거 부모가 세상을 떳는갑데. 모두 상복을 입고 이래가 있는
디. 고마 그렇든가 저렇든가. 배가 고파서 그런가. 뭐 많이 조상들이 먹었
어. 그래가 ○○○○산게. 있던 상주가.

　나중에 일채리 놓고 그래도 울어쌌거든. 아이고 아이고 울더만. 그럼 또
방귀를 풍풍 뀌싸니까. 허허. 뀌싼게. 일채리 놓고 알아본다고. 일친 뒤 알
아보자. 일친 뒤 알아보자. 또 하면 풍 뀌모 일친 뒤 알아보자. 일채리 놓
고 니는 방구를 뀌싼게. 벌을 준다고. 하하하.

　상주가 늘 방구를 끼 싸니까. 조상옷을 입고 상옷을 입고. 일친 뒤 알아
보자 케요. 그래가 저거 아배 일 치른 뒤. 조삼조삼 할 때 알아봤다. 자꾸
껴싼게 조삼조삼 무 쌀 때 알아봤다. 일친 뒤 알아보자. 일친 뒤 알아보자.

　(청중 : 맬팰라꼬(때리고 패려고).)

　하모. 그게 일친 뒤 알아보자 하거든. 일친 뒤 알아볼 것도 없고. 조상은
잘 쳤다.

귀신에게 뒷다리를 잡힌 사람

자료코드 : 04_04_FOT_20110124_PKS_KKY_0001

조사장소 : 경상남도 남해군 남면 선구리 선구마을

조사일시 : 2011.1.24

조 사 자 : 박경수, 정규식, 오소현, 공유경

제 보 자 : 김금엽, 여, 79세

구연상황 : 조사자가 귀신 이야기를 구연해 달라고 하자 제보자가 이 이야기를 구연하였다.

줄 거 리 : 선구마을 건너 마을에 귀신이 자주 나왔다. 어떤 사람이 그 마을을 지나가는
데 귀신이 뒷다리를 잡아 당겼다. 집으로 돌아와서 보니 가시나무가 옷에 걸
려 있었다.

할아버지가 인자 길을. 우리 여 부락에서 저 건너 부락으로 가는데. 거
기 구신이 많이 난다고 하거든요. 길에예. 그러는데.

그 강께노. 장 뒷다리를 잡아 댕기고 잡아 댕기고 해사서. 이기 틀림없
이 구신이다 그리 했는데.

저거집 근처에 가깝기 가 가지고 불빛 베는데 가 가지고. 인자 여기까지
따라왔구나 싶어서 옷을 더듬은 게로. 가시 가시가 가시나무 거기 옷에 걸
리 갖고. 거기 잡아댕기는 거를 구신이 나와서 잡아댕긴다고. 그리 생각
했답니다.

가천 암수바위의 유래

자료코드 : 04_04_FOT_20110124_PKS_KDS_0001

조사장소 : 경상남도 남해군 남면 임포리 임포마을

조사일시 : 2011.1.24

조 사 자 : 박경수, 정규식, 오소현, 공유경

제 보 자 : 김동심, 여, 79세

구연상황 : 조사자가 지역에 전승되는 전설을 구연해 달라고 하자 제보자가 가천이 친정
이라고 하면서 이 이야기를 구연해 주었다.

줄 거 리 : 가천마을의 암수바위가 원래는 누워 있었는데 꿈에 나타나 일으켜 세워 달라고 당부하자 마을 사람들이 암수바위를 세워 놓고는 거기에다 제를 모시고 공을 들이니 가천마을에 큰 인물들이 많이 났다는 이야기이다.

가천에 내가 거기서 컷는디. 내가 거서 컸는디. 내가 가천서 나가 컸거든. 그런디 그 암서방이 어찌됬는가 하면은. 제일 처음에. 제일 처음에. 인자 저저. 그 가천 누집에한테 꿈을 끼기로.

저저 그 미륵이 암서방이. 그때는 땅에 누워가 있었거든. 누워가 있을 때 인자 누집되는 사람한테가 꿈을 꾸기로. 우리가 일어나야지 일어나고 싶은게. 일바사 주라고(일으켜 달라고) 이리 꿈을 선몽을 해 갖고서.

그래 갖고서. 인자. 암서방을 동네에서 그래 갖고 세웠거든. 그런게 인자 할배할매 둘이 세워 놓고. 그따가(거기에다) 인자. 세워 놓고서 동네사람이. 그따가 인자 공을 들있제.

(청중 : 제를 모시고)

아 제를 모시고 공을 들있제.

돼지 먹은 사람이 가면 또 죽어 삐여. 돼지 먹고 제 모시러 몬 가여. 제 모시러 몬 가고. 그래 갖고서 인자. 그 암서방이 인자 거따(거기다가) 제를 모시 갖고. 애기 못 놓는 사람도 갔다 공을 드리고 애기도 낳고. 그래 동네 큰사람도 나고 그래 가천에 큰사람이 많이 났거든.

(청중 : 요새도 마이 나제)

요새도 마이 나고. 그래 갖고 인자 요세 세워 놓고 거따 그리 인자 제를 모시고. 거기 그리덴(그것이 그렇게 된) 암수바위입니다.

도깨비에 홀린 사람

자료코드 : 04_04_FOT_20110125_PKS_KIS_0001
조사장소 : 경상남도 남해군 남면 홍현리 가천마을

조사일시 : 2011.1.25
조 사 자 : 박경수, 정규식, 오소현, 공유경
제 보 자 : 김일선, 여, 79세
구연상황 : 조사자가 귀신 이야기를 구연해 달라고 하자 제보자가 예전에 직접 들었던
이야기라고 하면서 이 이야기를 구연해 주었다.
줄 거 리 : 한 사람이 밤길을 가다가 한복을 입은 귀신에게 홀려 논바닥에 넘어지고 갓
이 부서지는 고생을 했다. 주문을 외우면서 담뱃불로 도깨비를 물리쳤다.

전에 우리 시아버지가 글도 잘하고 하는데 선생님으로 갔다가 밤에 늦
었는가 봐요. 야산 들에 올라가니까. 뭔 여자가 곱게 한복을 입고 앞에 가
더랍니다.

사람이 가는가 부다 그리 했더니. 시아버지가 오다가 가니까 조금 가니
까 딱 자빠져 삣답니다. 그런게 나락이 있는 나락우에 엎어져 자빠져 이
들고간 뿔라져 삣더랍니다.

그래서 우리 시아버지가 가다가 아이 머이 헛지하끼갑다 하면서 진언을
침섬. 인자 그런가 홀안아 든 담배를 한대 댕김서 그래가 가니까 그것도
장 앞에 가더랍니다.

그리 방향이 또 앞을 건넌다 싶어서 또 가도 또 자빠뜨리더랍니다. 그래
옛날에 갓을 우리 시아버지가 갓을 썼는가 봐요. 갓 태가 터지고 그러더랍
니다. 그래가 인자 담배를 짜꾸 풋고 희귀담배를 내 돌에다 내 놓고 담불
로 뎅기고 그런게 없어져 버리더랍니다.

그래가 보듯이 그 아침 날 그 집에 도착을 했다고 그러대요 그렇더랍니다.

지렁이국으로 시어머니를 봉양한 며느리

자료코드 : 04_04_FOT_20110126_PKS_PCA_0001
조사장소 : 경상남도 남해군 남면 덕월리 구미마을
조사일시 : 2011.1.26

조 사 자 : 박경수, 정규식, 오소현, 공유경
제 보 자 : 박춘애, 여, 79세
구연상황 : 민요 구연이 끝나고 조사자가 옛날이야기를 구연해 달라고 요청하였다. 하지
만 대부분의 할머니들은 이야기를 모른다고 하면서 구연을 하지 않았다. 조사
자가 이야기 구연을 계속 유도하는 중에 제보자가 다음 이야기를 구술해 주
었다.
줄 거 리 : 아들이 집을 떠난 뒤 며느리가 눈먼 시어머니에게 지렁이 반찬을 해 주었다.
지렁이 반찬을 맛있게 먹은 시어머니가 아들이 돌아온 후 맛있게 먹은 반찬
을 보여 주자 아들은 지렁이라고 한다. 그 반찬이 지렁이라는 아들의 말에 시
어머니가 눈을 떴다.

참 옛날에 그리 이야기가 있는데. 참 아닌 게 아니라. 나이가 많은 시어
머니는 눈이 어둡고. 며느리가 인자 씨어미를 데리고 사는데. 망게 뭐이
묵자니 물기 없고 뭐이 반찬 할 것도 없고 한께.

이 지렁이 땅에 나오는 지렁이 그놈을. 이 저 사람은 국을 끓이 준다구
는 기. 이 사람은 지렁이는 잡아 갖고 구워서 주고 주고 해나 놓게. 이 할
매가 맛이 있는가 싶어서 맛이 있는 걸 주는가 싶어서.

그 인자 할매가 꾸주면(구워서 주면) 한 동가리는 먹고 한 동가리는 자
리 밑에 여 넣어 놓고. 그래 나또 나논게(그렇게 해 놓으니까). 인자 어느
때 얼마나 되간게. 아들이 온게.

"아이고 아들이. 우리 아무개 엄마가 이리 좋은 반찬을 해 주는데. 이기
뭐인고 좀 먹어 보게 이게 참 맛이 있네."

그러면서 주니까. 고마 아들이 지그메를(자기 어머니를) 보고 아싸리 바
른대로 말을 해버린 거라.

"아이고 엄마. 이게 맛이 아니고 지렁이를 구워 가고 어매를 주던가."

그래 놓게사네. 인자 저거 할매가 눈을 퍼떡 떠삣다 쿠데. 저거 할매가.

귀신들의 대화를 들은 소금장수

자료코드 : 04_04_FOT_20110126_PKS_PCA_0002
조사장소 : 경상남도 남해군 남면 덕월리 구미마을
조사일시 : 2011.1.26
조 사 자 : 박경수, 정규식, 오소현, 공유경
제 보 자 : 박춘애, 여, 79세
구연상황 : 조사자가 더 알고 이야기가 있느냐고 하자 제보자가 앞서 구연한 이야기에
　　　　　 이어 이 이야기를 구연해 주었다.
줄 거 리 : 소금장수가 길을 가다가 해가 지는 바람에 무덤가에서 잠을 자게 되었다. 무
　　　　　 덤의 주인인 귀신들이 나누는 대화를 듣고 다음 날 소금을 팔러 어느 집에
　　　　　 가게 되었다. 어제 밤에 귀신들이 나눈 대화의 내용대로 그 집의 아이가 불에
　　　　　 데어 난리가 나 있었다.

　옛날에 옛날에 그래 소금장수가 인자 먹을 길이 없으니까 소금을 지고 소
금 폴로(팔러) 가는데. 해가 졌뻤어. 어느 묏등에 가서 누워 자는데. 저 인자
그 매떵 옆에 누자는 그 메에 할배가 그날 저녁 저그 집이 지세(제사)라.
　저 근네에 인자 저 사람이. 그 할배가 지세 아니고. 근네 가는 사람이
　"아무개네. 올 저녁 내 기일인데 내랑 가세 묵으러 가세."
　한게,
　"오 고 자네나 야 이 사람아 갔다 오게. 올 저녁 여 손님이 와서 몬 가
네. 자네나 잘 갔다 오게."
　글쿠더로 이야기를 하더라 캐. 그렇게서네,
　"자네나 잘 갔다 오게."
　그러케 논게. 그리 갔다옴서 도 저 할배가 또 누자는데 부름시로.
　"야 이 사람 자는가 나는 갔다 오네."
　"잘 묵고 오는가?"
　그런게,
　"잘 먹고 못 먹고. 야 이 사람아. 베미로(뱀을) 갔다가 국에다가 걸쳐 놔

서 내가 묵고 안 하고 그 집에 아를 갔다가 부수개로(아궁이에) 밀어 넣어 버리고 왔네."

그리쿠더라 캐요. 글쿠더라 캐요. 그런게,

"그리요. 아이고 그리모 먹도 못하고 왔는가."

그러니까,

"고마 내 안 가길 잘 했네. 내는 손님이 와서 안 가길 잘 했네."

글쿠고. 그 인자 소금장수가 그 누잠스러(누워 자면서) 들고서는 인자. 뒷날 아침에 소금 풀러 간다고 어느 집에 간게. 지세라고 사람들이 와서 물어사고 그리산는데. 대청 간게네. 그 아가 부수깨에 빠졌다고 막 불에 데었다고 난리도 아니라 캐요.

그런 소리를 들었지 내가. 내가 그런 이야길 들었어요.

삿갓 아래 숨겨진 삿갓뱅이 논

자료코드 : 04_04_FOT_20110125_PKS_PHI_0001
조사장소 : 경상남도 남해군 남면 홍현리 가천마을
조사일시 : 2011.1.25
조 사 자 : 박경수, 정규식, 오소현, 공유경
제 보 자 : 박행이, 여, 75세
구연상황 : 조사자가 이 마을의 명물인 다랭이논에 대한 전설이나 이야기를 해 달라고
          구연을 유도하였다. 그러자 제보자가 다음 이야기를 해 주었다.
줄 거 리 : 옛날에 다랭이마을 사람들이 논에서 일을 하다가 점심을 먹은 후 논을 헤아
          려 보니 논이 하나가 모자랐다. 그런데 벗어 놓은 삿갓 밑에 조그마한 논이
          있어 그 논을 '삿갓뱅이'라고 하게 되었다.

삿갓뱅이가 우째서 삿갓뱅이냐 하며는. 우리가 그곳에서 컷는디. 어렸을 적에 클적에. 논이 조그맣게 요롷고 요롷고 했는데. 거기서 점심을 먹고 나서 논을 세니까 논이 이만한 게 여섯 갠데 하나 없어요. 하나 없어서 삿

갓을 든게 삿갓 밑에 하나 논이 있어요. 그래서 그걸 삿갓뱅이라 쿠는 그
거는 정상 맞아요 그거는. 예.

(조사자 : 논이 논이 조그맣겠네?)

예. 조그마하고 조금. 그게 이렇게 방구(바위) 세이다가(사이에다) 논 방
구 세이다가 쬐깨 이렇게 이렇게 만드리고 또 이렇게 만드리고 하니께. 여
섯 갠디. 여섯 갠디. 그다가 인자 삿갓을 씌놓고 점심을 먹었어. 먹으니까.
논이 센 게 하나 없어서 삿갓을 드니게 논이 하나 나왔어.

(조사자 : 논이 어디 있어요?)

논이 저 여 앞에 가면 있어요.

(조사자 : 길 위에? 길 밑에?)

길 위에 있어요.

(조사자 : 길 위쪽으로?)

예. 그래 가지고 그걸 옛날부터 삿갓달갱이 삿갓달갱이 그렇게 이름이
그리 났어요. 그래 가지고 요즘도 전설이 삿갓뱅이 우쩌고 저쩌고 그리 한
다고.

아들 따라 벌을 선 아버지

자료코드 : 04_04_FOT_20110124_PKS_BID_0001
조사장소 : 경상남도 남해군 남면 선구리 선구마을
조사일시 : 2011.1.24
조 사 자 : 박경수, 정규식, 오소현, 공유경
제 보 자 : 배이동, 남, 65세
구연상황 : <줄끗기 노래> 구연을 마치고 조사자들이 옛날이야기를 해 달라고 하자 제
　　　　　보자가 이 이야기를 구연해 주었다.
줄 거 리 : 한 할아버지가 말썽을 부리는 손자를 추운 겨울에 옷을 벗겨 벌을 세우자 아
　　　　　이의 아버지가 아들이 불쌍해서 옷을 벗고 함께 벌을 서면서 '내 아들이 떠는

데 네 아들도 떨어 봐야지.'라고 했다.

옛날 할아버지가 손주가 하도 말을 안 들어서 어르고 달래다가 안 되니까. 한 겨울에 옷을 홀랑 벗겨서 저 대문 앞에 세워 놓고 발발 떨고 벌을 세워 놓으니까.

자기 아버지가 가만 쳐다보니까 불쌍하거든. 자기 자식이. 가만히 생각해 보니까. 불쌍해서 곰곰이 생각해 보다가 자기도 옷을 싹 발가벗고 아들 옆에 가서 딱 서 가지고 딱 서 가고는 뭐라고 그라노

"내 아들이 떠는데 네 아들도 떨어 봐야지." 했단다.

귀신불을 만난 사람

자료코드 : 04_04_FOT_20110125_PKS_LDM_0001
조사장소 : 경상남도 남해군 남면 홍현리 가천마을
조사일시 : 2011.1.25
조 사 자 : 박경수, 정규식, 오소현, 공유경
제 보 자 : 이달막, 여, 88세
구연상황 : 조사자가 귀신 이야기를 구연해 달라고 하자 제보자가 이 이야기를 구연해 주었다. 제보자는 예전에는 귀신이 실제 있었는데 요즘에는 없어졌다고 했다.
줄 거 리 : 가천마을 인근에 새 도로를 낸다고 산을 깎아 놓아 사람들이 그 길로 다니지 못하고 바닷가 길로 다녔는데 그곳이 예전부터 귀신이 많이 나오던 곳이었다. 한 사람이 작은 마누라 집에 가다가 그곳을 지나다가 귀신을 만났는데 성냥 불을 켜서 귀신을 쫓았다.

어르신들한테 들은 이야긴게 내가 직접 보지는 않았거든.

(조사자 : 예.)

지금 저 우리 시아버지가 살았시며는 한 백 백삼십 살 아마 그리 됐을 끼다 아매. 돌아가신 지 오래 됐거든. 옛날에 우리 시아버지가 한량이 돼 가지고. 마누라 얻어 가지고. 밤걸음 치고 마. 우리 시오매가 올은 시오매

는 덜내 삐고. 작은 사람한테 마이 데이거든. 술 받아먹고 그랬는데.

하루 저녁에는 여 저 더무개라고 저 가면 있제. 저 저 삼동면에.

(조사자 : 예. 예. 삼동면에)

그그. 옛날에 도로로 내 신착로를 내면서 질을 막 깎아서 바다로 내라서 막 그리 퍼 질을 못차 놓고 밤으로 사람이 못 데이고 그러는디. 그 구신이 그리 잘 나온다 케요. 거기에. 그래 가이고 고개마. 바다에서 구신이 잡아 당겨서 물에 빠져 죽은 사람, 거기서 죽는 사람. 이런 말을 듣고서. 밤에 이제 작은 마누라를 얻어 놓고 거 가더라 케요. 상주라 쿠는 그거로. 작은 마누라한테 밤에 가는 기제. 큰 마누라는 우여 나두고.

갔는데. 그 저 둥천을 파 가지고 막 태산 같이 해 났는데 도로 낼라고 해 났으니까. 질을 다 뿌사논 기제. 그래 인자 바닷가로 살살 사람이 데이 는디. 아이 저만치 마을이 상구 에뚜리미로 가니게. 아이 그마 불이 마. 벌. 쌍라니포. 그저마. 불이 마 벌거 요리 비더라네. 그런게 머리가 어지러워 정심을 없는 기제 귀신을 만나 가지고 죽는다 싶어서. 저걸 우찌 지나갈꼬 세다가. 생각해 보니까. 홀 안에 전에 쌍라리포 성냥 그것이 있었더라 케 요. 그거를 한 통을 내 가지고 싹 혼자 다 지고서 착 기린게 불이 차르르 한게. 고만 불이 꺼져버리더라 케요

그 잔 할머니 집에 가서 막 날 죽는다고 이래 가지고 쳐 무서워서 ○○ ○○ 놀래 가지고. 그래 가지고 겨우 좋아서 일어났는데. 난중 뒷날 좋아 가지고. 그리 날새서 오니께로. 암 것도 없고. 찔레나무 가시 거기서 불이 난 거라. 찔레나무 가시 거기서 불이 나서. 성냥 기리 들야삔게 차라본게 그렇더라 케요

그리 구신이 있다 케도 거기 구신이 없는 기야 거기. 구신불이라고 할배 그리 놀랐는데. 요세는 구신 있는가 구신 없제. 구신 만났다 쿠는 사람 하 나도 없다고. 지금은.

과부와 자고 헤어지는 간부

자료코드 : 04_04_FOT_20110125_PKS_LTS_0001
조사장소 : 경상남도 남해군 남면 홍현리 가천마을
조사일시 : 2011.1.25
조 사 자 : 박경수, 정규식, 오소현, 공유경
제 보 자 : 이태수, 남, 73세
구연상황 : 조사자가 외설담이나 음담패설도 괜찮으니 아는 이야기를 해 달라고 하자 제
　　　　　보자가 이 이야기를 해 주었다.
줄 거 리 : 어떤 간부가 과부 집에서 하룻밤을 즐긴 뒤 아내가 무서워 집으로 돌아가려
　　　　　던 차에 과부가 어디 가냐고 하자, 간부가 손바닥을 짝 벌려 손사래를 치면서
　　　　　도망가듯 가니 과부가 '5일 뒤에 또 올 것이냐?'라고 했다.

　간부. 간부하면. 남의 여자를 탐을 내는 남자거든요. 탐을 내고 과부 집
에 갔단 말입니다. 그저 하루 밤을 자 기분 좋게 자고. 아침에 가만히 눈을
떠 보니까. 저거 집 부인이 겁이 나거든. 부인이 틀림없이.

　"당신 어제 저녁 어디 갔다 왔소?"

　할 기니까. 일나서 허둥지둥 저거 집으로 덜고 달린다. 과부 그 어제 같
이 호부래비 간부놈하고 자 보니까 재미가 있거든.

　"당신 어디 가요? 어디 가요?"

　자꾸 물으니까. 손을 이래가(손을 짝 벌려 흔들며). 안 온다고. 갈 기라
고. 빠이빠이 하는데. 손을 벌리 논게.

　"5일 뒤에 또 올 낍니까?"

　[일동 웃음]

　나는 안 온다고 이카는데. 근데 인제 시마이다. 한 번 맛봤슨게 시마이
다. 그렇게 했는데. 손가락 다섯 개 이라니까. 5일 뒤에 또 올 낍니까? 닷
새 뒤에 또 올 꺼냐? 이 말이야.

누워서도 잘 보이는데

자료코드 : 04_04_FOT_20110125_PKS_LTS_0002
조사장소 : 경상남도 남해군 남면 홍현리 가천마을
조사일시 : 2011.1.25
조 사 자 : 박경수, 정규식, 오소현, 공유경
제 보 자 : 이태수, 남, 73세
구연상황 : 제보자가 앞의 이야기에 이어 이 이야기를 구연해 주었다.
줄 거 리 : 어떤 남자가 재혼을 해서 귀여운 아내를 맞았는데 밤마다 아이들 눈을 피해
　　　　　동침을 하려니 힘들었다. 그러다가 방 가운데 장롱을 놓고 부부가 동침을 하
　　　　　는데 큰아들이 농 위에서 그 장면을 보다가 새어머니에게 뺨을 맞게 되었다.
　　　　　그러자 동생이 누워서도 보이는데 왜 농 위에 올라갔느냐고 했다.

이 남자가 이 물건이 좀 큰 기라. 인부가 좀 크 가지고 인자. 이렇게 사
는데. 본 여자가 그 인부땜에 놀라가 고마 가삣어. 재혼을 해 가지고 전라
도 여자라. 지금 어더가 사는데. 지금도 있어요. 사는데.

요기도 모처럼 조와 각시로 우째 만나 놓고 얼마나 각시가 귀엽고 좋고
좋은고마 밤에는 잠을 안 자고 자꾸 못된 짓을 하려고 하는 거지. 그래도
이것도 애가 터져 죽는 거지.

그러몬 본처가 낳은 아이가 둘이라. 둘이. 머시마가 둘이 지금도 둘이
있어요. 둘이 낳아 놨는데, 한바서 너이 누버 자는데 그서 일을 칠라 쿤게
여자는 굉장히 부담스러운 거지. 여자가 힘들고.

그래서 인자 농짝을. 이 이래 농이 안 있는가 베. 그 당시 잘 기억한게.
우리 꼭 우리 한 살 작십니다 그 사람이. 농을 두 짝이 되가 있은께. 내려
가지고 요래 자그만 기 둘둘 요만한 게. 조꼼 방이 좀 남드란다. 요만이 남
아. 딱 안 맞고.

　(조사자 : 농짝을 막았네요.)

허허 막아 놓고. 아 그 막아 놓고 인자. 머스마 놈들은 안에 둘이 자라
고. 지는 농 옆에서 둘이 자는 기라. 농 옆에서. 태길이 태길이다.

(청중 : 흐응.)

그래 마음 놓고 하는 거지. 농 너매 있인게. 이기 누잔게. 아 여서 여서 보인게. 어이 큰 놈이 일어나서 농에 올라가서 내려다보고 있더라네. 일치 고 난게. 요 요서 내리다보더라 캐.

아 저거 아배는 차마 말을 못하고 저거 어매는 다실어매거든. 다실어맨 게 못때쳐먹었다고 하면서 따귀를 몇 개 때리삔 기라. 머시마 큰 마마. 얼 매 나쁘고 기분이 나쁘긴고 내리다보고 잉게. 작은 놈 그놈이 빈자리가 빈자리 여서 보니까 딱 누서 비거든.

"행님아 행님아. 가만히 누워서 바도 되는데. 뭐하러 농우에 올라갔노?"

도깨비와 씨름한 사람

자료코드 : 04_04_FOT_20110125_PKS_LTS_0003
조사장소 : 경상남도 남해군 남면 홍현리 가천마을
조사일시 : 2011.1.25
조 사 자 : 박경수, 정규식, 오소현, 공유경
제 보 자 : 이태수, 남, 73세
구연상황 : 조사자가 도깨비 이야기를 해 달라고 하자 제보자가 이 이야기를 해 주었다.
줄 거 리 : 일을 마치고 어두운 밤길을 오다가 도깨비를 만나서 씨름을 한 후 도깨비를 나무에 묶어 놓고 집에 왔는데 다음 날 아침에 가 보니까 빗자루가 묶여 있 었다.

인이라. 사람들이 손으로 많이 데는데. 사람이 머시 땀이라든가. 이런 기 있다가 빗자리라든지. 괭이 뒷자리든지. 밤이 되며는 이 뭐 그 시기는 섣 달그믐이라든지 어두운 밤이 되며는 그서 이리 헛불이 나거든. 그래가서 여 도채비로 변신이 되는 긴데.

내가 듣기로는 우리 처삼촌인데. 그 분이 그저 죽전에 게시는데. 아 하물 차 갔다 오는데. 도채비가 마 숲에 파 펴져 가지고 불이 나 가지고 글싸 터레. 그래서 마 씨름하자 쿤다 쿠고 마 조. 그 당시는 헛기 빗는 모양이제.

그래 하도 그놈을 갔다 달아 뭉키 가지고마 인자가 나무에다 뭉키 놓고 인자가 집으로 들어 온 기지. 인자. 도채비가 먼저 덤빈 기지. 뒷날 아침에 도채비가 우찌 덴는고 가 본게. 도채비가 아이고 그 뭐이고 싸리빗자리. 몽당 빗자리가 뭉기지 있더랍니다. 그런게 손에 마이 만지싼게 이게 씨 그라 그거 묻어 가지고 그거 인자, (청중 : 거기 이 인이다.) 하모. 인인데. 우리가 고기도 섣달그믐 때 어둘 때 걸어 나두모 불이 헌하모 시굿불이 헌합니다.

(조사자 : 아 그런 게 있었네.) 네. 사람이 손을 테우모

해와 달이 된 오누이

자료코드 : 04_04_FOT_20110125_PKS_LJY_0001
조사장소 : 경상남도 남해군 남면 석교리 석교마을
조사일시 : 2011.1.25
조 사 자 : 박경수, 정규식, 오소현, 공유경
제 보 자 : 임정이, 여, 76세
구연상황 : 호랑이 이야기를 해 달라고 하자 이 이야기를 해 주었다. <해와 달이 된 오
　　　　　누이>의 변이형으로 앞부분의 내용이 일반적인 유형과는 조금의 차이를 보
　　　　　이는 이야기이다.
줄 거 리 : 오누이가 바닷가에 조개를 캐러 갔다가 날이 어두워서 길을 잃게 되었다. 어
　　　　　둠 속에서 불빛이 나는 곳에 도착하니 호랑이 집이었다. 오누이는 호랑이가
　　　　　자신들을 잡아먹으려고 한다는 것을 알고 도망을 간다. 오누이는 집 뒤의 나
　　　　　무 위로 도망간 후 하늘에서 내려 준 줄을 타고 하늘로 올라갔다. 호랑이도
　　　　　줄을 타고 하늘로 올라가다 떨어져 죽게 되었다. 하늘에 올라간 누나는 해가
　　　　　되고 동생은 달이 되었다.

옛날에 오누가 살아요. 오누 둘이 사는데. 오누가 둘이서 바다에 인자 조개를 캐러 갔어요. 조개. 반지락 캐러 갔는데 반지락이 안 나서. 캐고 캐

고 안 나와서. 인자 해가 거무럭케 지는데. 반지락 캐는데 반지락이 한나썩 나와 갖고.

"누나 가자." 하몬,

"한 마리만 더 캐고 가자."

그래. 또 한 마리 더 캐고 저저.

"누나 가자." 하면,

"한 마리 더 캐고 가자."

하면 그마 해가 저서 어더버졌빗어(어두워저 버렸어). 그런데 길을 몰라서. 막 헤매고 인자 오리로 산으로 산으로 기올라간게. 불이 빼꼬롬해가 있어서. 그 집을 찾아 가서 간게. 호랑이 집을 찾아간 거지.

"아이고 내 딸 오냐. 내 아들 오냐?"

함스로 막 방에다 딱 갖다 놓고, 밥이라고 주는 거는 사람 살이고 파래라고 주는 거는 사람 머리고. 그리 조서 인자 그래 묵도 안 아고 앉졌다가. 문을 딱 잠가 놓고 나가는데. 들어 보니까. 저거 잡을라고 칼 가는 소리가 나고 이래사서.

"누나 인자 죽었다. 우짤 끼고. 이래 요기서 우찌 살아 나갈래."

그런게, 그래 요래 처다본게 요 때기칼이 한나 있어 갖고. 이거를 갖고 배리박을 배리박을 팠어요. 죽고 살고 파 본게, 사람 매우 한나썩 나갈 그걸 그만치 구멍을 뚫었어. 요리 뚫어갖고,.

"누나 니부터 빨리 나가라."

하면서 밀어여 놓고. 그담 동생 나가고. 뒤에 큰 나무가 한 개 있었어요. 커다란 나무가 있어. 어둡어서 가지도 못하고. 오가지도 몬한게. 성지꺼서 나무 위에 저 꼭대기 올라앉아 있어.

그래 들어와 보니 호랑이가 사람이 없거든. 그래 뒷날 오디로 갔는고 찾다가 찾다 못 찾아서 뒷날 찾아 보게 나무 꼭대기에 올라앉아 있어서. 그래 거 거게서,

"너거 아가들아. 너거 우찌우찌 올라갔네?" 한게,

"뒷집에 가서 참지름을 얻어다 볼라 갖고 올라왔다."

그런게 참지름으로 올라갈 수 있어요. 못 올라가지. 올라가다 쪽 미끄러지고 올라가다,

"아가들아 우찌우찌 올라갔네?" 한게,

"뒷집에 가서 소똥을 볼라 가지고 올라왔다."

그런게, 또 올라가니까 쪽 미끄러지거든. 그런데 그래서 못 올라가니까.

"아가들아 우찌우찌 올라갔네?"

"뒷집에 가서 짜구(도끼)를 얻어 갖고 와서 콕콕 쪼사 갖고 올라왔다."

바리로 고만 갤차조 뺐어(가르쳐줘 버렸어). 그런게 쪼신게 올라가거든. 저거한테 요리 가칠가칠하게 올라간게. 인자 갈 떼 올 떼가 없인 게 하는 말이

"하나님예. 하나님. 하나님. 우리를 직일라 카면 헌 줄을 내려 주고 살릴라 카면 새 줄을 내려 주세요."

한게, 그래 논게, 그래 인자 줄로 이래 내려왔어. 하늘에서 줄이 내려온게, 그만 새 줄이가 되서 타고 올라갔비고 호랑이도 그랬어. 호랑이도,

"하나님 죽일라 카던 헌 줄을 내려 주고 살릴라 카던 새 줄을 내려 주세요"

한게, 줄로 내라주서 타고 올라가다 헌 줄을 내려 줘서 뚝 끊어졌어. 그 쑤싯대, 옛날에 그 쑤싯대가 있는데, 쑤싯대 이 보면 우리가 쑤싯대를 쑤시를 갈아 갖고 해 놓으모는. 그 쑤싯대 끄트머리 좀 빼 빨간 기 있거든. 거기 호랑이 피랍니다. 똥구녀 쑤시서 떨어져서, 떨어져서, 그 쑤싯대 그기 그 똥구녕이 팍 쑤시서 떨어져 죽었는데, 그게 호랑이 피랍니다.

그래 인자 하늘까지 올라가긴 올라갔는데 우떻게 됐느냐. 그래서 뭐이 천사가 나와서,

"너거 한나는 달이 되고 한나는 해가 되고 한나는 달이 되라."

그리 하더랍니다. 그래서 딸은 누나는,

"해가 되면 세상 사람 다 쳐다봐서 부끄러워서 못 되고 달이 되면 무서워서 못 되겠다."

하니까 그래서 햇빛 쳐다보면 못 쳐다보지요. 사람이요. 그래 인자 바늘 같은 걸 딱 주면서,

"사람이이 쳐다 사람이 쳐다보걸랑 이걸랑 광을 요리 비차라."

이리 해라. 그래서 그래 갖고 해가 되고 달이 되었답니다. 그래 잘 살았답니다.

귀신에게 홀린 사람

자료코드 : 04_04_FOT_20110125_PKS_LJY_0002
조사장소 : 경상남도 남해군 남면 석교리 석교마을
조사일시 : 2011.1.25
조 사 자 : 박경수, 정규식, 오소현, 공유경
제 보 자 : 임정이, 여, 76세
구연상황 : 조사자가 도깨비 이야기나 귀신이야기를 해 달라고 하자 제보자가 이 이야기를 구연해 주었다. 제보자의 할아버지가 직접 경험한 이야기라고 하면서 진지하게 구연하였다.
줄 거 리 : 제보자의 할아버지가 술이 취해서 밤내골을 지날 때 귀신들이 상여를 메고 가는 것을 보았다. 그러자 귀신들이 할아버지를 괴롭혀 할아버지의 정신을 잃게 했다.

우리 할아버지는 그런 거를 당했답니다. 이 동네가 아니고. 유구라고 동네가 있거든요

(조사자 : 유구! 예. 알지예.)

유구 알지요? 거기 바닷가에서 할아버지가 살았는데, 저 할아버지가 산나무 간다고 가다가 술이 한 잔 돼서 고마 해 진지도 몰랐어요. 집에 와야 되는데, 그래 요 온게, 밤내골에 딱 온게.

구신이 저저. 구신들이 세이(상여)를 해 갖고. 세이를 해 갖고 메고 가더 랍니다. 메고 가는데. 이런 사람인 줄 알았어요. 우리 할아버지는. 술이 취 해 가지고. 저 이런 사람이 세이를 메고 밤에 저리 가는 그리 생각하고

그만 구신들이 나보고 저는 우리 허는 거 얕본다고 하면서. 그거는 우리 아버지한테 들었어요. 그 얕본다 컴스러. 얼마나 얼마나 그 밤내골이라 하 는 골이 무선데. 거기서 치굿고 내리굿고 해 가지고.

얼마나 무섭게 해 가지고 그래가 직이지는 않고. 그래 봄이 돼 논게 얼어 죽지도 않고 그래 살아와서. 살아와 가지고. 저. 전에는 병원도 없 고. ○○○○○살았답니다. 그래 살기는 살았답니다.

가축을 존대한 며느리

자료코드 : 04_04_FOT_20110125_PKS_LJY_0003
조사장소 : 경상남도 남해군 남면 석교리 석교마을
조사일시 : 2011.1.25
조 사 자 : 박경수, 정규식, 오소현, 공유경
제 보 자 : 임정이, 여, 76세
구연상황 : 조사자들이 옛날이야기 가운데 재미있는 이야기를 해 달라고 하자 제보자가 이 이야기를 구연해 주었다.
줄 거 리 : 친정어머니가 시집가는 딸에게 말과 행동을 존경스럽게 행해야 된다고 당부 하였다. 시집간 딸이 송아지가 뛰어다니고 그것을 개가 보고서 짖는 장면을 시아버지에게 말하면서 가축들을 높여서 말했다.

내일 모레 시집갈라고. 저거 어매가,

"시집가면. 딸아 시집가면. 어때든지. 말도 존경 있게 하고 행동도 존경 있고 뭐. 오만 그렇다. 존경 있게 해야 된다. 아무나자나. ○○○쿠몬 안 된다."

하니까, 그래 시집을 가서 인자, 시집을 가 가지고. 사흘 만에. 송아지가

인자. 소로 키우는데. 송아지를 낳아 놓으니까. 송아지가 뛰나옴스로 뛰나오고 마 거석기로 씨고 싼게,

"아버님. 송추 씨가 꺼지로 씨시고 지시고 나와 오시시니 개 씨가 보시고 짖십니다."

꾀를 부려 호랑이를 잡은 토끼

자료코드 : 04_04_FOT_20110125_PKS_JMS_0001
조사장소 : 경상남도 남해군 남면 홍현리 가천마을
조사일시 : 2011.1.25
조 사 자 : 박경수, 정규식, 오소현, 공유경
제 보 자 : 조막심, 여, 83세
구연상황 : 조사자가 호랑이 이야기를 해 달라고 하자 제보자가 이 이야기를 해 주었다.
줄 거 리 : 호랑이가 토끼를 잡아먹으려 했다. 토끼는 꾀를 내어 웅덩이에 호랑이 꼬리를 담그면 많은 짐승들이 와서 죽는다고 했다. 물이 얼어서 호랑이가 꼼짝을 하지 못하자 토끼가 호랑이를 잡았다.

절터 고랑에서 내려오는 물이 웅덩이 큰 게 있어요 요게. 덩병만 한 웅덩이가 있는데. 토끼란 놈이 어찌나 방정을 떨고 다니면서 요리 갔다 저리 갔다 하면서. 토끼를 자물라 케. 그래 토끼가 생각을 할 때, 호랑이 저놈을 어떻게 꾀를 부려 가지고 저 놈을 붙이 가지고 못 나오게 만들자 해 가지고. 세기 추웠던 모양이제.

"호랑 아지배 호랑 아지배." 한게,

"뭐할라고 부르네." 한게,

"호랑 아지배가 여와서 저 옹당 가에 여기에 앉아서 꼬리로 갔고 물로 자꾸 이리 홀랑홀랑 치모. 토끼고 뭔 짐승이 죄 다 와서 그 물에 호랑 아지배 저 꽁지 치는 바람에 와서 여 와서 다 죽을 꺼다."

라고. 그렇게 꾀를 부렸어. 꾀를 부려 놓으니까. 저놈의 호랑이 추워서

얼음 자꾸 얼고 있는데 웅덩가 앉아서 그 큰 꼬리를 가지고 물을 홀랑홀랑 치니까, 자꾸 얼어붙네 얼어붙어서 오도 가도 못한다. 그래 가지고서마서 그래 호랑이를 잡더랍니다. 그 토끼가 그리 잡더랍니다.

똥장군이 굴러 내린 다랭이밭

자료코드 : 04_04_FOT_20110125_PKS_JMS_0002
조사장소 : 경상남도 남해군 남면 홍현리 가천마을
조사일시 : 2011.1.25
조 사 자 : 박경수, 정규식, 오소현, 공유경
제 보 자 : 조막심, 여, 83세
구연상황 : 조사자가 다랭이 마을과 관련된 이야기를 해 달라고 하자 제보자가 이 이야기를 해 주었다.
줄 거 리 : 가파른 다랭이밭에서 장군을 가지고 거름을 주면 장군이 가파른 밭에서 아래로 굴러떨어졌다.

다랭이 마을인데 밭이 까뿔라요. 이 저 산을 갔고 쳐 논게 밭이 가뿔리기 때메(때문에) 한걸음 택으로 요만치 떼모 석차오치 바지를 입어야 그거를 때서 밭을 매요. 그러기 때메 저 석자오치 중우 가락을 해 가지고 그 밭을 매는디.

그 밭에다가 매고 나모(나면) 장군에다가 전에는 똥오줌을 짊어지고 가서 퍼지기거든. 그럼 저 위에서 오줌 한 장군 지고 가서 퍼지기면. 장군 갖고 퍼지기로 가모(가면) 장군을 널쳐뻽니더. 널쳐뻬면. '저장군 저장군 저장군' 하다가 그만 줍도 못 하고 갱물에 갖다가 톡 떨어졌비요.

귀신이 자신을 잡아당겼다고 착각한 사람

자료코드 : 04_04_FOT_20110124_PKS_HBO_0001
조사장소 : 경상남도 남해군 남면 선구리 선구마을

조사일시 : 2011.1.24

조 사 자 : 박경수, 정규식, 오소현, 공유경

제 보 자 : 하봉원, 남, 87세

구연상황 : 조사자가 호랑이 이야기나 귀신 이야기를 해 달라고 하자 제보자가 이 이야
기를 해 주었다.

줄 거 리 : 어두운 밤에 귀신이 나오는 곳까지 다녀오면 돈을 준다고 하자 한 사람이 그
곳을 가게 되었다. 그곳을 갔다 온 징표로 말뚝을 박는데 그만 자신의 두루마
기 옷자락에다 말뚝을 박았다. 말뚝을 박고 가려는데, 두루마기가 말뚝에 박
힌 것을 모르고 귀신이 잡아당기는 것으로 착각했다.

전에 우리 중에서, 우리에서 그 저저 밤에 놈서로(놀면서) 하는 이야기
가, 저저 가모 그것도 4키로 이상 가는데,

"그 밤에 누가 갔다올 사람 있느냐?"

있시모 뭐 돈을 얼매 준다 했더나 술을 준다고 이래 논게, 인자. 간담을
보기 위해서,

"갔다 올 사람이 있느냐?" 한게,

"내 갔다 온다."

고 한 사람이 장담을 했다. 그래 그 사람이 가서 인자 두루매기를 입고
갔어. 그 갔다고 온 포가 있어야 된다. 이래가 인자. 말뚝을 하나 박기로
했다. 그 가서 말뚝을 하나 박아나야 그것이 우리가 뒷날 가 바서 확인이
된 기지. 말뚝을 하나 박아서. 그래 그 사람이 인자 말뚝을 박으라 쿠는데
한 실변을 했어 구신이 잡아 앉혔던가 우째던가.

그래 인자 갔다 오긴 왔는데, 뒷날 참으로 갔다왔나 안 갔다왔나 보러갔
는데. 두루매기 그걸 두루매길 옷자락을 그걸 옆에 말뚝을 그따가 말뚝을
그따가 박아논게, '저 사람이 그저 구신한테 잡혀서 그 영험을 봤는가' 싶
어서, 저는 뭐 죽을 전력을 다 씨고 인자 째가 옷을 다 째가 왔는데, 가 본
게 막 두루매기로 밤에 그것 논지도(놓은지도) 모르고 그 부뚜맥이다(부뚜
막에다) 말뚝을 박아. 죽을 여게다. 그런 이야기가 다 있어.

'거기 가면 그 가면 포가 있어야 된다.' 이래가 말뚝을 밖아 오기로 해놓는게, 저대로 내이 놀래가. 맹치가 온다고 오는 기 구신이 앉혔는가 싶어서 두루매기가 째지도록 달린 기라.

시루봉의 유래

자료코드 : 04_04_FOT_20110124_PKS_HCJ_0001
조사장소 : 경상남도 남해군 남면 임포리 임포마을
조사일시 : 2011.1.24
조 사 자 : 박경수, 정규식, 오소현, 공유경
제 보 자 : 하창진, 남, 82세
구연상황 : 조사자가 지명의 전설을 이야기 해 달라고 하자 제보자가 시루봉 유래 전설을 이야기해 주었다.
줄 거 리 : 무적골에 옥녀가 넘어오고 군자골에서 군자가 내려와서 부부가 되었다. 호랑이를 피해서 내려오다 반내골에서 시루에 떡을 해 먹다가 시루를 엎었는데 그것이 지금의 시루봉이라는 산이 되었다.

옛날에 우리 마을 전설이다. 무적골에서 옹녀가 넘어오고. 군자골에서 군자가 내려와서 갓을 쓴게 갈미봉이란 산이 있어. 갈미봉. 그 산이 있고.

그 갈미봉에서 내려와 가지고 무적골에서 온 선녀하고 여 갈미봉에서 갓쓴 신랑하고 둘이 만네. 만넨 곳이 있어. 그 만네곳이고

거기서 인자 밑으로 오모 호랭이가 있으니까 우로 산으로 해서 저리 간기 부락 뒷산으로 나아 가지고. 둘이서 나아서 보니까 안뒤것테서 갓은 써도 탕건이 없은게 속에 탕건을 써서 그 탕건바우가 있어.

그래 신랑이 탕건을 쓰고 여자가 옥녀가 되가 있은게 둘이서 부부가 된기라. 그래서 부부가 돼서 갓 속에 탕건이 없는 탕건을 그 써서 탕건바우가 있고 그 둘이서 만나서 내려와 보니까 옥녀봉이 있어.

그 둘이 만네서 인자 잤는가 웃쩼는가 모른데 그 옥녀봉이 지금 있어.

옥녀봉이 있어. 가만히 둘이서 생각해 안되것튼게. 요리 내려온다고 내려오는 기여. 요. 그 뭐이고 그게 뭐이고?

(청중 : 반내골.)

반내골. 그 골을 내려다보니까 엄청 살치고 좋으니까. 거기 앉아서 떡을 먹을라고 시루를 찐 기. 앞에 보이는 시리봉. 거기 시리봉이라. 그 시리를 떡을 먹고 엎어빈 게 산이 되어서 시리봉이라.

진도아리랑

자료코드 : 04_04_FOS_20110125_PKS_KBL_0001
조사장소 : 경상남도 남해군 남면 석교리 석교마을
조사일시 : 2011.1.25
조 사 자 : 박경수, 정규식, 오소현, 공유경
제 보 자 : 강복례, 여, 78세
구연상황 : 조사자의 구연 유도에 따라 이 노래를 구연하였다. 옆에 있던 임정이 제보자
가 크게 박수를 치면서 장단을 맞추었다.

사람이 늙으면 마음조차 늙나
등심만 늙었지 마음 젊어온다
아리아리랑 쓰리쓰리랑 아라리가 낫네
아리랑 음음음 아라리가 낫네
청천 하늘에 별뜨면 좋고
여자몸 달뜬데는 ○○○○ 장수
아리아리랑 쓰리쓰리랑 아라리가 낫네
아리랑 음음음 아라리가 낫네

술은 술술술 잘도잘 넘어가는데
냉수야 찬물은 입안에 뱅뱅돈다
아리아리랑 쓰리쓰리랑 아라리가 낫네
아리랑 음음음 아라리가 낫네
사쿠라 꽃밑에 님세워 놓고
님인지 꽃인지 난모르 것네
아리아리랑 쓰리쓰리랑 아라리가 낫네

아리랑 음음음 아라리가 낫네

도라지타령

자료코드 : 04_04_FOS_20110125_PKS_KBL_0002
조사장소 : 경상남도 남해군 남면 석교리 석교마을
조사일시 : 2011.1.25
조 사 자 : 박경수, 정규식, 오소현, 공유경
제 보 자 : 강복례, 여, 78세
구연상황 : 앞의 노래에 이어 이 노래를 구연하였다.

도라지 도라지 도라지

심신 삼천에 백도라지

한두 뿌리만 캐어도

바구니 반삼만 되노라

에헤야 에헤야 데헤야

창부타령

자료코드 : 04_04_FOS_20110126_PKS_KYA_0001
조사장소 : 경상남도 남해군 남면 덕월리 구미마을 구미경로당
조사일시 : 2011.1.26
조 사 자 : 박경수, 정규식, 오소현, 공유경
제 보 자 : 강윤아, 여, 87세
구연상황 : 다른 제보자들이 노래를 구연하자 이 노래가 기억났다고 하면서 노래를 불렀다.

에에-

아니노지를 못하리라

노자노자 젊어놀자

늙고병들면 못노니라
늙고병들면 못노는줄을알면서도
우리가차 잘못하매
저긋네저산천 저무덤된다
얼씨구좋네 절씨구나좋네
아니노지를 못하리라

녹수청산 흐리는물은(흐르는물은)
대동강으로 흘러가고
우리집의 아짐씨는
행님방으로 곰돌아든다
얼씨좋네 절씨구나좋네
아니노지를 못하리라

노래가잘잘 나온다
춤이가절절 나온다
꾀꼬리 장단에
춤이가잘잘잘 나온다
에여라 노여라
아니나 못노것네
능지를 하여도
아니를 못노니라

모심기 노래

자료코드 : 04_04_FOS_20110126_PKS_KYA_0002

조사장소 : 경상남도 남해군 남면 덕월리 구미마을 구미경로당

조사일시 : 2011.1.26

조 사 자 : 박경수, 정규식, 오소현, 공유경

제 보 자 : 강윤아, 여, 87세

구연상황 : 조사자가 <모심기 노래>도 구연해 달라고 하자 제보자가 이 노래를 구연하
였다.

　　　우리 동무는

　　　주는이 좋아

　　　모춤을 들고서

　　　만춤을 춘다

　　　에헤야 디야

　　　에헤에헤 에헤야

　　　에헤야 디여루

　　　산아지로 구나

진도아리랑 (1)

자료코드 : 04_04_FOS_20110124_PKS_KDY_0001

조사장소 : 경상남도 남해군 남면 선구리 선구마을

조사일시 : 2011.1.24

조 사 자 : 박경수, 정규식, 오소현, 공유경

제 보 자 : 곽달여, 여, 87세

구연상황 : 김해녀 제보자의 노래가 끝나자 제보자가 이 노래를 구연하였다. 청중들과 제
보자가 함께 박수를 치면서 흥겹게 구연하였다.

　　　서산에 지는해가 지고싶어서 졌나

　　　날버리고 가는님이 가고싶어 갔나

　　　아리아리랑 쓰리아리랑 아라리가 낫네

아리랑 음음음 아라리가 낫네

창부타령 (1)

자료코드 : 04_04_FOS_20110124_PKS_KDY_0002
조사장소 : 경상남도 남해군 남면 선구리 선구마을
조사일시 : 2011.1.24
조 사 자 : 박경수, 정규식, 오소현, 공유경
제 보 자 : 곽달여, 여, 87세
구연상황 : 조사자가 구연을 유도하자 이 노래를 구연하였다. 제보자 혼자서 박수를 치면
서 구연하였다.

범나비야 너도가자 가다가 저물거들랑

꽃들안고 자고가게 님아님아 서방님아

꽃들안고 잠을못자도 나는안고 잠을잔다

얼씨구나좋네 지화자좋다 아니놀지는 못하리라

진도아리랑 (2)

자료코드 : 04_04_FOS_20110124_PKS_KDY_0003
조사장소 : 경상남도 남해군 남면 선구리 선구마을
조사일시 : 2011.1.24
조 사 자 : 박경수, 정규식, 오소현, 공유경
제 보 자 : 곽달여, 여, 87세
구연상황 : 제보자는 앞의 노래를 마치고 난 뒤 이 노래를 구연하였다. 제보자 혼자 박수
를 치면 장단을 맞춰 가면서 구연하였다.

저달은 떳다가 새벽에 가고

울엄니는 왔다가 곧돌아 선다

아리아리랑 쓰리아리랑 아라리가 낫네
아리랑 음음음 아라리가 낫네

대동강 부백루에 삼뽀하는 심수네야
니삼뽀만 할줄을알제 나여기온줄을 내모르나
얼씨구좋다 지화자좋네 아니노지는 못하리라

양산도

자료코드 : 04_04_FOS_20110124_PKS_KDY_0004
조사장소 : 경상남도 남해군 남면 선구리 선구마을
조사일시 : 2011.1.24
조 사 자 : 박경수, 정규식, 오소현, 공유경
제 보 자 : 곽달여, 여, 87세
구연상황 : 다른 제보자의 노래를 듣고 이 노래를 구연하였다. 제보자 혼자 박수를 치면
　　　　　서 구연하였다.

사랑사랑 할적에는 한번도못살아 보고
○○꽃이 지고나니 살자살자 한다
아야라 디여라 아니못놓~ 겄네

진도아리랑 (3)

자료코드 : 04_04_FOS_20110124_PKS_KDY_0005
조사장소 : 경상남도 남해군 남면 선구리 선구마을
조사일시 : 2011.1.24
조 사 자 : 박경수, 정규식, 오소현, 공유경
제 보 자 : 곽달여, 여, 87세
구연상황 : 조사자가 진도아리랑을 구연해 달라고 하자 이 노래를 구연하였다. 제보자 혼

자 박수를 치면서 흥겹게 구연하였다. 노래의 앞부분이 녹음되지 않아 사설을 정확히 알기 어려운 부분이 있었다.

자달을 보느냐 본대로 일러라
○○야 길○에 임을찾아 간다
아리아리랑 쓰리쓰리랑 아리리가 낫네~
아리랑 고개로 내넘어 간다~

창부타령 (2)

자료코드 : 04_04_FOS_20110124_PKS_KDY_0006
조사장소 : 경상남도 남해군 남면 선구리 선구마을
조사일시 : 2011.1.24
조 사 자 : 박경수, 정규식, 오소현, 공유경
제 보 자 : 곽달여, 여, 87세
구연상황 : 앞의 노래에 이어 이 노래를 구연하였다. 제보자 혼자 박수를 치면서 노래를 불렀다.

그절안에 피는꽃은 반만피어도 ○촐하니
얼씨구좋네 지화자좋다 아니노지는 못하리라

양산도

자료코드 : 04_04_FOS_20110124_PKS_KSY_0001
조사장소 : 경상남도 남해군 남면 임포리 임포마을
조사일시 : 2011.1.24
조 사 자 : 박경수, 정규식, 오소현, 공유경
제 보 자 : 곽심엽, 여, 85세
구연상황 : 조사자의 구연 유도에 따라 이 노래를 구연하였다. 청중들과 흥겹게 박수를

치면서 노래를 불렀다.

에헤에헤디여~~

명동 맹산에 흐르는 물은

봄돌아 든다하고 구맹노라 한다

에여라 놀아라 아니 못노것네

작은 홀몸이 ○○나는 못놀것네

아리랑

자료코드 : 04_04_FOS_20110124_PKS_KSY_0002
조사장소 : 경상남도 남해군 남면 임포리 임포마을
조사일시 : 2011.1.24
조 사 자 : 박경수, 정규식, 오소현, 공유경
제 보 자 : 곽심엽, 여, 85세
구연상황 : 제보자가 앞의 노래를 구연한 후 이 노래를 구연하였다. 청중들과 박수를 치
면서 흥겹게 구연하였다.

문경 새재는 왠고개 든가

○○야 굽이굽이가 눈물이로 구나

에헤야 디야 에헤에헤 디야

에헤야 디여로 사랑이로 구나

노랫가락

자료코드 : 04_04_FOS_20110125_PKS_KSD_0001
조사장소 : 경상남도 남해군 남면 홍현리 가천마을
조사일시 : 2011.1.25

조 사 자 : 박경수, 정규식, 오소현, 공유경
제 보 자 : 권심덕, 여, 83세
구연상황 : 제보자가 다른 제보자들의 노래를 듣다가 이 노래를 구연하였다. 구연 도중에
박수를 한 번 치면서 열심히 구연하였다.

노래만 불러도 춤은잘잘잘 치고
거개살림은 악착같이 잘살아도 그뿐요사로다

진도아리랑

자료코드 : 04_04_FOS_20110125_PKS_KSD_0002
조사장소 : 경상남도 남해군 남면 홍현리 가천마을
조사일시 : 2011.1.25
조 사 자 : 박경수, 정규식, 오소현, 공유경
제 보 자 : 권심덕, 여, 83세
구연상황 : 제보자가 앞의 노래에 이어 이 노래를 구연하였다. 청중들과 함께 박수를 치
면서 흥겹게 노래를 불렀다.

○○라 오고가지를 말아라
아까분 청춘은 다늙어 진다
아리아리랑 쓰리쓰리랑 아라리가 낫네
아리랑 끙끙끙 아라리가 낫네

○○라 봄철아 오고가지를 마라
아까분 청춘이 다늙어 진다
아리아리랑 쓰리쓰리랑 아라리가 낫네
아리랑 끙끙끙 아라리가 낫네

○○○○ 봄날 되고
이무야 생각이 저리절로 난다

아리아리랑 쓰리쓰리랑 아라리가 낫네

아리랑 끙끙끙 아라리가 낫네

도라지타령

자료코드 : 04_04_FOS_20110125_PKS_KSD_0003

조사장소 : 경상남도 남해군 남면 홍현리 가천마을

조사일시 : 2011.1.25

조 사 자 : 박경수, 정규식, 오소현, 공유경

제 보 자 : 권심덕, 여, 83세

구연상황 : 조사자가 도라지타령을 구연해 달라고 요구하자 이 노래를 구연해 주었다. 제
보자 혼자 박수를 치면서 박자를 맞추었다. 옆에 있던 다른 청중들은 서로 이
야기를 나누기도 하고 베틀 노래 가사를 묻기도 하였다.

도라지 도라지 도라지

심심 삼천에 백도라지

한두 뿌리만 캐어도

봉우리 밥상에 다녹힌다

에헤야 에헤야 에헤야

에야란다 기화자자 좋네

니가내간장 지리살살 다녹힌다

아리랑

자료코드 : 04_04_FOS_20110125_PKS_KOB_0001

조사장소 : 경상남도 남해군 남면 홍현리 가천마을

조사일시 : 2011.1.25

조 사 자 : 박경수, 정규식, 오소현, 공유경

제 보 자 : 권옥봉, 여, 81세
구연상황 : 제보자가 다른 제보자의 노래를 듣고 이 노래를 구연하였다. 제보자 혼자 박
　　　　　수를 치면서 장단을 맞추었다.

　　　청천 하늘에 잔별도 많고
　　　이내 가슴에 희망도 많다

진도아리랑

자료코드 : 04_04_FOS_20110125_PKS_KOB_0002
조사장소 : 경상남도 남해군 남면 홍현리 가천마을
조사일시 : 2011.1.25
조 사 자 : 박경수, 정규식, 오소현, 공유경
제 보 자 : 권옥봉, 여, 81세
구연상황 : 앞의 노래에 이어 이 노래를 구연하였다. 제보자와 청중들이 함께 박수를 치
　　　　　면서 흥겹게 구연하였다.

　　　호박 꽃도 꽃이 던가
　　　오는 나비를 갈세1)로 한다
　　　아리아리랑 쓰리쓰리랑 아라리가 낫네
　　　아리랑 음음음 아라리가 낫네

　　　물레야 방아야 빙빙빙 돌아라
　　　시그릉 시그릉 잘도 돈다
　　　아리아리랑 쓰리쓰리랑 아라리가 낫네
　　　아리랑 음음음 아라리가 낫네

　　　만주 들강 수절이 던가

---

1) '괄시'의 의미임.

동포에 눈물이 한강수가 된다

아리아리랑 쓰리쓰리랑 아라리가 낫네

아리랑 음음음 아라리가 낫네

창부타령

자료코드 : 04_04_FOS_20110125_PKS_KOB_0003

조사장소 : 경상남도 남해군 남면 홍현리 가천마을

조사일시 : 2011.1.25

조 사 자 : 박경수, 정규식, 오소현, 공유경

제 보 자 : 권옥봉, 여, 81세

구연상황 : 조사자가 다른 노래를 알고 있으면 또 불러 달라고 하자 이 노래를 구연해
주었다. 청중과 제보자가 함께 박수를 치면서 흥겹게 구연하였다.

가을 철도 봄철이 던가

한잎 굴밑에 꽃이 피어

꽃이 피나 잎이 피나

싫은 님을 어쩌 라요

얼씨구나 저절씨구 기화자 절씨구

양산도

자료코드 : 04_04_FOS_20110125_PKS_KOH_0001

조사장소 : 경상남도 남해군 남면 홍현리 가천마을

조사일시 : 2011.1.25

조 사 자 : 박경수, 정규식, 오소현, 공유경

제 보 자 : 권옥희, 여, 78세

구연상황 : 처음에는 구연을 하지 않으려고 하다 다른 제보자의 노래를 듣다가 이 노래

를 구연하였다. 박수를 치면서 장단을 맞추었다.

수시대 울막에 우리나 부모
생각만 할수록 눈물이 난다
이야라동댕댕 동가디여라 너를못놓 겄네
능기를 하여도 내는못놓 겄네

공동묘지 칭개칭개 질딱아 놓고
우리도 죽어지면 저절로 간다
에혀라 노여라 아니못놓 겄네
너는 기도하여도 내는못놓 겄네

가는 세월을 잡아다 놓고
소금이 쉬도록 살아나 보자

아리랑

자료코드 : 04_04_FOS_20110125_PKS_KOH_0002
조사장소 : 경상남도 남해군 남면 홍현리 가천마을
조사일시 : 2011.1.25
조 사 자 : 박경수, 정규식, 오소현, 공유경
제 보 자 : 권옥희, 여, 78세
구연상황 : 다른 제보자들이 아리랑을 구연하는 것을 듣고 난 후 제보자가 이 노래를 구
연하였다.

호박은 늙으면 곱기도 하건만
사람 늙은것은 쓸곳이 없다

아리랑

자료코드 : 04_04_FOS_20110125_PKS_KKS_0001
조사장소 : 경상남도 남해군 남면 임포리 임포마을
조사일시 : 2011.1.24
조 사 자 : 박경수, 정규식, 오소현, 공유경
제 보 자 : 김강순, 여, 88세
구연상황 : 조사자가 아리랑이나 도라지타령도 좋으니 노래를 구연해 달라고 요구하자
제보자가 이 노래를 구연하였다. 청중들과 박수를 치면서 구연하였다.

　　　새끼야 백발은 쓸곳이 있어도
　　　사람의 백발은 쓸곳이 없다
　　　아리아리랑 쓰리쓰리랑 아라리가 낫네
　　　아리랑 응응응 아라리가 낫네

　　　영감아 탱감아 죽지도 말아라
　　　봄놀이 개떡에 불발라 줄께
　　　아리아리랑 쓰리쓰리랑 아라리가 낫네
　　　아리랑 고개로 넘어 간다

양산도

자료코드 : 04_04_FOS_20110124_PKS_KKY_0001
조사장소 : 경상남도 남해군 남면 선구리 선구마을
조사일시 : 2011.1.24
조 사 자 : 박경수, 정규식, 오소현, 공유경
제 보 자 : 김금엽, 여, 79세
구연상황 : 조사자가 창부타령이나 양산도타령을 구연해 달라고 하자 이 노래를 구연하
였다. 청중들과 박수를 치면서 즐겁게 구연하였다.

　　　물짖는 소리는 ○○○ 해도

날오라고 지는소는 ○○속삭 인다

에헤라 노여라 아니못놀 겄네

능지를 하여도 아니못살 겄네

진도아리랑

자료코드 : 04_04_FOS_20110124_PKS_KKY_0002

조사장소 : 경상남도 남해군 남면 선구리 선구마을

조사일시 : 2011.1.24

조 사 자 : 박경수, 정규식, 오소현, 공유경

제 보 자 : 김금엽, 여, 79세

구연상황 : 다른 제보자의 노래를 듣고 난 후 제보자가 이 노래를 구연하였다. 청중들과
함께 박수를 치면서 합창으로 노래를 구연하였다.

세월이 간다고 한탄을 말고

세월가 따라서 ○○을 하세요

아리아리랑 쓰리쓰리랑 아라리가 낫네

아리랑 끙끙끙 아라리가 낫네

아리랑 (1)

자료코드 : 04_04_FOS_20110124_PKS_KDS_0001

조사장소 : 경상남도 남해군 남면 임포리 임포마을

조사일시 : 2011.1.24

조 사 자 : 박경수, 정규식, 오소현, 공유경

제 보 자 : 김동심, 여, 79세

구연상황 : 다른 구연자들이 아리랑을 구연하자 김동심 제보자도 이 노래를 구연하였다.

산천 초목에 불질러 놓고

남강에 물길러 내가 가요

에헤야 디야 에헤에헤 에헤야

에헤야 디여로 사랑이로 구나

세월아 봄처럼 오고가지 마라

아까분 내청춘 다늙어 진다

에헤야 디야 에헤에헤 에헤야

에헤야 디여로 사랑이로 구나

진도아리랑

자료코드 : 04_04_FOS_20110124_PKS_KDS_0002
조사장소 : 경상남도 남해군 남면 임포리 임포마을
조사일시 : 2011.1.24
조 사 자 : 박경수, 정규식, 오소현, 공유경
제 보 자 : 김동심, 여, 79세
구연상황 : 제보자가 앞의 노래를 구연 한 후 흥에 겨워 이 노래를 구연하였다. 제보자는
　　　　　혼자서 박수를 치면서 구연하였다. 특히 노래의 마지막 부분을 구연할 때는
　　　　　억양을 달리하면서 강조하기도 하였다.

　　세월이 갈라임에 제혼자 가제

　　아까운 내청춘 데리고 가나

　　아리아리랑 쓰리쓰리랑 아라리가 낫네

　　아리랑 고개를 나를넘겨 주소

노랫가락

자료코드 : 04_04_FOS_20110124_PKS_KDS_0003

조사장소 : 경상남도 남해군 남면 임포리 임포마을
조사일시 : 2011.1.24
조 사 자 : 박경수, 정규식, 오소현, 공유경
제 보 자 : 김동심, 여, 79세
구연상황 : 조사자의 구연 유도에 따라 제보자가 이 노래를 구연하였다.

　　　　싸들싸들 봄배추는 봄비에오기만 기다리고
　　　　옥에갇힌 춘향이는 임이오도록 기다린다
　　　　얼씨구좋네 기화자좋네 아니놀지는 못하리라

아리랑 (2)

자료코드 : 04_04_FOS_20110124_PKS_KDS_0004
조사장소 : 경상남도 남해군 남면 임포리 임포마을
조사일시 : 2011.1.24
조 사 자 : 박경수, 정규식, 오소현, 공유경
제 보 자 : 김동심, 여, 79세
구연상황 : 앞의 노래에 이어 계속해서 구연하였다.

　　　　○○산 절골이 봄이한철 좋고
　　　　우리집에 울언님은 장봐도 좋더라
　　　　에야 디야 에헤에헤 어야
　　　　에야 디여루 사만이로 구나

　　　　물레야 자세야 땡땡땡 돌아라
　　　　뒷집에 총객이 밤이슬 맞는다
　　　　에야 디야 에헤에헤 어야
　　　　에에야 디여루 사랑이로 구나

창부타령

자료코드 : 04_04_FOS_20110124_PKS_KDS_0005
조사장소 : 경상남도 남해군 남면 임포리 임포마을
조사일시 : 2011.1.24
조 사 자 : 박경수, 정규식, 오소현, 공유경
제 보 자 : 김동심, 여, 79세
구연상황 : 제보자가 앞의 노래에 이어 구연하였다. 구연 도중 청중이 개입하여 잠시 멈
춘 뒤에 구연하였다.

에~~헤 수천당 세모지 남네

둘이 타자고 줄메 었네

내가 타면은 임이 밀고

임이 타면은 내가 밀고

얼씨구 절씨구 지화자 좋네

아니 놀지는 못하리라

양산도

자료코드 : 04_04_FOS_20110124_PKS_KDS_0006
조사장소 : 경상남도 남해군 남면 임포리 임포마을
조사일시 : 2011.1.24
조 사 자 : 박경수, 정규식, 오소현, 공유경
제 보 자 : 김동심, 여, 79세
구연상황 : 조사자의 구연 유도에 따라 제보자가 이 노래를 구연하였다.

에헤에헤이여~~

우연히 문전이 ○○○○ ○○○○

간간이 가다가 나를돌려 낸다

에헤라동동동 나를누워서 아니 못노것네

능지는 하여도 나는 못노것네

양산도

자료코드 : 04_04_FOS_20110124_PKS_KDS_0001
조사장소 : 경상남도 남해군 남면 선구리 선구마을
조사일시 : 2011.1.24
조 사 자 : 박경수, 정규식, 오소현, 공유경
제 보 자 : 김두실, 남, 86세
구연상황 : 조사자가 구연을 유도하자 제보자가 이 노래를 불렀다. 청중들과 제보자가 함
께 박수를 치면서 즐겁게 구연하였다.

에~헤~이~

오동동 추야해 저달이 밝아

이무동무 생각이 야이고절로 난다

에헤라둥덩덩 둥더디여라 나못놀 겄네~

연지곤지를 하여도 나는못놀 겄네

바람은 불수록 ○○만 지고

우리두리는 살아갈수록 정다워 온다

에헤라둥덩덩 둥덩디여라 못놀 겄네

연지곤지를 하여도 나는못놀 겄네

아리랑

자료코드 : 04_04_FOS_20110124_PKS_KSA_0001
조사장소 : 경상남도 남해군 남면 임포리 임포마을
조사일시 : 2011.1.24
조 사 자 : 박경수, 정규식, 오소현, 공유경

제 보 자 : 김성악, 여, 88세
구연상황 : 곽심엽 제보자의 노래가 끝나자 이 노래를 구연하였다. 청중들과 함께 박수를
치면서 흥겹게 구연하였다.

○○○○ ○○○○ 몸가지가 되고
살기싫은 시집살이 또살기가 된다
에헤야 디야 에헤에헤에 헤야
에헤야 디여로 사랑이로 구나

니어라 내어라 오고가지 말아라
아까운 우리청춘 다늙어 진다
에헤야 디야 에헤에헤에 헤야
에헤야 디여루 사랑이로 구나

삼천 초목에 불질러 놓고
진주야 남강에 물달려 간다
에헤야 디야 에헤에헤에 헤야
에헤야 디여루 사랑이로 구나

아리랑

자료코드 : 04_04_FOS_20110124_PKS_KSJ_0001
조사장소 : 경상남도 남해군 남면 임포리 임포마을
조사일시 : 2011.1.24
조 사 자 : 박경수, 정규식, 오소현, 공유경
제 보 자 : 김성지, 여, 80세
구연상황 : 조정엽 제보자의 구연에 이어 이 노래를 불렀다. 청중들과 함께 구연하여 서
설을 정확히 알기 어려운 부분이 있었다.

자다가 갑시다 자다가 가세
저달이 떴다지도록 놀다가 가세
우리집 서방님은 ○○○ 주고
자다가 가는님은 진베개로 준다

호박은 늙으매 단맛이나 있어도
사람은 늙으면 쓸곳이 없네
에야 디야 에헤에헤 헤에야
에야 디여루 사랑이로 구나

진도아리랑

자료코드 : 04_04_FOS_20110125_PKS_KIS_0001
조사장소 : 경상남도 남해군 남면 홍현리 가천마을
조사일시 : 2011.1.25
조 사 자 : 박경수, 정규식, 오소현, 공유경
제 보 자 : 김일선, 여, 79세
구연상황 : 조사자가 아리랑을 구연해 달라고 하자 제보자가 이 노래를 구연하였다. 제보
　　　　　자와 몇몇의 청중들이 함께 박수를 치면서 구연하였다.

사람이 늙으면 마음조차 늙나
정신은 늙어도 마음젊어 온다
아리아리랑 쓰리쓰리랑 아라리가 낫네
아리랑 끙끙끙 아라리가 낫네

아리랑

자료코드 : 04_04_FOS_20110126_PKS_KCJ_0001
조사장소 : 경상남도 남해군 남면 덕월리 구미마을
조사일시 : 2011.1.26
조 사 자 : 박경수, 정규식, 오소현, 공유경
제 보 자 : 김춘자, 여, 75세
구연상황 : 다른 제보자들이 <아리랑>을 구연하자 김춘자 할머니도 이 노래를 구연하였다.

아리아리랑 쓰리쓰리랑

아라리가 낫네

아리랑 응응응

아라리가 낫네

나를 버리고

가시는 님은

십리도 못가서

발병 난다

아리랑아리랑 아라리요

아리랑고개를 넘어간다

노랫가락

자료코드 : 04_04_FOS_20110126_PKS_KCJ_0002
조사장소 : 경상남도 남해군 남면 덕월리 구미마을
조사일시 : 2011.1.26
조 사 자 : 박경수, 정규식, 오소현, 공유경
제 보 자 : 김춘자, 여, 75세
구연상황 : 조사자가 다른 노래를 구연해 달라고 하자 제보자가 이 노래를 구연해 주었다.

놀다 가세

자다 가세

저달이 떳다지도록

놀다 가제

에헤야 디야

에헤에 헤야

에헤야 디여로

사랑이로 구나

모심기 노래

자료코드 : 04_04_FOS_20110126_PKS_KCJ_0003
조사장소 : 경상남도 남해군 남면 덕월리 구미마을
조사일시 : 2011.1.26
조 사 자 : 박경수, 정규식, 오소현, 공유경
제 보 자 : 김춘자, 여, 75세
구연상황 : 조사자가 <모심기 노래>를 불러 달라고 하자 제보자가 이 노래를 구연해 주
었다. 제보자가 이 노래를 구연할 때 옆에 있던 청중이 '그렇게 부르면 안 된
다'고 개입하였으나 제보자는 노래를 계속 구연하였다.

금산우에 뜬구름아 비들었나 눈들었나

비도눈도 아니들고 노래명창 내들었네

얼씨구 절씨구

창부타령 (1)

자료코드 : 04_04_FOS_20110125_PKS_KTS_0001
조사장소 : 경상남도 남해군 남면 홍현리 가천마을
조사일시 : 2011.1.25

조 사 자 : 박경수, 정규식, 오소현, 공유경
제 보 자 : 김태성, 남, 78세
구연상황 : 조사자가 창부타령을 구연해 달라고 하자 제보자가 이 노래를 구연하였다.

아니~ 아니 놀지는 못하리라

하늘과같이 높은사랑 하해와같이도 깊은사랑

칠년대한 가문날 빗발같이도 반긴사람

당명왕에는 양귀비요 이도령에는 꽃등이니라

일년 삼백육십을 하루만못봐도 못살겠네

아니~ 아니 놀지는 못하리라

도라지타령

자료코드 : 04_04_FOS_20110125_PKS_KTS_0002
조사장소 : 경상남도 남해군 남면 홍현리 가천마을
조사일시 : 2011.1.25
조 사 자 : 박경수, 정규식, 오소현, 공유경
제 보 자 : 김태성, 남, 78세
구연상황 : 조사자가 아리랑이나 도라지타령을 구연해 달라고 하자 제보자가 이 노래를
          구연하였다.

도라지 도라지 도라지

심심 삼천에 백도라지

한두 뿌리만 캐어도

대바구니 반실만 되노라

베틀 노래

자료코드 : 04_04_FOS_20110125_PKS_KTS_0003
조사장소 : 경상남도 남해군 남면 홍현리 가천마을
조사일시 : 2011.1.25
조 사 자 : 박경수, 정규식, 오소현, 공유경
제 보 자 : 김태성, 남, 78세
구연상황 : 조사자가 베틀 노래를 구연해 달라고 하자 이 노래를 구연하였다. 처음에는 사설이 기억나지 않아 못 하겠다고 하다가 기억을 해서 구연하였다.

베틀놀이 하심심하니 베틀연장이나 챙겨볼까
베틀다리는 사형제요 이내다리는 형제로다
그해 앉은자리 멜삐자리에 앉았구나
뽀디직땅땅 치는소리 옹당당물을 갤쳐내고
뒷물애기 뒷다린다
철기씨는 팔자가좋아 큰애기발질만 도는구나
네모가반듯 또토마리는 만님궁사를 거나리고
쿵덜썩 쿵덜썩 잘넘어 간다
용두마리 우는소리 청천하늘에 기러기뜨고
벙어리기 뒷다린다.
철기씨는 팔자가좋아 큰애기발질만 도는구나
아니~ 아니 놀지는못하 리라
하늘과같이 높은사랑 아내와같이도 깊은사랑
칠년대한 가문날에 빗발같이도 반긴사랑
당명왕에는 양귀비요 이도령에는 춘향이라
일년 삼백육십일을 하루만못봐도 못살겠네
띠리리리리리리리 띠리리리리리 아니놀지는 못하리라

창부타령 (2)

자료코드 : 04_04_FOS_20110125_PKS_KTS_0004
조사장소 : 경상남도 남해군 남면 홍현리 가천마을
조사일시 : 2011.1.25
조 사 자 : 박경수, 정규식, 오소현, 공유경
제 보 자 : 김태성, 남, 78세
구연상황 : 앞의 노래에 이어 이 노래를 구연하였다.

　　　아니~ 아니 놀지는못하 리라

　　　공들었네 공들었다 이강산삼천리에 공들었다

　　　푸른것은 풀뿌리요 누른것은 꾀꼬리라

아리랑 (1)

자료코드 : 04_04_FOS_20110124_PKS_KHN_0001
조사장소 : 경상남도 남해군 남면 선구리 선구마을
조사일시 : 2011.1.24
조 사 자 : 박경수, 정규식, 오소현, 공유경
제 보 자 : 김해녀, 여, 90세
구연상황 : 조사자가 구연을 유도하자 이 노래를 불렀다. 노래의 앞부분이 녹음되지 않아
　　　　　 정확한 사설을 알기 어려웠다. 청중들과 제보자가 함께 박수를 치면서 구연하
　　　　　 였다. 제보자의 발음이 정확하지 않아 노래의 사설을 알기 어려운 부분이 많
　　　　　 았다.

　　　○○불러 씨마들 구나

　　　울○○ 울어서 씨마를 구나

　　　물차지 총독부 차지

　　　이집안짝 큰애기는 총각의 차지

진도아리랑 (1)

자료코드 : 04_04_FOS_20110124_PKS_KHN_0003
조사장소 : 경상남도 남해군 남면 선구리 선구마을
조사일시 : 2011.1.24
조 사 자 : 박경수, 정규식, 오소현, 공유경
제 보 자 : 김해녀, 여, 90세
구연상황 : 제보자가 다른 제보자의 노래를 듣고 난 후 이 노래를 구연하였다. 청중들과
함께 박수를 치면서 즐겁게 구연하였다.

바람길 좋다고 배뜨지 말고

내사는 고향을 ○잡아 드네

아리아리랑 쓰리쓰리랑 아라리가 낫네

아리랑 음음음 아라리가 낫네

아리랑 (2)

자료코드 : 04_04_FOS_20110124_PKS_KHN_0003
조사장소 : 경상남도 남해군 남면 선구리 선구마을
조사일시 : 2011.1.24
조 사 자 : 박경수, 정규식, 오소현, 공유경
제 보 자 : 김해녀, 여, 90세
구연상황 : 앞의 노래에 이어 이 노래를 구연하였다. 청중들과 함께 박수를 치면서 노래
를 불렀다.

내죽고 내살아 설곳이 있나

한강수 깊은물 빠져나 죽자

노랫가락 / 나비 노래

자료코드 : 04_04_FOS_20110124_PKS_KHN_0004
조사장소 : 경상남도 남해군 남면 선구리 선구마을
조사일시 : 2011.1.24
조 사 자 : 박경수, 정규식, 오소현, 공유경
제 보 자 : 김해녀, 여, 90세
구연상황 : 조사자의 구연 유도로 제보자가 이 노래를 구연하였다. 차분한 목소리로 이
  노래를 불렀다.

　　　나비야 청산가자 노랑나비야 너도가자
　　　가다가 저물걸랑 꽃밭안에서 자고가자

진도아리랑 (2)

자료코드 : 04_04_FOS_20110124_PKS_KHN_0005
조사장소 : 경상남도 남해군 남면 선구리 선구마을
조사일시 : 2011.1.24
조 사 자 : 박경수, 정규식, 오소현, 공유경
제 보 자 : 김해녀, 여, 90세
구연상황 : 앞의 노래에 이어 이 노래를 구연하였다. 박수를 치면서 구연하였다.

　　　무지를 먹고 무정한 님아
　　　생강을 먹고 날생기 주라
　　　아리아리랑 쓰리쓰리랑 아라리가 낫네
　　　아리랑 고개로 날넘기 주게

창부타령

자료코드 : 04_04_FOS_20110124_PKS_RSA2_0001
조사장소 : 경상남도 남해군 남면 임포리 임포마을
조사일시 : 2011.1.24
조 사 자 : 박경수, 정규식, 오소현, 공유경
제 보 자 : 류상악, 여, 83세
구연상황 : 제보자의 유도에 따라 이 노래를 구연하였다. 청중들과 박수를 치면서 흥겹게
구연하였다. 노래의 앞부분이 녹음되지 않아 사설을 정확히 알기 어려웠다.

정든님을 만나
꽃피는 동산에 나비잠을 자자
에헤라노여라 나를노여라 그리도 못노것네
작음홀목이 늘어져도 나는 못노것네

○○○ 절골에 봄날한철이 좋고
우리집에 울언님은 ○○○○ 좋네
에헤라노여라 나를놀려라 나는 못놀것네에
작은홀목이 늘어져 나는 못놀것네에

아리랑

자료코드 : 04_04_FOS_20110124_PKS_RSA2_0002
조사장소 : 경상남도 남해군 남면 임포리 임포마을
조사일시 : 2011.1.24
조 사 자 : 박경수, 정규식, 오소현, 공유경
제 보 자 : 류상악, 여, 83세
구연상황 : 조사자가 <아리랑>도 불러 달라고 하자 제보자가 이 노래를 구연하였다.

저달 뒤에는 별 따라가고

우리님 뒤에는 내가 따라간다

에야 디야 에헤에헤 에헤야

에에야 디여루 사랑이로 구나

언제 언제나 정든님을 만나

꽃피는 동산에 낮잠을 잘까

에야 디야 에헤에헤 에헤야

에에야 디여루 놀다가나 가세

진도아리랑 (1)

자료코드 : 04_04_FOS_20110126_PKS_PCA_0001
조사장소 : 경상남도 남해군 남면 덕월리 구미마을
조사일시 : 2011.1.26
조 사 자 : 박경수, 정규식, 오소현, 공유경
제 보 자 : 박춘애, 여, 79세
구연상황 : 여러 제보자들이 <진도아리랑>을 구연하자 박춘애 할머니도 이 노래를 구연
하였다. 다른 제보자에 비해 상당히 길게 구연하였다. 청중들이 적극적으로
구연에 동참해 주어 계속해서 노래를 불러 주었다.

물레야 자세야 어서뻥뻥뻥 돌아라

밤생도 저새별이 산넘어 간다

아리아리랑 쓰리쓰리랑 아라리가 낫네

아리랑 음음음 아라리가 낫네

니연애 내연애 솔방구 연애

바람만 살랑하여도 뚝뚝 떨어진다

아리아리랑 쓰리쓰리랑 아라리가 낫네

아리랑 음음음 아라리가 낫네

시금텀텀 하여도 마걸리한잔이 좋고

사쿠라몽둥이 ○○○○ ○○○○ 좋네

아리아리랑 쓰리쓰리랑 아라리가 낫네

아리랑 고개다 똥싸붙이 놓고

○○○○ 육십장에 술먹으러 간다

아리아리랑 쓰리쓰리랑 아라리가 낫네

아리랑 음음음 아라리가 낫네

산아지타령

자료코드 : 04_04_FOS_20110126_PKS_PCA_0002
조사장소 : 경상남도 남해군 남면 덕월리 구미마을
조사일시 : 2011.1.26
조 사 자 : 박경수, 정규식, 오소현, 공유경
제 보 자 : 박춘애, 여, 79세
구연상황 : <진도아리랑>을 구연한 후 계속해서 이 노래를 불러 주었다.

사람이 늙으면은

맘조차 늙나

등신은 늙어도

마음젊어 오네

에헤야디야 에헤에헤에헤에헤야

에헤야디여로 사랑이로구나

저달 뒤에는

별 따라가고

울의님은 뒤에는

나를 따라간다

에헤야디야 에헤에헤에헤에헤야

에헤야디여루 사랑이럴구나

청천 하늘에는

잔별도 많고

요내는 가슴에는

잔말도 많네

에헤야디야 에헤에헤에헤에헤야

에헤야디여루 사랑이로구나

너냥 나냥

자료코드 : 04_04_FOS_20110126_PKS_PCA_0003

조사장소 : 경상남도 남해군 남면 덕월리 구미마을

조사일시 : 2011.1.26

조 사 자 : 박경수, 정규식, 오소현, 공유경

제 보 자 : 박춘애, 여, 79세

구연상황 : 조사자가 구연을 유도하자 이 노래를 구연하였다. 구연 도중 가사가 기억나지
않아 잠시 구연을 중단했는데 다른 청중들이 개입하여 함께 노래를 구연하였
다. 손뼉을 치면서 흥겹게 구연하였다.

아침에 우는새는

배가고파서 울고요

정밤중에 우는새는

임이기리와 운다

이냥내냥 두리둥실놀아라

낮이낮이나밤이밤이나 참사랑이로구나

진도아리랑

자료코드 : 04_04_FOS_20110126_PKS_PCA_0004
조사장소 : 경상남도 남해군 남면 덕월리 구미마을
조사일시 : 2011.1.26
조 사 자 : 박경수, 정규식, 오소현, 공유경
제 보 자 : 박춘애, 여, 79세
구연상황 : 다른 제보자들이 <진도아리랑>을 구연하자 박춘애 제보자가 이 노래를 구연
해 주었다. 손으로 장단을 맞추면서 흥겹게 구연하였다.

우리댁 서방님은

맹태잡이를 갔는데

바람아 불라면

석달여흘보름닷새만 불어라

아리아리랑 쓰리쓰리랑

아라리가 낫네

아리랑 음음음

아라리가 낫네

줄끗기 노래 (1)

자료코드 : 04_04_FOS_20110124_PKS_BID_0001
조사장소 : 경상남도 남해군 남면 선구리 선구마을
조사일시 : 2011.1.24
조 사 자 : 박경수, 정규식, 오소현, 공유경
제 보 자 : 배이동, 남, 65세
구연상황 : 조사자에게 뒷소리를 가르쳐 주고 제보자는 앞소리를 선창하여 같이 불렀다.
제보자의 선창에 따라 뒷소리를 같이 따라하며 조사를 진행하였다.

솔밭에는 솔잎이빼빼   어허술배야 어허술배야

대밭에는 댓잎이빼빼	어허술배야 어허술배야
들어보소 들어보소	어허술배야 어허술배야
동네사람 들어보소	어허술배야 어허술배야
줄들이세 줄들이세	어허술배야 어허술배야
한낮두낮 모은정성	어허술배야 어허술배야
새끼되고 줄이되네	어허술배야 어허술배야
성황당에 메고가서	어허술배야 어허술배야
성황님께 축원하며	어허술배야 어허술배야
우리소원 빌어보세	어허술배야 어허술배야
어허술배야 어허술배야	어허술배야 어허술배야
달떠온다 달떠온다	어허술배야 어허술배야
줄긋기를 하러가세	어허술배야 어허술배야
달솟았네 달솟았네	어허술배야 어허술배야
큰덕위에 달솟았네	어허술배야 어허술배야
줄긋기를 할적에는	어허술배야 어허술배야
치마폭에 자갈싸고	어허술배야 어허술배야
사생결단 땡겨주오	어허술배야 어허술배야
어허술배야 어허술배야	어허술배야 어허술배야
가세가세 자네도가세	어허술배야 어허술배야
오게오게 자네도오게	어허술배야 어허술배야
우리편을 응원하게	어허술배야 어허술배야
우리편을 응원하면	어허술배야 어허술배야
불로초로 술을빚어	어허술배야 어허술배야
만선배에 가득싣고	어허술배야 어허술배야
만수무강 빌어주오	어허술배야 어허술배야
어허술배야 어허술배야	어허술배야 어허술배야

어허술배야 어허술배야	어허술배야 어허술배야
암코가이겼으니 올해도풍년일세	어허술배야 어허술배야
어허술배야 어허술배야	어허술배야 어허술배야
탱주는 고와도	어허술배야 어허술배야
해치고랑에 논다는데	어허술배야 어허술배야
유자는 늙었어도	어허술배야 어허술배야
섹시방에 논다네	어허술배야 어허술배야

줄끗기 노래 (2)

자료코드 : 04_04_FOS_20110124_PKS_BID_0002
조사장소 : 경상남도 남해군 남면 선구리 선구마을
조사일시 : 2011.1.24
조 사 자 : 박경수, 정규식, 오소현, 공유경
제 보 자 : 배이동, 남, 65세
구연상황 : 조사자에게 뒷소리를 가르쳐 주고 제보자는 선창을 하였다.

내야 문내야 에헤 문내야
문내난다 문내난다 남변 문내난다
어허술배야 어허술배야
썩은밥을 먹었던가 문내난다 문내난다
어허술배야 어허술배야

진도아리랑

자료코드 : 04_04_FOS_20110124_PKS_LKC_0001
조사장소 : 경상남도 남해군 남면 선구리 선구마을

조사일시 : 2011.1.24
조 사 자 : 박경수, 정규식, 오소현, 공유경
제 보 자 : 이귀춘, 여, 87세
구연상황 : 조사자의 구연 유도로 제보자가 이 노래를 구연하였다. 청중들과 함께 박수를
치면서 구연하였다.

세월아 봄철아 오고가지를 말아라

아까운 내청춘 다늙어 간다

아리아리랑 쓰리쓰리랑 아라리가 낫네

아리랑 음음음 아라리가 낫네

진도아리랑 (1)

자료코드 : 04_04_FOS_20110125_PKS_LDM_0001
조사장소 : 경상남도 남해군 남면 홍현리 가천마을
조사일시 : 2011.1.25
조 사 자 : 박경수, 정규식, 오소현, 공유경
제 보 자 : 이달막, 여, 88세
구연상황 : 다른 제조자들이 아리랑을 구연하자 제보자가 이 노래를 구연하였다. 제보자
혼자 박수를 치면서 노래를 구연하였다.

꽃같은 우리님은 일본동경을 가고

동해같은 이내몸이 철골이 되네

철골이 된다고 편지질을 헌게

보신제 사먹으라고 돈십원이 왔네

돈십원 온것이 보신 젠가

이미당신 온것이 보신 제네

아리아리랑 쓰리쓰리랑 아라리가 낫네

아리랑 음음음 아라리가 낫네

진도아리랑 (2)

자료코드 : 04_04_FOS_20110125_PKS_LDM_0002
조사장소 : 경상남도 남해군 남면 홍현리 가천마을
조사일시 : 2011.1.25
조 사 자 : 박경수, 정규식, 오소현, 공유경
제 보 자 : 이달막, 여, 88세
구연상황 : 앞서 불렀던 진도아리랑을 다시 불러 보겠다고 하면서 이 노래를 구연하였다.

물레야 자세야 이리빙빙 돌아라

밤중 새별이 산을넘어 간다

아리아리랑 쓰리쓰리랑 아라리가 낫네

아리랑 음음음 아라리가 낫네

꽃같은 우리님이 일본동경을 가고

동해같은 요내몸이 철골이 된다

철골이 된다고 편지지를 헌게

보신제를 사먹으라고 돈십원이 왔네

돈십원이 온것이 보신 제다

이미당신이 온것이 보신 제로다

아리아리랑 쓰리쓰리랑 아라리가 낫네

아리랑 음음음 아라리가 낫네

아리랑

자료코드 : 04_04_FOS_20110125_PKS_LDM_0003
조사장소 : 경상남도 남해군 남면 홍현리 가천마을
조사일시 : 2011.1.25
조 사 자 : 박경수, 정규식, 오소현, 공유경
제 보 자 : 이달막, 여, 88세

구연상황 : 진도아리랑의 구연을 마친 후 다시 이 노래를 구연하였다. 노래의 앞부분은 밀양아리랑으로 부르다가 후반부에는 다시 진도아리랑을 구연하였다. 제보자 혼자 박수를 치면서 구연하였다.

    니가잘나 내가잘나 개누가 잘나

    은하백자 지하자자 돈 낫네

    아리아리랑 쓰리쓰리랑 아라리가 낫네

    아리랑 고개로 넘어 간다

    꽃같은 우리님은 일본동경 갔고

    동해같은 이내몸이 철골이 된다

    철골이 된다고 편지지를 하니

    보신제 먹으라고 돈십원 왔네

    돈십원 온것이 보신 제냐

    이미당신이 오신것이 보신 제로다

    아리아리랑 쓰리쓰리랑 아라리가 낫네

    아리랑 고개로 넘어 간다

도라지타령

자료코드 : 04_04_FOS_20110125_PKS_LDM_0004
조사장소 : 경상남도 남해군 남면 홍현리 가천마을
조사일시 : 2011.1.25
조 사 자 : 박경수, 정규식, 오소현, 공유경
제 보 자 : 이달막, 여, 88세
구연상황 : 조사자가 도라지타령을 불러 달라고 하자 제보자가 이 노래를 구연해 주었다.

    도라지 도라지 도라지

    심심 산천에 백도라지

한두 뿌리만 캐어도

호남선 열차로 한도라쿠

에헤야 에헤야 에헤야

내가내간장을 스리살살 다녹힌다

물을 길러 가라며는

○○나 춤만 추고오고

나물 캐러 가라면

바구리나 갱감만 붙인다

에헤야 에헤야 에헤야

어야라난다 지화자자 좋다

니가내간장을 스리살살 다녹힌다

베틀 노래

자료코드 : 04_04_FOS_20110125_PKS_LDM_0005
조사장소 : 경상남도 남해군 남면 홍현리 가천마을
조사일시 : 2011.1.25
조 사 자 : 박경수, 정규식, 오소현, 공유경
제 보 자 : 이달막, 여, 88세
구연상황 : 조사자가 예전에 베를 짤 때 불렀던 베틀 노래를 구연해 달라고 하자 이 노
래를 구연하였다. 처음에는 잘 모른다고 하다가 한참 동안 기억을 더듬더니
구연하였다. 사설을 잘 기억하지 못해 앞부분만을 구연하였다.

오늘날이 심심해서 베틀노래나 불러보자

베틀다리는 사형제 임에떼는 삼형제

청산도 섬이라던가

자료코드 : 04_04_FOS_20110125_PKS_LTS_0001
조사장소 : 경상남도 남해군 남면 홍현리 가천마을
조사일시 : 2011.1.25
조 사 자 : 박경수, 정규식, 오소현, 공유경
제 보 자 : 이태수, 남, 73세
구연상황 : 조사자의 구연 유도로 이 노래를 구연하였다. 원래를 가사가 길었는데 잘 기억이 나지 않는다고 하면서 이 노래를 구연하였다.

청산도 섬이라던가
육지낭군을 믿었더니
여사도가 왠말인고

진도아리랑

자료코드 : 04_04_FOS_20110125_PKS_LTS_0002
조사장소 : 경상남도 남해군 남면 홍현리 가천마을
조사일시 : 2011.1.25
조 사 자 : 박경수, 정규식, 오소현, 공유경
제 보 자 : 이태수, 남, 73세
구연상황 : 조사자가 진도아리랑을 불러 달라고 하자 제보자가 이 노래를 불렀다. 옆에 있던 청중도 함께 이 노래를 구연하였다.

우리집 서방님은 명태잡이를 갔는데
바람아 강풍아 석달열흘만 불어라
아리아리랑 쓰리쓰리랑 아라리가 낫네
아리랑 끙끙끙 아라리가 낫네

저 건네라 사랑방에

자료코드 : 04_04_FOS_20110125_PKS_LJY_0001
조사장소 : 경상남도 남해군 남면 석교리 석교마을
조사일시 : 2011.1.25
조 사 자 : 박경수, 정규식, 오소현, 공유경
제 보 자 : 임정이, 여, 76세
구연상황 : 조사자가 구연을 유도하자 제보자가 이 노래를 불렀다. 주위의 다른 청중들은
조용히 경청하고 있었다.

저건네라 사랑방에 백년초를 심었더니
백년초는 간곳이없고 이별초만 남아있네

시집가던 삼일만에

자료코드 : 04_04_FOS_20110125_PKS_LJY_0002
조사장소 : 경상남도 남해군 남면 석교리 석교마을
조사일시 : 2011.1.25
조 사 자 : 박경수, 정규식, 오소현, 공유경
제 보 자 : 임정이, 여, 76세
구연상황 : 앞의 노래에 이어 이 노래를 구연하였다.

시집가던 삼일만에 시어머니 거동보소
참깨닷말 두리깨닷말 여섯말을 볶고나니
양감에 조개가 벌어 졌네

물레 노래

자료코드 : 04_04_FOS_20110125_PKS_LJY_0003
조사장소 : 경상남도 남해군 남면 석교리 석교마을

조사일시 : 2011.1.25

조 사 자 : 박경수, 정규식, 오소현, 공유경

제 보 자 : 임정이, 여, 76세

구연상황 : 제보자가 앞의 노래에 이어 구연하였다.

　　　　물레야 자세야 어서뱅뱅 돌아라

　　　　밤중야 세별이 산넘어 간다

진도아리랑

자료코드 : 04_04_FOS_20110125_PKS_LJY_0004

조사장소 : 경상남도 남해군 남면 석교리 석교마을

조사일시 : 2011.1.25

조 사 자 : 박경수, 정규식, 오소현, 공유경

제 보 자 : 임정이, 여, 76세

구연상황 : 제보자는 아리랑을 구연해 달라는 조사자의 말에 이 노래를 구연하였다. 후반
　　　　　부의 후렴 부분은 구연하지 않았다.

　　　　청천 하늘에 잔별도 많고

　　　　조그만한 내가슴에 수심도 많네

창부타령 (1)

자료코드 : 04_04_FOS_20110125_PKS_LJY_0005

조사장소 : 경상남도 남해군 남면 석교리 석교마을

조사일시 : 2011.1.25

조 사 자 : 박경수, 정규식, 오소현, 공유경

제 보 자 : 임정이, 여, 76세

구연상황 : 제보자가 앞의 노래에 이어 이 노래를 구연하였다. 제보자 혼자서 차분하게
　　　　　노래를 구연하였다. 노래 중간에 가끔씩 박수를 치면서 구연하였다.

나물먹고 물만쓰고 팔대장부 팔베고누웠으니

요바라 대장부살림살이 요만하면 넉넉하리

얼씨구나 기화자좋네 아니놀지는 못하리라

거리경 거리고 놀아보세

남의 집 서방님은

자료코드 : 04_04_FOS_20110125_PKS_LJY_0006
조사장소 : 경상남도 남해군 남면 석교리 석교마을
조사일시 : 2011.1.25
조 사 자 : 박경수, 정규식, 오소현, 공유경
제 보 자 : 임정이, 여, 76세
구연상황 : 조사자가 다른 노래를 불러 달라고 하자 제보자가 이 노래를 구연하였다. 차분한 목소리로 구연하였다.

남의집 서방님은 순사칼을 차는데

우리집 서방님은 정지칼[2]을 찬다

창부타령 (2)

자료코드 : 04_04_FOS_20110125_PKS_LJY_0007
조사장소 : 경상남도 남해군 남면 석교리 석교마을
조사일시 : 2011.1.25
조 사 자 : 박경수, 정규식, 오소현, 공유경
제 보 자 : 임정이, 여, 76세
구연상황 : 조사자의 구연 유도에 의해 이 노래를 불렀다. 다른 노래와 마찬가지로 차분하게 노래를 구연하였다.

---

2) '부엌칼'을 가리킴.

금산위에 뜬구름아 비들었나 눈들었나
비도눈도 아니들고 노래명창 내들었네
얼씨구나 기화자좋네 아니놀지는 못하리라

남의금산 박달나무는 홍달깨방마치로 다나가고
호리닝창 큰애기홀무 총각의손길로 다나간다
얼씨구나 기화자좋네

아리랑 (1)

자료코드 : 04_04_FOS_20110125_PKS_LJY_0008
조사장소 : 경상남도 남해군 남면 석교리 석교마을
조사일시 : 2011.1.25
조 사 자 : 박경수, 정규식, 오소현, 공유경
제 보 자 : 임정이, 여, 76세
구연상황 : 조사자의 구연 유도에 의해 이 노래를 구연하였다.

우수 경첩은 대동강 풀고
울언님 말소리 내가슴을 푼다
에헤야 디헤야 어~허~이 허이야
에헤야 디여두 사랑이로 구나

창부타령 (3)

자료코드 : 04_04_FOS_20110125_PKS_LJY_0009
조사장소 : 경상남도 남해군 남면 석교리 석교마을
조사일시 : 2011.1.25
조 사 자 : 박경수, 정규식, 오소현, 공유경

제 보 자 : 임정이, 여, 76세
구연상황 : 앞의 노래에 이어 이 노래를 구연하였다.

> 저달은 떴다가 새복에 가고
> 울언님 왔다가 곧돌아 선다
> 에헤야 노여라 아니못놀 겄네
> 느런기를 하여도 내가못놀 겄네
> 님보고 싶으면 사진보라 더만
> 말못하는 그사진은 속만더타 더라

양산도

자료코드 : 04_04_FOS_20110125_PKS_LJY_0010
조사장소 : 경상남도 남해군 남면 석교리 석교마을
조사일시 : 2011.1.25
조 사 자 : 박경수, 정규식, 오소현, 공유경
제 보 자 : 임정이, 여, 76세
구연상황 : 조사자가 양산도타령을 불러 달라고 하자 제보자가 이 노래를 구연해 주었다.
　　　　　제보자가 이 노래를 부르자 청중들은 즐겁게 웃으면서 경청하였다.

> 에헤이요-
> 산천이 고바서 뒤돌아 봤나
> 님사는 곳이라 뒤를돌아 봤네

화투타령

자료코드 : 04_04_FOS_20110125_PKS_LJY_0011
조사장소 : 경상남도 남해군 남면 석교리 석교마을

조사일시 : 2011.1.25

조 사 자 : 박경수, 정규식, 오소현, 공유경

제 보 자 : 임정이, 여, 76세

구연상황 : 조사자가 화투 노래를 구연해 달라고 하자 제보자가 이 노래를 구연하였다. 노래를 듣고 있던 청중이 "제법 잘한다."고 말하면서 호응을 해 주었다.

정월 솔가지 속속히앉아

이월 ○○ 이상하다

삼월 사쿠라 산란한마음

사월 흑사리 휴슝하다

오월 난초 날아든나비

유월 목단꽃에 앉아

칠월 홍소리 홀로누워

팔월 춘생 달도곱다

구월 국화 굳었던마음

시월 단풍에 휘날린다

동짓달 오동나무

섣달 비바람에 확쓰러졌다

얼씨구나 기화자좋네 아니놀지는 못하리라

노래만 부르고

자료코드 : 04_04_FOS_20110125_PKS_LJY_0012

조사장소 : 경상남도 남해군 남면 석교리 석교마을

조사일시 : 2011.1.25

조 사 자 : 박경수, 정규식, 오소현, 공유경

제 보 자 : 임정이, 여, 76세

구연상황 : 앞의 노래를 마친 후 잠시 생각하다가 이 노래를 구연해 주었다.

노래만 부르고 춤만잘잘잘 춰도

니그살림만 알뜰히살면 그만그뿐이다

아리랑 (2)

자료코드 : 04_04_FOS_20110125_PKS_LJY_0013

조사장소 : 경상남도 남해군 남면 석교리 석교마을

조사일시 : 2011.1.25

조 사 자 : 박경수, 정규식, 오소현, 공유경

제 보 자 : 임정이, 여, 76세

구연상황 : 조사자가 아리랑이나 도라지타령을 구연해 달라고 하자 제보자가 이 노래를
구연하였다.

사쿠라 꽃밑에 임세와 놓고

임인줄 꽃인줄 잘모르 겄네

어혀야 디야 에헤 허이야

에헤 디여루 사랑이로 구나

새끼야 백발은 씰곳이 있어도

인간에 백발은 씰곳이 없네

에헤야 디야 어허 허이야

에헤야 디여루 사랑이로 구나

산아지타령

자료코드 : 04_04_FOS_20110126_PKS_JHY_0001

조사장소 : 경상남도 남해군 남면 덕월리 구미마을

조사일시 : 2011.1.26

조 사 자 : 박경수, 정규식, 오소현, 공유경
제 보 자 : 정한엽, 여, 85세
구연상황 : 조사자가 구연을 유도하자 제보자가 이 노래를 불렀다. 구연 도중 숨이 차서
노래를 잠시 쉬었다가 구연하였다.

신-작로 질질이(줄줄이)

솥떼우는 영감아

이무정 떨어진거는 몬-떼어주나

에헤에헤야 에헤야

에헤야디여로 사랑이러구나

진도아리랑

자료코드 : 04_04_FOS_20110126_PKS_JHY_0002
조사장소 : 경상남도 남해군 남면 덕월리 구미마을
조사일시 : 2011.1.26
조 사 자 : 박경수, 정규식, 오소현, 공유경
제 보 자 : 정한엽, 여, 85세
구연상황 : 조사자가 <아리랑>이나 <도라지타령>도 좋으니 구연해 달라고 하자 이 노
래를 구연하였다. 구연 도중 박수를 치면서 흥겹게 노래하였다.

세월이 갈라면 제혼체 가지

우리나 청춘을 데리고 가나

아리아리랑 쓰리쓰리랑 아라리가 낫네-

아-리랑 음음음 아라리가 낫네

우리는 본적서 정답건 만은3)

연분이 아니댕게4) 하는수가 없다

---

3) '정답지마는'의 의미임.

아리아리랑 쓰리쓰리랑 아라리가 낫네

아-리랑 음음음 아라리가 낫네

아리랑

자료코드 : 04_04_FOS_20110126_PKS_JHY_0003

조사장소 : 경상남도 남해군 남면 덕월리 구미마을

조사일시 : 2011.1.26

조 사 자 : 박경수, 정규식, 오소현, 공유경

제 보 자 : 정한엽, 여, 85세

구연상황 : 제보자가 앞서 구연한 <진도아리랑>에 이어 이 노래를 구연하였다.

청천 하늘에 잔별도 많고

이내 가슴에 수심도 많다

아리랑아리랑 아라리요

아리랑고개로 넘어간다

양산도

자료코드 : 04_04_FOS_20110125_PKS_JKT_0001

조사장소 : 경상남도 남해군 남면 홍현리 가천마을

조사일시 : 2011.1.25

조 사 자 : 박경수, 정규식, 오소현, 공유경

제 보 자 : 조경태, 남, 81세

구연상황 : 조사자의 구연 유도에 의해 이 노래를 구연하였다.

에헤에헤 이여~

---

4) '아니되니까'의 의미임.

저근네 저산이 대명산 인가

오동지 섣달내도 함박꽃 핀다

에라노여라 에라노여라 아니못놀~ 겄네~

능기를 하여도 내가못놀~ 겄네~

에헤헤헤 이여~

놀자 좋구나 젊어서 놀아

늙고 병들면 내가못놀 겄네

아서라 말어라 내가그리를 마라

사람에 갈세를 내가그리 마라

진도아리랑

자료코드 : 04_04_FOS_20110125_PKS_JKT_0002

조사장소 : 경상남도 남해군 남면 홍현리 가천마을

조사일시 : 2011.1.25

조 사 자 : 박경수, 정규식, 오소현, 공유경

제 보 자 : 조경태, 남, 81세

구연상황 : 조사자가 진도아리랑을 불러 달라고 하자 이 노래를 구연하였다. 제보자 혼자
　　　　　박수를 치면서 구연하였다.

아리아리랑 쓰리쓰리랑 아라리가 낫네

아리랑 음음음 아라리가 낫네

저건너 갈미봉에 비묻어 오네

우장삿갓을 씌고서 집으로 갑시다

아리아리랑 쓰리쓰리랑 아라리가 낫네

아리랑 음음음 아라리가 낫네

아리랑 (1)

자료코드 : 04_04_FOS_20110125_PKS_JMS_0001
조사장소 : 경상남도 남해군 남면 홍현리 가천마을
조사일시 : 2011.1.25
조 사 자 : 박경수, 정규식, 오소현, 공유경
제 보 자 : 조막심, 여, 83세
구연상황 : 다른 제보자의 노래를 듣고 난 후 이 노래를 구연하였다. 제보자와 청중 몇
분이 박수를 치면서 장단을 맞췄다.

아리랑 끙끙끙 아라리가 낫네
아리랑 고개다 주막집을 짓고
정든님 오기만 기다 린다
에헤야 디야 에헤~ 헤야
에헤야 디여도 사랑이로 구나

자자 오금사야 자자
밤중 새별이 산넘어 간다
알뜰히 살뜰히 살라던 마음
언제나 정든님이와서 잘살아 보고
에헤야 디야 에헤~ 헤야
에헤야 디여도 사랑이로 구나

청사 초롱에 불밝혀 주라
잊었던 낭군이 날찾아 온다
에헤야 디야 에헤~ 헤야
에헤라 디여도 사랑이로 구나
뭐가 잘나서 일색이 되느냐
○○동전 지하백전 돈잘 났제

에헤라 디야 에헤~ 헤야

에헤야 디여도 사랑이로 구나

나를 버리고 가시는 님은

십리를 못가서 발병이 낫네

아리랑 아리랑 아라라 리요

아리랑 고개로 넘어 간다

아들딸자석 놀랐고 산지불공을 말고

정밤중에 오시는손님을 괄세를 마르라

에헤야 디야 에헤~ 헤야

에헤야 디여로 사랑사랑이로 구나

진도아리랑

자료코드 : 04_04_FOS_20110125_PKS_JMS_0002

조사장소 : 경상남도 남해군 남면 홍현리 가천마을

조사일시 : 2011.1.25

조 사 자 : 박경수, 정규식, 오소현, 공유경

제 보 자 : 조막심, 여, 83세

구연상황 : 다른 제보자들의 진도아리랑을 듣고 난 후 이 노래를 구연하였다. 제보자 혼
자 박수를 치면서 구연하였다.

새끼 백발은 쓸곳이 있는데

사람 백발은 쓸곳이 없더라

아리아리랑 쓰리쓰리랑 아라리가 낫네

아리랑 끙끙끙 아라리가 낫네

닐니리야

자료코드 : 04_04_FOS_20110125_PKS_JMS_0003
조사장소 : 경상남도 남해군 남면 홍현리 가천마을
조사일시 : 2011.1.25
조 사 자 : 박경수, 정규식, 오소현, 공유경
제 보 자 : 조막심, 여, 83세
구연상황 : 조사자가 아리랑이나 도라지타령 외의 다른 노래도 구연해 달라고 하자 제보
          자가 이 노래를 구연해 주었다.

닐리리야 닐리리야 니나노난실로 내가돌아간다

물올랐네 물올랐네 시냇가버들에 물올랐네

닐닐 닐리리야

내딸죽고 내사우야 울고나갈길을 왜왔던고

닐닐 닐리리야

내딸죽고 내사우야 울고갈길에 니왔다가

그만가모 섭섭한데 ○○○○기나 하고가게

얼씨구나좋다 지화자좋다 지화지화가 내는좋더라

아리랑 (2)

자료코드 : 04_04_FOS_20110125_PKS_JMS_0008
조사장소 : 경상남도 남해군 남면 홍현리 가천마을
조사일시 : 2011.1.25
조 사 자 : 박경수, 정규식, 오소현, 공유경
제 보 자 : 조막심, 여, 83세
구연상황 : 앞의 노래에 이어 계속 이 노래를 구연하였다. 제보자 혼자 박수를 치면서 장
          단을 맞췄다.

나를 버리고 가시는 님은

십리를 못가서 발병이 난다
아리아리랑 쓰리쓰리랑 아라리가 낫네
아리랑 고개로 날넘겨 주소

양산도 (1)

자료코드 : 04_04_FOS_20110124_PKS_JJY_0001
조사장소 : 경상남도 남해군 남면 임포리 임포마을
조사일시 : 2011.1.24
조 사 자 : 박경수, 정규식, 오소현, 공유경
제 보 자 : 조정엽, 여, 70세
구연상황 : 조사자가 <양산도>를 불러 달라고 하자 제보자가 이 노래를 구연하였다. 처
음에는 잘 모른다고 하다가 한번 해 보겠다고 하면서 노래를 불렀다.

에헤에헤이요-
사람이 늙으면 마음조차 늙나
늙기를 늙어도 마음젊어 온다
에헤에헤이요-
시금텁텁 하여도 막걸리한잔이 좋고
사쿠라몬댕이 배가녹아도 ○○○○이 좋다
(청중 : 아이구 잘한다)

에헤에헤이요-
술은 술술술 목에잘넘어 가고
냉수야 참물은 입안에살살 돈다
에헤라모여라 잔을돌려라 아니나못놀 것네
작은홀목에 ○○○ 나는못놀 것네

너냥 나냥

자료코드 : 04_04_FOS_20110124_PKS_JJY_0002
조사장소 : 경상남도 남해군 남면 임포리 임포마을
조사일시 : 2011.1.24
조 사 자 : 박경수, 정규식, 오소현, 공유경
제 보 자 : 조정엽, 여, 70세
구연상황 : 제보자의 구연 유도에 의해 이 노래를 불렀다. 청중들과 박수를 치면서 구연
하였다. 노래의 후반부는 아리랑으로 전환되었다.

네냥내냥 두리둥실 놀구요

낮이낮이나 밤이밤이나 참사랑이로구나

아침에 우는새는 배가고파 울고요

저녁에 우는새는 임이그리워 운다

에야디야 에헤에헤 에헤야

에야디여루 사랑이로구나

우리딸 이름은 ○○분순이라 하는데

하룻밤만 자고나면은 돈부자가 된다

양산도 (2)

자료코드 : 04_04_FOS_20110124_PKS_JJY_0003
조사장소 : 경상남도 남해군 남면 임포리 임포마을
조사일시 : 2011.1.24
조 사 자 : 박경수, 정규식, 오소현, 공유경
제 보 자 : 조정엽, 여, 70세
구연상황 : 제보자가 앞의 노래에 이어 다시 이 노래를 구연하였다. 노래를 구연할 때 흥
겹게 불렀다.

에헤에헤디여-

북방굴 밑에는 처녀총각이 놀고

북방굴 우에는 기러기한쌍이 논다

에헤야 디여라 아니못놀 것네

능지를 하여도 아니못노 리라

에헤에헤이여-

우연히 쉬는날 ○○○○ 들었나

간간이 가다가 나를 ○○○○○

에헤라에헤라 동가디여라 아니못노 것네

능지를 하여도 아니못노 니라

에헤에헤이여-

꼬마선 기차여 소리말고 돌아라

니손에가신 우리낭군 사랑생각난다

모여라 아니못놀것네

능지를 하여도 아니 못노리라

양산도

자료코드 : 04_04_FOS_20110124_PKS_HBO_0001

조사장소 : 경상남도 남해군 남면 선구리 선구마을

조사일시 : 2011.1.24

조 사 자 : 박경수, 정규식, 오소현, 공유경

제 보 자 : 하봉원, 남, 87세

구연상황 : 조사자가 <양산도>를 한 곡 불러 달라고 하자 제보자가 이 노래를 하였다.

에헤이요

사람이 늙으면 마음조차 늙나

등신은 늙어도 마음젊어 온다
에여라 노여라 그래도못놀 겄나
능기를 하여도 내는못놀 겄다

아리랑

자료코드 : 04_04_FOS_20110124_PKS_HCW_0001
조사장소 : 경상남도 남해군 남면 임포리 임포마을
조사일시 : 2011.1.24
조 사 자 : 박경수, 정규식, 오소현, 공유경
제 보 자 : 하창우, 남, 84세
구연상황 : 제보자는 다른 제보자의 아리랑이 끝나자 이 노래를 구연하였다.

에야디야 에헤에헤 에헤야
에헤야 디여루 사랑이로구나
놀다가 갑시다 자다가 가세요
저해가 다지도록 놀다가 가세
에야디야 에헤에헤 에헤야
에헤야 디여루 사랑이럴구나

이산저산 도라지꽃은 바람이○○ 나고요
우리님은 내꽃○○○ ○○○ 한다
에헤야 디야 에헤에헤 에헤야
에헤야 디여라 사랑이로구나

2. 상주면

경상남도 남해군 상주면 상주리 금전마을

조사일시 : 2011.1.22

조 사 자 : 박경수, 서정매, 황영태, 윤슬기

　금전마을은 에전부터 밭(田)이 많은 곳이었기에 금전리라 불렀고, 1953년 7월 19일에 상주리에서 분동되어 오늘에 이른다. 현재 상주리의 서편에 위치한 금전마을은 천안전씨와 진양강씨가 최초로 정착하였다고 하며, 농업과 어업으로 주민들은 생계를 유지하고 있다. 주요 소득원은 벼농사, 마늘, 동초, 시금치 등이며, 어업으로는 낚시배와 자망, 물메기 통발, 낙지 잠수기, 해녀사업 등이다. 특산물로는 해삼, 전복, 물메기 등이 있다.

　금전마을은 울창한 소나무 숲속에 싸여 있으면서도 상주해수욕장을 바로 앞에 두고 있어서 어느 집에서나 3분 이내에 해수욕장에 도달할 수 있다. 여느 집이나 민박이 가능하며 횟집, 식당, 노래방 등 손님들이 숙박하고 관광을 즐길 수 있다.

　조사자는 이장님과 미리 약속은 하지 않았지만, 항상 회관에 어르신들이 모여 계신다는 연락을 받고 바로 찾아간 터였다. 오후 1시경 쯤 마을회관에 도착하니 대부분 화투를 치고 있었는데, 이장님의 소개로 사람들이 더 모여 들었고 과자와 음료를 내어 드리자 모두 둥글게 앉아 순조롭게 구연이 이루어졌다. 처음에는 조금 어색해하기도 했었지만, 오히려 조사자들을 반가워하며 한 사람이 노래를 시작하자 모두 박수를 치며 즐거워하였다. 이야기의 구술은 거의 받지 못하였으나 류부연(여, 85세)의 이약 이약 며느리 이야기가 짧게 한 편 구술되었다. 이외 대부분 민요의 구연이 이루어졌다.

　제보자는 총 5명으로 류뷰연(여, 85세), 류정순(여, 76세), 송정순(여, 78

세), 최금심(여, 72세), 배덕엽(여, 81세) 등이다. 이 중 류부연은 조사자들을 가장 먼저 반기며 잘 대해 주었는데 주로 창부타령과 노랫가락을 구연하였고, 류정순은 처음에는 조용히 있는 편이었지만 분위기가 무르익자 오히려 더 나서서 구연을 하였다. 창부타령, 진도아리랑, 권주가 등을 구연하였다. 송정순은 다른 제보자가 노래를 부르면 춤을 추기도 하는 등 분위기를 띄우는 편이었고, 최금심은 조사가 무르익을 즈음에 양산도, 고사리 노래 등을 구연해 주었다. 배덕엽은 가장 많은 노래를 구연해 주었는데, 주로 친정에서 귀동냥으로 듣고 배운 노래라고 하였다. 조사된 민요는 <창부타령>, <노랫가락>, <상주 시집살이 노래>, <금비둘기 노래>, <진도아리랑>, <화투타령>, <정월 대보름 노래>, <권주가>, <해방가>, <너냥 나냥>, <도라지타령>, <다리 세기 노래>, <양산도>, <고사리 노래> 등이다.

금전마을 전경

경상남도 남해군 상주면 상주리 임촌마을

조사일시 : 2011.1.22

조 사 자 : 박경수, 서정매, 황영태, 윤슬기

현재 상주해수욕장에 위치해 있는 임촌마을은 서기 1003년 경 신라국에 소속되어 신문왕 5년에 상주현성을 구축하여 '상주'라 불리게 되었다. 수목이 우거진 사이에 마을이 있으므로 임촌(林村)이라 하는데 최초로 입동하여 정착한 성씨는 정씨와 김씨라고 전한다. 1978년 4월 취락구조 43동을 착공하고 1979년 9월 1일 임촌마을로 분동되었고, 1981년 5월 21일에 임촌마을회관이 준공되었다.

숲이 울창하여 공기가 맑고 경관이 좋고 깨끗한 마을로 불리고 있으며, 민박촌 형성으로 상주해수욕장 피서객이 가장 많이 찾는 곳이기도 하다. 앞으로는 이곳이 상주선착장 러브크루저호를 타고 해상을 구경할 수 있는 출발지가 되며, 북으로는 남해 금산을 바라볼 수 있으며, 국도변에서 해수욕장과 남해 금산을 한눈에 볼 수 있도록 파고라가 설치되어 있다. 임촌마을은 여름에 관광객들이 붐비므로 겨울에는 인적이 드물 정도로 조용한 편이다. 최근 마을 골목 담벼락에 그림이 조성되어 벽화마을로도 이름이 나있다.

임촌마을은 상주해수욕장에 위치하고 있어서 주민 대부분은 민박집을 경영하고 있다. 이장님을 통해 마을에서 노래를 제일 잘 부른다는 박봉지 할머니와 서정엽 할머니, 그리고 서성태 할아버지를 소개 받았다. 박봉지(여, 80세) 할머니는 몸이 좋지 않다고 하여 직접 집으로 방문을 하였다. 제보자의 집은 민박을 운영하고 있었고, 자식들과 한집이었지만 제보자의 집은 따로 별채로 있었다. 찾아가 뵈었을 때도 몸이 많이 좋지 않아서 홀로 찜질을 하면서 누워 있었다. 몸이 많이 불편해 보였지만, 편한 자세를 취하였고 아는 노래는 모두 기억하여 불러 주려 하였다. 또한 모르는 노래라도 가사를 생각하려고 애쓰는 모습이었다. 몸은 불편하였지만 기억력이 좋은 편이어서 첫 소절을 애기하면 바로 생각해 냈다. 발음이 좋지는 않았지만 많은 노래를 구연해 주었다. 구연된 노래는 <노랫가락>, <창부타령>이 대부분이었고, 이외 <모심기 노래>, <도라지타령>, <청춘가>, <밀양아리랑>, <진도아리랑>, <화투타령>, <너냥 나냥> 등이 구연되었다.

임촌마을 전경

이외에도 따로 찾아뵈었던 서정엽 할머니는 부끄러움이 무척 많은 편이어서 처음에는 조사를 거절하였지만 조사자가 먼 곳에서 왔다는 말을 듣고 그때부터는 조사자들을 더 챙겨 주고 걱정하며 정성껏 많은 노래를 구연해 주었다. 구연된 노래는 <창부타령>, <영감아 탱감아>, <비야바야 노래> 외에 모심기 노래를 창부타령으로 불러 주었다.

그리고 눈이 나빠서 앞이 잘 보이지 않던 서성태 할아버지(남, 88세)는 비록 앞이 보이지 않았지만, 젊은 시절에 일본전문학교를 졸업했고 예전에 교직에 있어서인지, 아픈 와중에도 단정하고 친절하게 이야기를 기억나는 대로 구술해 주었다. <임촌마을의 유래>, <상사병 걸린 남장여인의 목숨을 구한 총각>, <아픈 사람을 치유하는 감로수>, <역대 명필의 글이 새겨진 문장암>, <왕이 될 꿈을 꾼 이태조와 이태조가 쓰던 연을 모셔둔 기단>, <음성굴·용굴암·만장대·천구암의 유래>, <아유타국에서 허황옥이 가져온 돌로 지은 돌탑>, <진시황의 명으로 남해에 불로초를 구하러 온 서불>, <기우제의 효능이 뛰어난 세존도>, <보기만 하면 장수한다는 노인성> 등의 이야기가 구술되었다.

경상남도 남해군 상주면 양아리 대량마을

조사일시 : 2011.1.23
조 사 자 : 박경수, 서정매, 황영태, 윤슬기

상주면 양아리 대량마을은 약 400여 년 전 경기도 임진강가에 있는 양아리 주민들이 이곳으로 이주하여 와서 살게 된 마을로, 마을 주민들에 의해 전에 살던 곳인 양아리라는 지명을 그대로 부르게 되어 지금에 이르고 있다. 양아리에서 큰 마을이라 하여 '대양아(大良阿)'라고 불리다가 현재의 이름인 '대량(大良)'이라고 부르게 되었다.

대량마을은 9.3km의 해안선이 있는데 그 해안선을 따라 자연적으로 생긴 5개의 동굴과 기둥같이 생긴 바위인 기둥방이 있고, 남쪽을 바라보면 바다 한가운데 우뚝 서 있는 소치섬, 그리고 서쪽에는 노도가 자리 잡고 있다. 또한 뒷편에는 덕의산이 위치하고 맑은 바닷물에서 생산되는 톳, 미역, 청각 등 자연 해초 및 전복, 해삼, 고동, 성게 등 해산물이 많이 생산되어 연간 1억원 이상의 소득을 올리고 있으며, 이를 마을회관 공공시설물

보수 및 마을 자체사업 공동기금으로 사용하고 있다.

해안선과 소치도 등에는 바다낚시가 잘 되어 볼락과 감성돔이 많이 잡혀서 낚시꾼들의 발길이 끊이지 않고 있다.

대량마을은 방문하기 전 날 미리 전화를 해 둔 터였다. 노인회 회장은 적극적인 성격이어서 조사자들이 마을회관에 도착을 하자 전화로 노래를 잘 하는 할머니를 불러오게 하는 등 조사가 잘 될 수 있도록 사람들을 모아 주었다. 또한 지난밤에 조사를 간다는 전화를 받고 미리 글로 노래 가사를 적어두는 등 꼼꼼하고 적극적인 모습을 보여 주었다. 9명 정도의 어르신들이 모인 가운데 제보가 시작되었는데, 설화는 한 편도 나오지 않았고 대부분 민요가 구연되었다.

구연자는 총 4명으로 노인회 회장인 김봉현(남, 89세)은 다른 제보자가 잘 못 부르거나 하면 본인이 다시 불러 주기도 하는 등 가장 적극적으로 제보에 임해 주었다. <해방가>, <보리타작 노래>, <방귀 노래>, <창부타령>, <쾌지나 칭칭 나네>, <화투타령>과 이외에 <고기 거두는 노래>, <멸치 잡는 소리>, <고기 운반하는 소리>를 구연해 주었다. 그리고 다른 제보자의 노래를 잘 듣고 있다가 자신의 차례가 되면 자신 있게 구연해 준 김연심(여, 70세)은 <멸치 터는 소리>, <다리 세기 노래>, <양산도>, <방아깨비 노래>, <동그랑땡 노래> 등을 구연해 주었다. 청중들이 노래하는 것을 옆에서 거들던 류부연(여, 85세)은 <창부타령>, <노래가락>과 <이약이약 며느리>를 짧게 구술해 주었다. 다른 구연자들의 노래를 조용히 듣고 있던 최덕이(여, 71세)는 <이노래>, <고동 노래>를 구연해 주었다.

대량마을회관

대량마을 전경

▌제보자

김두심, 여, 1929년생

주 소 지 : 경상남도 남해군 상주면 양아리 대량마을
제보일시 : 2011.1.23
조 사 자 : 박경수, 서정매, 황영태, 윤슬기

김두심은 1929년 기사생으로 올해 84세
이며 본관은 김해이다. 18세에 결혼하여 슬
하에 3남 3녀가 있는데 모두 부산·일본 등
지에서 따로 거주하고 있다. 과거에는 농사
를 지었고 뱃일도 마다하지 않고 했다. 손톱
이 길고 손에 밴드를 많이 붙이고 있었고 벙
거지 모자를 쓰고 있었다.

발음이 조금 어설픈 편이었지만 다른 청
중한테 노래를 가르쳐 줄 정도로 성격도 밝고 기억력이 좋았다. 그리고 자
신이 노래를 할 때에는 누가 뭐라고 하든 신경 쓰지 않는 털털한 성품이
다. 오른 손이 조금 불편해 보였는데, 예전에 뱃일하다 팔이 부러졌는데
그냥 두다 보니 만성이 되어 그런 것이라고 한다. 구연해 준 노래는 젊었
을 때 대구에서 장구를 치고 놀면서 배운 것이라고 한다.

제공 자료 목록
04_04_FOS_20110123_PKS_KDS_0001 가래 소리
04_04_FOS_20110123_PKS_KDS_0002 진도아리랑 (1)
04_04_FOS_20110123_PKS_KDS_0003 진도아리랑 (2)
04_04_FOS_20110123_PKS_KDS_0004 진도아리랑 (3)
04_04_FOS_20110123_PKS_KDS_0006 진도아리랑 (4)
04_04_MFS_20110123_PKS_KDS_0001 해방가

김봉현, 남, 1932년생

주 소 지 : 경상남도 남해군 상주면 양아리 대량마을
제보일시 : 2011.1.23
조 사 자 : 박경수, 서정매, 황영태, 윤슬기

　김봉현(金奉賢)은 1932년생 원숭이띠로, 올해 89세이며 본관은 김해이다. 26세에 결혼을 하여 현재 3남 2녀를 두고 있고, 지금은 둘째 아들집에서 부인과 함께 거주하고 있다. 선박회사에 35년간 근무하며 예인선 선장을 역임하였고, 남해에 와서 배 사업을 다시 시작하였다. 지금은 노인회 회장을 역임하고 있다.

　눈썹이 굉장히 진하고 털이 많아서 인상이 강한 편이다. 왼쪽 엄지손가락을 다쳤고, 절모양의 금반지를 착용하고 있었다.

　6·25 전쟁 참전 유공자로 군대 생활을 6년간 했으며, 끼가 많은 편이어서 2004년에는 유랑극단에서 장기자랑으로 상을 탄 경력도 있다. 시원시원한 성격에 다른 청중의 노래에 참견하기 좋아하였고, 다른 제보자가 노래를 잘 못 부르면 본인이 다시 불러 주는 등 꼼꼼한 성격이었다. 노래의 대부분은 객지 생활을 하며 귀동냥으로 들은 것이라고 한다.

제공 자료 목록
04_04_FOS_20110123_PKS_KBH_0001 보리타작 노래
04_04_FOS_20110123_PKS_KBH_0002 고기 거두는 노래
04_04_FOS_20110123_PKS_KBH_0003 멸치 잡는 소리
04_04_FOS_20110123_PKS_KBH_0004 고기 운반하는 소리

04_04_FOS_20110123_PKS_KBH_0005 쾌지나 칭칭나네
04_04_FOS_20110123_PKS_KBH_0006 화투타령
04_04_FOS_20110123_PKS_KBH_0007 노랫가락 / 그네 노래
04_04_FOS_20110123_PKS_KBH_0008 방귀타령
04_04_FOS_20110123_PKS_KBH_0009 창부타령
04_04_MFS_20110123_PKS_KBH_0001 해방가

김연심, 여, 1941년생

주 소 지 : 경상남도 남해군 상주면 양아리 대량마을
제보일시 : 2011.1.23
조 사 자 : 박경수, 서정매, 황영태, 윤슬기

김연심은 1941년 생으로 올해 나이 70세로
뱀띠이다. 본관은 김해이며 인자엄마라고 불
린다. 22세에 결혼하여 슬하에 2남 2녀가 있
으며 현재는 손자와 둘이서 거주하고 있다.
과거에 어업을 했고 겨울초도 판매를 한 바
있으며, 현재에는 밭농사를 조금 하고 있다.
검게 물들인 머리에 빨간 스카프를 하고 있다.
말투가 부드럽고 표정이 밝은 편으로 다
른 청중의 노래를 듣다가 아는 노래가 생각나면 자신 있게 구연해 주었다.
주로 어릴 때 어른들에게 배운 것으로, 다른 청중에 비해 구연을 많이 하
지는 않았지만 긴 가사를 비교적 정확하게 구연해 주었다.

제공 자료 목록
04_04_FOS_20110123_PKS_KYS_0001 멸치 터는 소리
04_04_FOS_20110123_PKS_KYS_0002 다리 세기 노래
04_04_FOS_20110123_PKS_KYS_0003 양산도
04_04_FOS_20110123_PKS_KYS_0004 방아깨비 놀리는 노래
04_04_MFS_20110123_PKS_KYS_0005 동그랑땡

류부연, 여, 1926년생

주 소 지 : 경상남도 남해군 상주면 상주리 금전마을
제보일시 : 2011.1.22
조 사 자 : 박경수, 서정매, 황영태, 윤슬기

류부연은 1926년 상주면 상주리에서 태어난 토박이이다. 19세가 되던 해에 남편을 만나 금전마을에서 결혼을 하고 지금까지 살고 있다. 올해 85세이며 슬하에 1남 6녀가 있는데 쌍둥이 딸을 낳았고 그 딸도 쌍둥이를 낳았다고 한다. 남편은 13년 전에 작고하여 지금은 현재는 아들 집에서 손자와 함께 거주하고 있다. 학교는 다닌 바가 없으며 종교는 기독교이다.

얼굴에 주름이 많고 잘 웃는 편으로 다른 청중들과 소통도 잘 했다. 가장 먼저 구연을 하여 분위기를 돋우기도 하였다. 조사팀을 반기며 잘 대해 주었고, 다른 청중들이 노래하는 것을 옆에서 거들어 주기도 하였다. 구연해 준 민요는 젊었을 때 친구들과 같이 어울려 놀면서 들었던 노래라고 한다.

제공 자료 목록
04_04_FOT_20110122_PKS_RBY_0001 이약 이약 며느리
04_04_FOS_20110122_PKS_RBY_0001 창부타령 (1)
04_04_FOS_20110122_PKS_RBY_0002 창부타령 (2)
04_04_FOS_20110122_PKS_RBY_0003 창부타령 (3)
04_04_FOS_20110122_PKS_RBY_0004 노랫가락 / 그네 노래
04_04_FOS_20110122_PKS_RBY_0005 창부타령 (4)

류정순, 여, 1935년생

주 소 지 : 경상남도 남해군 상주면 상주리 금전마을
제보일시 : 2011.1.22
조 사 자 : 박경수, 서정매, 황영태, 윤슬기

류정순은 1935년에 상주면 금포마을에서
태어났다. 올해 76세이며 돼지띠로, 19세에
남편을 만나 금전마을로 시집을 와서 지금
까지 살고 있다. 남편은 4년 전에 작고하였
다. 슬하에 2남 2녀를 두고 있으며 서울, 김
해 등지에서 살고 있다. 학교는 다닌 바가
없으며 농사를 지으며 살아왔고 종교는 불
교이다.

구연 당시에는 처음에는 입을 못 열고 있다가 다른 청중들이 권유하자
그 뒤로는 아는 노래를 스스럼없이 불러 주었다. 성격이 활달하며 노래도
많이 알고 있었다. 다만 자신의 노래를 다른 청중이 가져가 부르거나 노
래를 부르고 있을 때 다른 청중이 목소리를 크게 내면 삐치는 경향도 있
었다.

구연해 준 노래는 젊었을 때 친구들과 함께 부르면서 배운 노래라고
한다.

제공 자료 목록
04_04_FOS_20110122_PKS_RJS_0001 창부타령 (1)
04_04_FOS_20110122_PKS_RJS_0002 창부타령 (2)
04_04_FOS_20110122_PKS_RJS_0003 진도아리랑
04_04_FOS_20110122_PKS_RJS_0004 창부타령 (3)
04_04_FOS_20110122_PKS_RJS_0005 권주가

박봉지, 여, 1931년생

주 소 지 : 경상남도 남해군 상주면 상주리 임촌마을
제보일시 : 2011.1.22
조 사 자 : 박경수, 서정매, 황영태, 윤슬기

박봉지 할머니는 1931년생으로 양띠며 올해 80세이다. 남해군 상주면 금포마을에 살다가 30세에 남편을 만나 결혼하였다. 남편과 친정에 간 동안 한국전쟁이 일어났다고 한다. 나중에 제보자의 할머니가 임촌에 집을 사게 되면서 이곳으로 이사를 왔다. 본관은 밀양이며 3남 1녀를 두고 있는데, 현재 둘째 아들과 함께 살고 있다. 집이 넓은
편이어서 박봉지 할머니는 독채로 마당을 사이에 두고 집을 따로 쓰고 있었다.

제보자는 몸이 많이 좋지 않아서 찜질을 하면서 홀로 누워 지내는 편이라고 한다. 자식들이 사는 집과 분리되어 있어서인지 한 지붕이지만 거리가 있어 보였다. 몸이 많이 불편해 보였지만 편한 자세를 취하고 아는 노래는 모두 기억하여 불러 주었고, 모르는 노래라도 가사를 생각하려고 애를 쓰는 등 조사에 매우 적극적으로 임해 주었다.

마을에서도 노래 잘한다고 소문이 났을 정도였는데, 몸은 비록 불편했지만 기억력이 좋아서 첫 소절을 얘기하면 바로 노래해 줄 정도로 기억력이 좋은 편이었다. 발음이 좋지는 않은 편이지만 많은 노래를 구연해 주었다. 어렸을 때부터 어른들과 함께 부르며 배운 노래라고 한다.

제공 자료 목록
04_04_FOS_20110122_PKS_PBJ_0001 창부타령 (1)
04_04_FOS_20110122_PKS_PBJ_0002 도라지타령

04_04_FOS_20110122_PKS_PBJ_0003 창부타령 (2)

04_04_FOS_20110122_PKS_PBJ_0004 모심기 노래

04_04_FOS_20110122_PKS_PBJ_0005 창부타령 (3)

04_04_FOS_20110122_PKS_PBJ_0006 노랫가락 (1)

04_04_FOS_20110122_PKS_PBJ_0007 청춘가

04_04_FOS_20110122_PKS_PBJ_0008 창부타령 (4)

04_04_FOS_20110122_PKS_PBJ_0009 창부타령 (5)

04_04_FOS_20110122_PKS_PBJ_0010 노랫가락 (2)

04_04_FOS_20110122_PKS_PBJ_0011 창부타령 (6) / 자장가

04_04_FOS_20110122_PKS_PBJ_0012 화투타령

04_04_FOS_20110122_PKS_PBJ_0013 밀양아리랑

04_04_FOS_20110122_PKS_PBJ_0014 노랫가락 (3)

04_04_FOS_20110122_PKS_PBJ_0015 노랫가락 (4) / 나비 노래

04_04_FOS_20110122_PKS_PBJ_0016 너냥 나냥

배덕엽, 여, 1930년생

주 소 지 : 경상남도 남해군 상주면 상주리 금전마을

제보일시 : 2011.1.22

조 사 자 : 박경수, 서정매, 황영태, 윤슬기

배덕엽은 1930년 남해군 미조리 호도마을
에서 태어났다. 올해 나이는 81세로 말띠이
고 본관은 김해이며 봉애 할머니라고 불린
다. 21세에 3살 연상인 남편 최태근을 만나
결혼하여 금전마을에서 살기 시작하여 지금
까지 남편과 함께 살고 있다. 자녀는 3남 3
녀로 부산과 김해, 그리고 인천 등지에 살고
있다. 남편은 한국전쟁에 참여했고, 군대에
서 다쳐서 현재 연금으로 생활을 하고 있다. 초등학교를 중퇴하였고 과거

에는 농사를 지었다.

　기억력이 비교적 좋은 편으로 옛날에는 정말 많은 노래를 알았는데 다 잊었다고 하면서 아쉬워했다. 말이 빠른 편이며 조금 목소리가 떨렸고 긴장을 했다. 제보자가 노래를 부르면 다른 청중들이 박자를 맞춰 주거나 조용히 듣는 편이었다. 구연해 준 노래는 모두 친정에서 귀동냥으로 듣고 배운 것이라고 한다.

제공 자료 목록
04_04_FOS_20110122_PKS_BDY_0001 상주 시집살이 노래
04_04_FOS_20110122_PKS_BDY_0002 창부타령 (1)
04_04_FOS_20110122_PKS_BDY_0003 금비둘기 노래
04_04_FOS_20110122_PKS_BDY_0004 창부타령 (2)
04_04_FOS_20110122_PKS_BDY_0005 창부타령 (3)
04_04_FOS_20110122_PKS_BDY_0006 진도아리랑
04_04_FOS_20110122_PKS_BDY_0007 화투타령
04_04_FOS_20110122_PKS_BDY_0008 창부타령 (4)
04_04_FOS_20110122_PKS_BDY_0009 정월 대보름 노래

서성태, 남, 1923년생

주 소 지 : 경상남도 남해군 상주면 상주리 임촌마을
제보일시 : 2011.1.22
조 사 자 : 박경수, 서정매, 황영태, 윤슬기

　서성태는 1923년생으로 돼지띠이고 본관은 달성이다. 경상남도 남해군 상주면 상주리 상주마을에서 3남 2녀 중 첫째로 태어났다. 13살 때 일본으로 건너갔다가 해방 직전 소화 19년에 한국에 다시 돌아왔다. 22살 때 부인 권점순(86세)과 결혼하여 슬하에 3남 2녀를 두고 있다. 옛날에는 20년간 상주초등학교 교사로 있었고 그 뒤에는 약국을 하다가 지금은 몸이 안 좋아서 쉬고 있다. 현재 관해당 민박집을 운영하고 있다. 8년 전 뇌졸

중으로 인해서 시력과 기억력을 잃었다.

제보자는 일본전문학교를 졸업했고 예전에 교직에 있어서인지 아픈 와중에도 단정한 몸가짐과 친절한 태도를 보였다. 발음이 좋은 편이지만 귀가 어두워서 스스로 목소리가 안 좋다고 느낀다. 기억을 애써 더듬어서 이야기해 주었는데, 말 중간에 자주 끊기기도 하지만 이야기의 내용을 끝맺음까지 비교적 정확하게 구술해 주었다. 구술해 준 이야기는 주로 남해 지역의 여러 유래와 전설로 예전부터 들어 왔던 이야기라고 한다.

제공 자료 목록

04_04_FOT_20110122_PKS_SST_0001 임촌마을의 유래
04_04_FOT_20110122_PKS_SST_0002 상사병 걸린 남장여인의 목숨을 구한 총각
04_04_FOT_20110122_PKS_SST_0003 아픈 사람을 치유하는 감로수
04_04_FOT_20110122_PKS_SST_0004 역대 명필의 글이 새겨진 문장암
04_04_FOT_20110122_PKS_SST_0005 왕 꿈을 꾼 이태조와 이태조의 연을 모신 기단
04_04_FOT_20110122_PKS_SST_0006 음성굴·용굴암·만장대·천구암의 유래
04_04_FOT_20110122_PKS_SST_0007 허황옥이 가져온 돌로 지은 돌탑
04_04_FOT_20110122_PKS_SST_0008 불로초를 구하러 온 서불
04_04_FOT_20110122_PKS_SST_0009 기우제를 지낸 세존도
04_04_FOT_20110122_PKS_SST_0010 보기만 하면 장수한다는 노인성

서정엽, 여, 1930년생

주 소 지 : 경상남도 남해군 상주면 상주리 임촌마을
제보일시 : 2011.1.22
조 사 자 : 박경수, 서정매, 황영태, 윤슬기

서정엽은 1930년생으로 말띠이고 본관은 달성이다. 경상남도 남해군 상

주면 상주리 임촌마을에서 6남 2녀 중 넷째
로 태어났다. 19살 때 남편 최백윤(86세)과
결혼하여 슬하에 4남 1녀를 두었다. 근처에
서 고려숯불갈비를 운영하는 셋째 아들과
함께 생활하고 있다.

　제보자는 부끄러움이 매우 많았었지만 먼
곳에서 조사하러 왔다고 하자 조사자들을
챙겨 주었다. 평소에는 노래를 안 하는데 조
사하러 온 정성을 생각해서 많은 노래를 불러 주었다. 조금 빠른 말투이지
만 알아듣는 데는 어려움이 없었다. 구연해 준 노래는 어렸을 때부터 불러
온 것이라고 한다.

제공 자료 목록
04_04_FOS_20110122_PKS_SJY_0001 창부타령 (1) / 모심기 노래
04_04_FOS_20110122_PKS_SJY_0002 창부타령 (2) / 모심기 노래
04_04_FOS_20110122_PKS_SJY_0003 창부타령 (3)
04_04_FOS_20110122_PKS_SJY_0004 창부타령 (4) / 모심기 노래
04_04_FOS_20110122_PKS_SJY_0005 방아깨비 놀리는 노래
04_04_FOS_20110122_PKS_SJY_0006 영감아 탱감아
04_04_FOS_20110122_PKS_SJY_0007 비 노래
04_04_FOS_20110122_PKS_SJY_0008 사발가
04_04_FOS_20110122_PKS_SJY_0009 창부타령 (5)
04_04_FOS_20110122_PKS_SJY_0010 창부타령 (6)

송점순, 여, 1933년생

주 소 지 : 경상남도 남해군 상주면 상주리 금전마을
제보일시 : 2011.1.22
조 사 자 : 박경수, 서정매, 황영태, 윤슬기

송점순은 1933년 상동면 항도리 항도마을
에서 태어나 18살 때 남편을 만나 결혼하여
지금까지 금전마을에서 살고 있다. 올해 나
이 78세로 닭띠이며 인자어매라 불린다. 자
녀는 2남 3녀를 두었으며 서울·천안·인
천·수원 등에서 살고 있다. 현재 남해에서
는 혼자 거주하고 있다.

과거에는 남편이 이장이었으나 11년 전에
작고하였다. 벼농사를 했으며 학교는 초등학교 2년까지 다녔다고 한다. 현
재 종교는 천주교이다. 성품이 밝은 편으로 환하게 잘 웃고, 다른 청중이
귀가 잘 안 좋으면 크게 말해서 알려 주는 등 분위기를 잘 띄우고, 흥에
겨워 춤을 추기도 했다.

기억력이 좋은 편으로 구연해 준 해방 노래는 남편에게 배운 것이고 나
머지는 모두 귀동냥으로 듣고 배운 것이라고 한다.

제공 자료 목록

04_04_FOS_20110122_PKS_SJS_0001 진도아리랑
04_04_FOS_20110122_PKS_SJS_0002 너냥 나냥
04_04_FOS_20110122_PKS_SJS_0003 도라지타령
04_04_FOS_20110122_PKS_SJS_0004 창부타령
04_04_FOS_20110122_PKS_SJS_0005 다리 세기 노래
04_04_MFS_20110122_PKS_SJS_0001 해방가

최금심, 여, 1939년생

주 소 지 : 경상남도 남해군 상주면 상주리 금전마을
제보일시 : 2011.1.22
조 사 자 : 박경수, 서정매, 황영태, 윤슬기

최금심은 1939년에 금전마을에서 태어나
지금까지 금전마을에서 살고 있는 토박이이
다. 올해 나이 72세로 토끼띠이며 본관은 경
주이다. 택호는 금집이 할머니라고 불린다.
결혼 당시의 나이는 잘 기억을 하지 못하며,
현재 동갑인 남편 이정수(72세)와 함께 거주
하고 있다. 슬하에 자녀는 3남 2녀이며 부
산·서울·울산·창원 등지에서 살고 있다.

학교는 다닌 바가 없으며, 종교는 불교이다.

목청이 좋고 발음도 좋은 편이다. 성품이 친절하고 활발하며 다른 청중
이 노래를 할 때 많이 도와주었다. 처음에는 조용히 듣고만 있었지만 분위
기가 무르익으면서 자연스레 노래를 불러 주었다. 구연한 노래는 모두 어
릴 때 귀동냥으로 듣고 배운 것이라고 한다.

제공 자료 목록

04_04_FOS_20110122_PKS_CGS_0001 창부타령
04_04_FOS_20110122_PKS_CGS_0002 양산도
04_04_FOS_20110122_PKS_CGS_0003 고사리 노래

최덕이, 여, 1940년생

주 소 지 : 경상남도 남해군 상주면 양아리 대량마을
제보일시 : 2011.1.23
조 사 자 : 박경수, 서정매, 황영태, 유슬기

최덕이는 1940년생으로 용띠이며 올해 71
세이다. 본관은 경주로 18세에 결혼하여 슬
하에 5남 1녀를 두고 있으며 모두 부산에
거주하고 있다. 과거에는 농사를 지었는데

그때 일하면서 친구들과 놀며 노래를 배웠다 한다. 왼쪽 손가락에 밴드를 붙이고 있어 어딘가 다쳐 보였고, 잠바를 두 겹을 입은 걸 보니 추위를 많이 타는 모양이었다.

성격이 차분하고 과묵한 편으로 구연할 때 쑥스러운지 노래를 조용하고 간단하게 구연해 주었다.

제공 자료 목록
04_04_FOS_20110123_PKS_CDI_0001 이 노래
04_04_FOS_20110123_PKS_CDI_0002 고동 노래

이약 이약 며느리

자료코드 : 04_04_FOT_20110122_PKS_RBY_0001
조사장소 : 경상남도 남해군 상주면 상주리 금전마을 금전마을회관
조사일시 : 2011.1.22
조 사 자 : 박경수, 서정매, 황영태, 윤슬기
제 보 자 : 류부연, 여, 85세
구연상황 : 제보자는 담소를 나누던 중에 자연스럽게 이야기를 구술하기 시작했다. 이야기가 재미있어서 다른 청중들도 같이 웃으며 경청하였다.
줄 거 리 : 옛날에 며느리가 말을 안 해서 시어머니가 이야기 좀 하라고 했더니 엉뚱하게도 뒷집 총각이 등을 때렸다고 말해서 시어머니가 깜짝 놀랐다.

옛날에, 옛날에 저 어떤 사람이 며느리가 하도 말로 안 해서, 며느리 보고,

"아가. 이약(이야기)좀 해라." 항께네,

"아이고 이약이 없습니다." 하니께네,

"아니, 듣는 것도 이약. 보는 것도 이약." 얘기라 커니께네,

"아이고 뒷집 총각이 내 등을 때리더라." 칸게네,

"에이!" 커더란다.

임촌마을의 유래

자료코드 : 04_04_FOT_20110122_PKS_SST_0001
조사장소 : 경상남도 남해군 상주면 상주리 임촌마을 서성태 씨 자택
조사일시 : 2011.1.22
조 사 자 : 박경수, 서정매, 황영태, 윤슬기

제 보 자 : 서성태, 남, 89세

구연상황 : 면사무소에 들러서 제보자를 알아보던 중에 목사님을 만나서 그분이 직접 제
　　　　　 보자의 집까지 데려다 주었다. 제보자는 시력과 기억력이 많이 안 좋았지만,
　　　　　 조사자가 관련 지명을 이야기하면 그제서야 기억이 난다며 전설을 구술해 주
　　　　　 었다.

줄 거 리 : 임촌마을은 숲이 많다는 의미로 '임촌'이라는 이름으로 불리게 되었다.

　임촌은 숲이 많았어. 옛날에.

　(청중 : 요 아래 다 숲이 다 되어가 있제.)

　말하자면 숲마을이제.

상사병 걸린 남장여인의 목숨을 구한 총각

자료코드 : 04_04_FOT_20110122_PKS_SST_0002

조사장소 : 경상남도 남해군 상주면 상주리 임촌마을 서성태 씨 자택

조사일시 : 2011.1.22

조 사 자 : 박경수, 서정매, 황영태, 윤슬기

제 보 자 : 서성태, 남, 89세

구연상황 : 면사무소에서 목사님을 하셨던 분을 만나서 그분이 집까지 데려다주셨다. 시
　　　　　 력도 기억력도 많이 안 좋아지셔서 조사자가 관련 지명을 이야기하면 전설을
　　　　　 천천히 생각하시면서 이야기해 주셨다.

줄 거 리 : 옛날에 한 총각이 학식 높은 어른과 옆의 남장여인과 함께 금산을 오르면서
　　　　　 이야기를 하게 되었다. 총각도 여인도 서로 마음에 들었지만 어찌 하지 못하
　　　　　 고 헤어졌다. 훗날 총각은 힘들게 공부해서 과거에 합격하였고 고향에 내려와
　　　　　 서 여인의 집을 찾아갔다. 여인은 상사병에 걸려서 이를 고치고자 금산 상사
　　　　　 바위에 올라간 상태였다. 총각은 얼른 뒤쫓아 가서 상사바위에서 가마가 떨어
　　　　　 지는 것을 막았다. 그리고는 불경을 외워서 여인의 마음을 위로하자 상사병이
　　　　　 다 나았다.

　상사바위는 원래 그 저, 옛날에 그 저, 남해 원님이 사실 땍에 그 사령
이 인자 행보할 땍에 그때 그 모판에서 그 인자, 한 아가씨를 마, 눈에 들

었는데. 그저 인자 그때도 아가씨들이 인자 모심고 여럿이 모이서 히히덕 거리고 젊은 총각이 하나 지난께, 흙클(흙)을 던지고 모심는 뻘물로 던지고 그러면서 서로 웃음을 짓고 그리 샀다가 지나갔는데. 어느 한 그리 지나갔 는데.

(조사자 : 지나갔다. 편하게 손자한테 이야기하듯이 하시면 됩니다.)

갔는데, 그 무렵에 인자 한 부녀가 남 보기에는 그 여자가 남장을 허고 자기 아버지가 데리고 저 지금은 금산 봇골로 그 길로 올라갔었어. 그런데 그 사람도 역시 그 사람의 일행인가는 모르지만은 같이 따라 올라갔어.

그리 인제 서로 주고받고 말을 오고 가다가 아주 총명하고 아는 기 많 아 이 총각이. 그래서 인자,

"니가 사서삼경을 아느냐?"

"안다" 캤어.

"그리 학식을 너가 얻었느냐?"

그리 영감이 이 말 저 말 묻다가,

"니가 혹시 산중에 채약을 해 본 경험이 있느냐?"

"경험 있습니다."

"그러면 니가 주취라 커는 걸 아는가?"

"주취 압니다."

"주취는 그걸 그 뿌리로 대려서(다려서) 허약헌 아이에게 멕이면 열이 삭아지고, 그것을 물감을 들여서 옷을 해 입기도 한다."

그리 그걸 가르쳐 줬지. 그러니 옆에서 가마 들고 있는 남장여인은 어딘 가 모르게 남자가 준수하고 또록또록하니 아는 게 많아. 그런데 어딘가 모 르게 자기도 대화를 허고 싶은데 대화할 기회를 주지 않고, 자기도 거 뛰 어들 수 없고 그래서 서로 헤어졌는데. 그 뒤에 인자 이 총각도 공부를 많 이 해서 학식을 많이 쌓고, 그대로 있을 수가 없어서 절간에 들어가서 공 부를 하고 인자, 때로는 등짐장사를 하고 이러면서 고학을 해서 공부를

했어.

그때는 그 모꼬 저, 과거시험을 자기가 쳤는데 과거에 올랐어. 그래도 그거를 비밀로 하고 자기 고향에 와서 자기 고향 길을 거닐어 보니 그때 거닐던 그 어른하고 남장여인이 생각이 났어. 생각이 났는데 그리 인자 사시는 곳을 찾아가 봤어. 찾아가 본게, 사시는 곳에 강게(가니까) 마침 출타 중이라.

그 학식 높은 어른도 그렇고, 인자 그런데 처자는 고연히 혼자 사모해서 그기 인자 병이 돼서 비몽사몽간에 그 남자를 만나고 꿈속에. 그리고마 병이 됐어. 그리인자, 자기 하도 몸이 안 좋응게, 즈그 어머니가 걱정을 했어. '쟤가 남자같이 산에 남장을 하고 사데니다가 뭔 병에 걸린 게 아닌가' 염려를 했어. 염려를 해도 아버님은 '그런게 뭐, 별거 아니다' 그저 넘기는 데 늘 몸이 안 좋은께. 그때 그기 이 사람이 인자 그기 뭐라 쿠노? 상사가 들었어. 그 상사는 그 총각을 생각하는 상사병이 들었어. 그리 이기 상사병인가 싶다. 아무래도 안 되겠어서 산전에 불공을 하고, 사방 댕기도 병이 안 낫고 해서. 근데 할 수 없이 금산에 가몬 상사 떼는 바위가 있다 쿠는데 거 가서 상사를 떼자.

이리 되서 무꾸리한테 부탁을 했어. 그리 상사를 떼러 산에 올라갔어. 금산에 상사바위. 그 인자 무당이 춤을 추면서 그 인자 대갓집에 처년게 인자 가매를 가지고 산에까지 올라가서 근데. 가매를 거따 내루고 상사 굿을 하고 있는데, 그곳에 그때 그 바위에 아홉 구더기 있습니다. 상사바위에 가모. 거기다가 재물을 고고 그래가 인제 상사굿을 하는데, 이 총각은 그 집에 인자 가서,

"가족이 어디 갔느냐?"

"금산에 공들이러 간다."

그런데 점지가 있다 허면,

"금산에 무슨 공을 들이러 갔나." 하니께,

"어떤 도령을 너무 사모해서 병이 걸려서 상사 풀러 갔다."

해. 그런게 자기 느낌에 '아차쿠나'하는 생각이 나서 고마 뛰어서 그 인자 금산에 올라가서 상사바위 있는데 까기 간게. 가서 살펴보이, 저기 저 산 속에 못 미쳐 가서 본게, 그만 서녀무당이 가마를 그 인자 상사바위 밑으로 떨어뜨리려는 느낌이 들어서,

"무당아, 손을 멈춰라."

하고 고함을 질렀어요

갑작스리 산 중에서 고함소리가 나서 멈춰 서서 그런게 인자, 이 뭐고 총각이 당도했는데 그런 위험한 형편이 벌어졌어 그리 강게. 무당이 말허기를,

"총각은 어서 이 낭자를 마음을 편안하게 해 주라." 그래 인자,

"가슴에 손을 얹고 편안하게 해 주라."

그리 컨게, 인자 총각이 그럴 수 없다고 앉아서 염불을 외아. 절에 오래 있어 논게, 그 염불 소리가 높은 산 중에서 소리를 쩡쩡 이룬 게, 아주 신이 와서 고고하게 들렸제. 신선하게. 그런게 어딘가 모르게 그 아픈 사람 마음을 달래주기 충분했어.

그리고 나서 높은 학자 어른이 총각을 만나본 게 역시 전에 그 도령이라. 그간의 안부를 묻고,

"어떻게 된 것이냐?" 그렇게,

"내가 등짐장사도 허고 고생을 해서 공부를 해서 과거에 올랐다. 고향에 와서 생각나서 보니 상사바위에 상사 떼러 갔다고 해서 그래서 왔다."

코 옛날에는 상사를 뗄 때 가마를 밀어뺐어. 그 사람을 밀어뻬요. 땅에 떨어져서 죽으면 까마귀나 날짐승이 와서 물고가 귀신을. 그러면 그기 마지막일 끼라. 그런 절차를 밟는데.

"그러면 만약에 내가 오지 않았다면 어찌 됐을 거나."

"그건 천지신명한테 맡길 다름이재. 사람을 어떡헐 수 없었다."

"그러면 이 처자가 그 당시 나와 같이 대화를 허던 같이 대면을 했던 총각이었냐고."

"그때 내 생각은 이 총각과 인자 서로 교제를 허고 싶었는데, 그때도 말 한 마디도 건네지 못하고 헤어졌는데 그분이 이 낭자였고. 그렇냐"고.

"이름을 홍란낭자라고 붙였재." 카이,

이름이 홍란낭자라고 그래서 인자 가마를 다시 자기 집으로 가기로 했 는데, 그러면 인자 처자는 그 사람의 말을 들응게 불경을 외우는 소리도 들은 게 마음이 시원해지고 어딘가 모르게 나아지는 것고 자기가 소원을 푼 것 같애 느낌이. 그렇게 병이 다 나아졌다 쿠는 느낌이 있고. 무당도 있 다가 상사풀이는 끝났다. 다 됐다. 이사람 상사는 다 끝났다.

아픈 사람을 치유하는 감로수

자료코드 : 04_04_FOT_20110122_PKS_SST_0003
조사장소 : 경상남도 남해군 상주면 상주리 임촌마을 서성태 씨 자택
조사일시 : 2011.1.22
조 사 자 : 박경수, 서정매, 황영태, 윤슬기
제 보 자 : 서성태, 남, 89세
구연상황 : 제보자는 시력이 나빠져서 앞이 거의 보이지 않아서 집안에서만 생활하시는
분이었지만, 기억력이 좋아서 조사자가 관련 지명을 이야기하면 전설을 구술
해 주었다.
줄 거 리 : 금산에 속병과 피부병을 낫게 한다는 감로수가 있었다. 어느 날 세조가 잠을
자는데 꿈에 단종 어머니가 와서 얼굴에 침을 뱉었다. 다음날 일어나자 피부
병이 생겨서 고심을 하던 끝에 금산의 감로수에 가서 몸을 씻자 병이 나았다.
그래서 세조가 감로수에 석비를 세웠는데 거기에는 노군천이라 쓰여 있다.

그래서 그 상사바위에 그러면 설명을 하자면 그 저, 상사바위 우에 조금 만 더 가면 감로수가 있습니다. 그 감로수가 있는데 그 감로수는 옛날에

속병 아픈 사람, 피부병 있는 사람, 속병 아픈 사람 먹으면 좋고, 피부병 아픈 사람 씻츠면 좋고 그런 감로수라 허는 게 있습니다. 옛날에 단종 임금을 욕뵈인 임금이 누구냐?

(조사자 : 세조요. 세조.)

세조? 세조. 그런데 그 세조께서 밤에 인자 잠을 자는데, 단종 어머니가 와서 세조 얼굴에 침을 뱉어 버렸어. 그래 논게 그 뒷날 피부병이 생겨 버려서 아무래도 안 좋아. 안 좋아서 누가 신하들이 청해서 금산에 그 저 뭐꼬 감로수 물에 씻으면 나아진다고 그래사 나았다 쿠는 말이 있습니다. 그래가 그 위에 올라 보면 비가 하나 있습니다. 돌비가. 노군천이라 써 났십니다.

(조사자 : 노군천?)

노군천. '어른 노'자, '임금 군'자, '새미 천'자. '노군천'. 그러몬 그거는 무슨 뜻이냐몬, 어른, 큰 임금은 감로수로서 좋게 했다 쿠는 그런 뜻에서 그래서 노군천이라는 그런 석비가 있습니다. 여러분도 함 살펴 보시다.

역대 명필의 글이 새겨진 문장암

자료코드 : 04_04_FOT_20110122_PKS_SST_0004
조사장소 : 경상남도 남해군 상주면 상주리 임촌마을 서성태 씨 자택
조사일시 : 2011.1.22
조 사 자 : 박경수, 서정매, 황영태, 윤슬기
제 보 자 : 서성태, 남, 89세
구연상황 : 시력이 나빠지셔 앞이 거의 보이지 않아서 집안에서만 생활하시는 분이었지만, 기억력이 좋아서 조사자가 관련 지명을 이야기하면 전설을 이야기해 주셨다.
줄 거 리 : 옛날의 명필이 금산에 와서 돌에 각석을 했는데, 각석해 놓은 이 돌이 바로 문장암이다.

문장암은 그저 뭐꼬, 우리나라 역대 명필이 그랬다고 머꼬, 각석을 했습니다. 각석 모양을 했습니다. 그 문장암에 가면 돌을 파 놨습니다.

(제보자 : 예. 바위에 각을 해 놨다는 거죠.)

그래 찾아가 보면. 그래서 문장암이라고. '글월 글'자, '문장 장'자, '문장암'.

왕 꿈을 꾼 이태조와 이태조의 연을 모신 기단

자료코드 : 04_04_FOT_20110122_PKS_SST_0005
조사장소 : 경상남도 남해군 상주면 상주리 임촌마을 서성태 씨 자택
조사일시 : 2011.1.22
조 사 자 : 박경수, 서정매, 황영태, 윤슬기
제 보 자 : 서성태, 남, 89세
구연상황 : 제보자는 시력과 기억력이 많이 안 좋았지만, 조사자가 관련 지명을 이야기하면 예전 기억을 되살려 전설을 구술해 주었다.
줄 거 리 : 이태조가 임금이 되기 전 공부를 하러 다닐 때에 금산에 와서 백일기도를 했다. 금산에는 유명한 점쟁이가 있었는데 꿈해몽을 하러 찾아 갔지만 출타한 뒤였다. 그래서 그 딸이 대신 해몽을 해 주었는데 모두 부정적으로 해몽을 했다. 기분이 상해서 나오는 길에 점쟁이를 만나자 점쟁이는 사과를 하며 다시 해몽을 해 주었다. 그 꿈은 세상에 소리를 세 번 내고 궁궐에 들어갈 것이며 임금이 될 꿈이라고 했다. 그 이후 이태조는 임금이 되었고, 이태조가 쓰던 연이 용문사 창고에 있다가 발견되어 이태조기단으로 옮겨졌다.

이씨가 뜻을 큰 뜻을 품고 사방을 공부하러 댕길 댁에, 맨 먼저 저 무등산 그 가서 뜻을 받아들여서 금산을 왔습니다. 금산에 와서 인자. 백일기도를 하는데. 선신이 가호하는 느낌이 있어 그래서 백일기도를 하려 할 적에 그 산에 유명한 그 인자 점치는 사람이 있어, 할머니가.

그 할머니롤 만나러 갔는데, 그 할머니를 만나지 못허고 자기가 꿈꾼 얘기를 뭐꼬 밑에 있는 사람에게 말을 했어. 지금 할머니는 밖에 나가서 안

계시는데 그러면 왠간한 해몽 같으면 내가 허겄다고. 딸이 해몽을 했어. 무슨 말이냐 허몬.

큰 가마솥에 들어간 꿈은 징역살 꿈이고 그 다음에 거울이 깨지는 소리가 났다. 거울이 깨졌다 캉게 그것도 파경 뭐 다시 뜻을 깨지는 꿈이다. 못쓰는 기다. 전부 나쁘게 말하고 성공 못 헐 기라고 했어. 고만 구둘거리고 나오는데, 길가에서 그 노파를 만났어. 그래, 자기 꿈꾼 이야기를 한게. 아 그러냐고,

"아이구, 잘못했심니다."

그래 자기가 사죄를 헌다.

"내 딸애가 실례를 했십니다."

그래 가지고 저희 집으로 다시 가자고 다시 가서 해몽을 하자고 큰게. 이 점치는 할머니가 본게, 이태조께서 앞으로 큰 인물이 어른이 되긋다고 그리 느낌을 보니 느낏어. 그리 인자 즈그 집에 가면서 고함을 질렀어. 즈그 딸애보고 방 깨끗히 청결히 허고 청소하고 있냐고, 높은 어른 모싱게 자리를 깨끗이 단정하라고. 그렇게 가서 해몽을 하는데,

"세상에 소리를 세 번 낼 끼고 큰 궁궐에 들어갈 끼고 장차 임금이 될 것입니다."

허리를 굽혀 임금을 맞이하는 예를 갖췄어 이 노파가. 그래서 흥분해서 공부를 하고 있는데 근데 거서 공부를 해 가지고 인자 태조자리에 앉게 될 무렵에 머 거는 그리 지읍시다.

그 자리에 지금도 이태조기단에 가몬 옛날에 연이라고 임금들 쓰는 연이 가마 같은 게 거기 있었습니다. 거기 맨 먼저 어디에 있었냐몬, 용문사 절 창고에 뒤 궁궐 가는 후세 사람들이 모르고 궁궐에 가 그걸 찾아다가 다시 이씨 기단에다 모셨습니다. 그따가 놔두고.

음성굴·용굴암·만장대·천구암의 유래

자료코드 : 04_04_FOT_20110122_PKS_SST_0006
조사장소 : 경상남도 남해군 상주면 상주리 임촌마을 서성태 씨 자택
조사일시 : 2011.1.22
조 사 자 : 박경수, 서정매, 황영태, 윤슬기
제 보 자 : 서성태, 남, 89세
구연상황 : 제보자는 시력이 나빠져서 앞이 거의 보이지 않아서 집안에서만 생활하시는
　　　　　 편이어서 집에 방문하여 조사를 하였다. 제보자는 기억력이 좋은 편이어서 조
　　　　　 사자가 관련 지명을 이야기하면 전설을 곧바로 이야기해 주었다.
줄 거 리 : 금산에 오르면 음성 소리가 나는 음성굴, 그 안에 깊은 용굴암, 그 위에 평평
　　　　　 한 만장대, 비둘기바위인 천구암이 있다.

　천구암. 음. 천구암은 인자 그 저 금산에 오르면 맨 앞에 오르는데 만장
대구요, 우에 아, 얘기가 빠져 삣다. 그 밑에 상주에서 올라가면은 이 저
뭐꼬, 그 석굴이 있어. 음성굴. 그 다음에,

　(조사자 : 왜 음성굴입니까?)

　그 음성 소리가 납니다 그 가몬. 거 가서 전에는 그 땅을 돌로 가지고
두드리면 "덩더덩" 장구 소리가 나고, "덩더덩." 소리가 납니다.

　그래서 거 가서 음성을 지르면 아주 음성이 좋게 나옵니다. 마이크 앞에
서 소리하듯이. 지금은 우찌 됐는지 모르겠습니다만. 우리 어릴 때까지.그
안에 용굴암이 있고. 용굴 참 기픕니다. 그 안에 들어가면 전에는 절에 사
는 사람들, 부처님 모시는 사람이 그 안에 부처님 모시고 살았습니다.

　옛날에 그게. 용굴암하고 음성굴. 그 우에 인자 평평한 대가 만장대라
쿱니다. 안장대. 노프다 그말이재. 만장대 옆을 타고 다니면서 옛날에는 석
이. 말하자면 돌버섯. 까만 거 제사 지낼 때 쓰는 거 석이가 거 나서 생산
했습니다. 그것도 따고

　그 다음에 인자 천구암은 그 요새 없어졌을 깁니다. 천구암은 '비둘기
바우'입니다. '하늘 비둘기'. '하늘 천', '아홉 구'자. 새 조. 비둘기바위인

데. 그 밑에 요새 부처를 세워 놨죠. 그 뭐고 무신 해 뭐고.

(조사자 : 해수관음?)

네, 그거 옆에 그거 할 때 그 바위를 뿌사뜨리고 깨아 삐고, 그 옆에 그 거 보는 거 안 있습니까? 폐철 놓고 폐철을 누르면 제대로 안 서는 탑을 놓고 탑이 그 근처입니다. 탑에 그거 또 폐철을 넣으면 지남철을 넣으면 지남철이 바로 안섭니다. 그기 또 왜 그런가 하몬, 옛날에 그게 자석 지남 철 같은 자석 성분이 있어 가지고 바로 못 쓰고러 했습니다. 그 왜 그러 놓으냐면, 거 그 자리가 명지인데, 금산 가서 거 묘를 쓰면은 여왕이 먼처 난다. 남자가 안 살고 여왕이 먼처 낳게, 나라가 바로 서지를 못한다. 그래 서 거 묘를 못 쓰게 했습니다.

(조사자 : 못을 못 치게 했다?)

모 모 묘 그 보리암 스님이 아침 마치 자고 일어나면 그 변두리를 뱅둘 러봅니다. 뭣이 와서 그 지역을 팠는가 안 팠는가 늘 감시감독을 합니다. 근본 뜻은 변하지 않했는데 그기 말하자면 일종의 순시의 목적으로 거 맨 처음 됐습니다.

허황옥이 가져온 돌로 지은 돌탑

자료코드 : 04_04_FOT_20110122_PKS_SST_0007
조사장소 : 경상남도 남해군 상주면 상주리 임촌마을 서성태 씨 자택
조사일시 : 2011.1.22
조 사 자 : 박경수, 서정매, 황영태, 윤슬기
제 보 자 : 서성태, 남, 89세
구연상황 : 제보자는 시력이 나빠져서 앞이 거의 보이지 않아서 집안에서만 생활하시는
        편이었지만, 기억력이 좋아서 조사자가 관련 지명을 이야기하면 곧바로 전설
        을 이야기해 주었다.
줄 거 리 : 국위를 선양하고자 아유타국에서 허왕후가 가지고 온 돌로 금산에 돌탑을 쌓

왔다.

아유타국에서 그 돌을 가지고 올 땍에 허왕후 가지고 왔습니다. 그 돌을
거 다가,

(조사자 : 인도에서 온 거네요.)

예. 인도에서 온 거지. 거다가 놓기로 했습니다. 그거는 이 나라는 좀 어
딘가 모르게 국위를 선양코자 그런 뜻에서 그걸 갖다가 금산에 그 탑을 놓
고 그랬습니다.

(조사자 : 어디다가 갖다가?)

금산의 그 탑돌. 네모진 탑 안 있습니까.

(조사자 : 돌탑들이 아유타국에서 가지고 온 돌이란 말씀입니까?)

예.

불로초를 구하러 온 서불

자료코드 : 04_04_FOT_20110122_PKS_SST_0008
조사장소 : 경상남도 남해군 상주면 상주리 임촌마을 서성태 씨 자택
조사일시 : 2011.1.22
조 사 자 : 박경수, 서정매, 황영태, 윤슬기
제 보 자 : 서성태, 남, 89세
구연상황 : 제보자는 시력과 기억력이 많이 좋지 않았지만, 조사자가 관련 지명을 이야기
          하면 전설을 이야기해 주셨다.
줄 거 리 : 불로장생하고 싶었던 진시황에게 서불이 삼신산에 다녀오겠다고 하고 떠났다.
          먼저 남해에 들러서 금산을 보고는 아 저곳에 신선이 살겠구나 싶어서 머물
          면서 동삼을 캐다가 불안을 느끼고는 다시 길을 떠났다. 제주로 간 서불 일행
          은 신선한 산도 있고 허니 여기도 괜찮겠구나 하고 지내다가 일본의 후지산
          을 보고는 일본으로 넘어간다. 일본에서 자리를 잡고 약초를 캐다가 진나라가
          망했다는 소식을 듣고 그냥 일본에 자리를 잡았다.

아 서불과차.

(조사자 : 이야기로 좀 해 주세요.)

서불과차는 양아리에 있습니다. 두모에서 올라갑니다. 올라가는데. 거 인자 서불과차는 중국에 진시황 때 진시황이 모든 부를 누리고 영화를 누 릴 때 오래 살고 싶다. 사람이 이 세상에 나서 누구든지 오래 살고 싶은 건 당연한 이친데 만은. 그렁게 인자 이만하면 내가 천추만년 살고 싶다. 그래서.

"인자, 늙도 젊도 않는 약이 없었느냐?"

그래서 불로초.

"그 불로초를 구할 수 없었느냐?"

이런 사상 속에 사는데. 그때 어찌 그리, 이 분이 어찌 독하게 여러 가 지 백성을 못 살게 하고 모든 재산을 뺏어서 자기 뜻대로 쓴게 백성들이 불만도 많았재. 그런데 까딱하면 그 사람 앞에 생명을 유지할 수 없응게. 어쨌든 피해 나갈라 카는 대신들도 있고 훌륭한 사람들이 많이 계셨는데 그때 인자 이 분이 생각하기로 뭐꼬.

(조사자 : 서불?)

서불인데. 그럴 무렵에 저 중국 나야에서 보면 때로는 신기루라고 압니 까? 여러분.

(조사자 : 네, 신기루.)

신기루가 나타나. 그기 우리나라 땅에 나타나. 그 신기루를 보고 서불이 벼슬이 무엇이냐몬. 그 당시 진시황 밑에 주사라. 말하자면 주사가 무슨 뜻이냐면 하늘에 비는 일, 기도하는 일, 기도사, 일종의 기도사. 기도사로 지냈는데.

"네 저것이 뭐냐 하니까." 물었거든.

"예 그거는 삼신산이라고 하는 곳입니다."

"그러면 삼신산이 어딨느냐?"

"알 수 없습니다."

노래에도 있습니다.

"삼신산이 어드메냐."

"삼신산입니다. 그곳에는 늙도 젊도 않고 하는 약초도 있거니와 사람도 그렇습니다. 그런 곳입니다."

그 신기루가 나타난 거 설명을 안 했습니까. 강원도 금강산에서 스님들이 절간에서 왔다 갔다하는 그런 모습이 비쳤어. 그걸 보고서 물었거든. 그래,

"그기서 그런 곳입니다." 그래요.

"니가 가 본 적이 있나?"

"가 본 적이 없습니다."

"참으로 늙도 젊도 않고 평생 죽도 않고 그런 곳이 있느냐?"

"있다고 봅니다. 말은 들어 봤습니다." 그러면 인자,

"저런 곳이 그런 곳이라고 생각합니다."

"그걸 뭐라고 부르면 되겠느냐."

"불로초, 늙도 젊도 않는 불로초가 있습니다."

"그걸 캔다면, 캐다 먹으면 살 수 있습니다. 불로할 수 있습니다."

그래. 그래서 언젠가는 자기도 피해 나가서 어떤 말을 해서 빠져나가야 될 긴데 고마 그런 생각에,

"제가 한번 가보겠습니다. 불로초 구하러 가겠습니다."

저것이 어디냐? 그래서 그 설명을 하고 그때부터서 약초를 구하러 올 준비를 했제. 그 간단한 연묵 기구, 배에서 몇 년이 걸릴지 모른 게, 몇 십 년이 걸릴지 모른게, 양식 식량을 다 구해서. 그 다 구하는데 삼 년이 걸렸어.

삼 년을 준비를 해 가지고 진시황께 말한께, 어서어서 갔다 오라고. 그래서 인자 서불이 만발의 준비를 해서 배를 타고 중국의 나야에서 출발을 했습니다. 출발해 가지고 우리나라 바다로 여러 해 거쳐 올 때 망망대해로

거쳐 올 때 가장 신선하고 사람 발길도 적은 데 아름다운 곳이 어딘고 하니까 남해 금산 이곳이 떠올랐어.

어디에 다았는가 하몬 남해 앵갱곳 거기에 닿았어. 앵갱곳 거기서 쳐다보면, 요쪽에 인자 금산이 보이는데, 저곳이 바로 신선이 계시는 곳이다 그리 싶어서. 오는 도중에 그때부터서 인자 대중 촌로들에게 물웅게,

"사람이 먹고 오래 사는 기 뭐 약이 없느냐?"

하니까, 그때 우리나라는 인삼이지. 동삼이 있을 땐데.

"그거를 캐면 되겠습니다."

그리 하니까. 동삼 그기 불로초가 아니냐 이리 생각을 느끼고. 그리 인자 찾아온 것이 그곳에다가 다시 앵갱곳에 와서 선단이 배를 타야 또 딴데로 이동하든가 할긴게로. 거따가 표시를 했어, 서불이 지낸다는 뜻을.

그래 가지고 사방에 찾아도 있어야 있지. 그래서 그곳에서 머물면서 배 선원들로 느들 혹시나 의심이 많은 진시황인게 추격이 올지 모른 게 늘 조심하라고 그 사람들로 배에서 전부 다 남가 놓고 항상 조사를 하고 뒤에 추격꾼이 있나 싶어서. 이걸 여 갔다 오면 죽겠다 여 있을게 아니다. 제주도로 갔어. 한배가. 뱃사람들이 늘 그래 놓으니까. 여도 근사해. 제주도도 역시 남해만도 한 데다가 신선한 산이 있응게. 제주도 가 보니까 또 그래서 남해서 제주도로 옮겨 가요

제주도에서도 한참 사방을 거슬른게 일본 큐슈 거쪽에 가서 일본 후지산이 보이니까. 일본 후지산은 그 산이 자주 높은 게 후지산을 목표로 하고 일본으로 갔지. 일본에 가서 약초를 구하고 있는데 언제 올 줄 모르께 약초를 케다가 그기에 자리를 잡고 그 주위에 심고 그때 진나라가 망하고 사람도 세대도 바뀌고, 그때는 연락도 못하는데 한 스님께서 일본서 도피 온 스님을 만났어.

이미 그 정권이 물러서고 사람이 달라졌다. 세상이 편해졌다. 고향에 가도 되겠다 그런 생각을 했는데 고향에 갈 수 없어. 그래서 그냥 그 자리에

서 자리를 잡았습니다.

(조사자 : 끝이에요?)

예.

(조사자 : 바위에 글자를 새겼다고 들었는데.)

글자 새겨져 있습니다. 내가 저 방에 가면 그리 해 놓은 사진이 있을 깁니다.

기우제를 지낸 세존도

자료코드 : 04_04_FOT_20110122_PKS_SST_0009
조사장소 : 경상남도 남해군 상주면 상주리 임촌마을 서성태 씨 자택
조사일시 : 2011.1.22
조 사 자 : 박경수, 서정매, 황영태, 윤슬기
제 보 자 : 서성태, 남, 89세
구연상황 : 제보자는 시력이 나빠져서 앞이 거의 보이지 않아서 집안에서만 생활하시는 편이었지만, 기억력이 좋아서 조사자가 관련 지명을 이야기하면 곧바로 생각나는 듯 전설을 이야기해 주었다.
줄 거 리 : 금산 호문에서 측면 바다를 바라보면 섬에 구멍이 뚫린 섬이 있는데 그 섬이 세존도이다. 세존은 부처님을 뜻하는데, 가뭄에 시달릴 때 세존도에서 제를 지내면 금방 비가 왔다.

(조사자 : 혹시 그 세존도라고 아십니까?)

아 세존도. 세상에 존귀한 섬이다. 세존도 그거는 금산 호문에서 보몬 쭉 바로 저 뭐꼬 저 측면으로 보면 섬에, 하나 섬이 나타나는 데 섬에 구멍이 빠끔 뚫려 있습니다. 밑으로 딱 토가 되어 있습니다.

(조사자 : 섬에 구멍이요?)

네, 딱 비다 우에 구멍이 뻐꿈하게 보입니다.

거가 세존도. 거 세존도는 왜 세존이라 커몬. 세존이란 말은 부처님을

말합니다. 긍게 인자 여게 사람들은 저 뭐꼬 옛날 어른들이 가뭄이 시작되고 오래되몬 세존도 쪽으로 가서 제를 지내고 옵니다. 제를 지내고 미쳐몬 돌아와서 비가 온다고 합니다.

보기만 하면 장수한다는 노인성

자료코드 : 04_04_FOT_20110122_PKS_SST_0010
조사장소 : 경상남도 남해군 상주면 상주리 임촌마을 서성태 씨 자택
조사일시 : 2011.1.22
조 사 자 : 박경수, 서정매, 황영태, 윤슬기
제 보 자 : 서성태, 남, 89세
구연상황 : 제보자는 시력이 나빠져서 앞이 거의 보이지 않아서 집안에서만 생활하시는 편이었지만, 기억력이 좋아서 조사자가 관련 지명을 이야기하면 곧바로 전설을 구연해 주었다.
줄 거 리 : 장수를 의미하는 노인성을 보기 위해 옛날에는 많은 사람들이 금산을 찾았다.

그 노인성은 십자성 아십니까?

(조사자 : 네.)

남쪽 나라 십자성. 그기 노인성입니다.

(조사자 : 혹시 이야기는 없습니까? 이야기.)

노인성을 보면 오래 산다 쿠는 뜻입니다. 장수 한다 카는 뜻에. 금산에 와서 금산에 저 뭐꼬 법당 밑에 요새 처에서 누워서 보면 그게 보입니다. 금산에 옛날 사람들은 노인성을 보러 많이 왔습니다.

가래 소리

자료코드 : 04_04_FOS_20110123_PKS_KDS_0002
조사장소 : 경상남도 남해군 상주면 양아리 대량마을 대량마을회관
조사일시 : 2011.1.23
조 사 자 : 박경수, 서정매, 황영태, 윤슬기
제보자 1 : 김두심, 여, 84세
제보자 2 : 김봉현, 남, 88세
구연상황 : 조사자가 제보자에게 가래 소리를 구연해 달라고 부탁하자 제보자는 옆에 있
　　　　　 던 김봉현과 함께 서로 소리를 주고받으며 불러 주었다.

제보자 1　어-여~라 가래-야

　　　　　다구지기 퍼-라

　　　　　어-여라~ 가래-야~

　　　　　어-여라 가래-야

　　　　　어~ 여라 가래야

　　　　　다구지기 퍼-라

　　　　　어-여~라 가래야

제보자 2　가래소리가 절로난다

　　　　　어-여~루 가래야

제보자 1　고기도 많이 들었다

　　　　　어-여~루 가래-야

제보자 2　어-여~루 가래야

가래소리가 절로난다

어-여~루 가래야

진도아리랑 (1)

자료코드 : 04_04_FOS_20110123_PKS_KDS_0003
조사장소 : 경상남도 남해군 상주면 양아리 대량마을 대량마을회관
조사일시 : 2011.1.23
조 사 자 : 박경수, 서정매, 황영태, 윤슬기
제 보 자 : 김두심, 여, 84세
구연상황 : 조사자가 제보자에게 노래를 부탁하자, 원래 노래 부르는 것을 좋아하고 또
매일 부르는 노래가 있다며 자신 있게 구연해 주었다.

세월아~ 봄철아 오고가지~ 말어라-

아팠던 내청춘~ 다늙~었다

세월만~ 가고~ 세월만가지

왜이리 내청춘을 버리고가나

산천초목에~ 불질러~놓고-

진주남강에 물을질로~간다

물질는소리는~ 풍덩풍덩하여도-

날오라고~ 치는손은~ 까딱까딱허네

날보고 나를봐라 닐따라 살겠나~

엉순녀로 정이들어 내를따라 살았다

아리랑- 아리랑 아라리가 났다~

아리랑 고개로 내가넘어~ 간다

진도아리랑 (2)

자료코드 : 04_04_FOS_20110123_PKS_KDS_0004
조사장소 : 경상남도 남해군 상주면 양아리 대량마을 대량마을회관
조사일시 : 2011.1.23
조 사 자 : 박경수, 서정매, 황영태, 윤슬기
제 보 자 : 김두심, 여, 84세
구연상황 : 제보자는 노래를 한번 부르기 시작하자 너무도 즐거워하며 계속 연이어 노래
         를 구연하였다. 진도아리랑의 선율에 가사를 얹어 불러 주었다.

꽃피면~ 온다던님이~

열모가~맺아도 아니나 오네

저승-사자야말물어 봅시다

배고파서 죽은무덤이 몇몇인고

배고파 죽은무덤은 하나도없소

명잘라 죽은무덤은 수만-명이오

진도아리랑 (3)

자료코드 : 04_04_FOS_20110123_PKS_KDS_0005
조사장소 : 경상남도 남해군 상주면 양아리 대량마을 대량마을회관
조사일시 : 2011.1.23
조 사 자 : 박경수, 서정매, 황영태, 윤슬기
제 보 자 : 김두심, 여, 84세
구연상황 : 제보자는 노래를 한번 부르기 시작하자 너무도 즐거워하며 계속 노래를 구연
         해 주었다. 진도아리랑의 선율에 다른 가사를 얹어서 불러 주었다.

저달-뒤에는 별따라~가고

울언님 뒤에는 내가따라~ 간다

나를~ 두고~ 가시는~ 님은

십리로 못가서 발병에난다

청천- 하늘엔~ 잔별도많소-

요내가슴에 수심도- 많소

수많은 저잔별을 다셀수가있소~

이내심중에 있는말 다할수가 있소-

진도아리랑 (4)

자료코드 : 04_04_FOS_20110123_PKS_KDS_0007
조사장소 : 경상남도 남해군 상주면 양아리 대량마을 대량마을회관
조사일시 : 2011.1.23
조 사 자 : 박경수, 서정매, 황영태, 윤슬기
제 보 자 : 김두심, 여, 84세
구연상황 : 제보자가 진도아리랑을 부른 뒤에 이어서 재미있는 가사로 계속 노래를 불러
주었다. 청중들도 모두 아는 노래여서인지 다 함께 박수를 치며 함께 노래를
불러 주었다.

바람은 불수록 춥기만춥고

임은- 올수록 정깊이든다

임은가고 날잊~었나

나는몬가서 못잊었다

영감아탱감아 죽지를말어라

봄보리 개떡에 코볼라주께

　아리아리랑 쓰리쓰리랑 아라리가 낳네

　아리랑어데로 내가간다

보리타작 노래

자료코드 : 04_04_FOS_20110123_PKS_KBH_0001
조사장소 : 경상남도 남해군 상주면 양아리 대량마을 대량마을회관
조사일시 : 2011.1.23
조 사 자 : 박경수, 서정매, 황영태, 윤슬기
제 보 자 : 김봉현, 남, 89세
구연상황 : 제보자가 보리타작 소리를 시작하자 다른 청중들도 제보자의 노래에 맞추어
받는 소리를 절로 받으며 흥을 돋웠다. 청중들도 모두 신이 나서 박수를 치며
큰 소리로 보리타작 소리를 받아 주었다.

자~ 보리타작~ 시작합시다~

어이, 도리깨로~ 전부다~ 도리깨 머리는 물에다 추자 가지고서 안 터
지고로 준비를 해 가지고 때립시다

허야사 때리라

때리고 때리고

여기도 때리고 저기도 보리가 있다 때리라~

어야차~

나온다 디야 때리라

여기도 때리고~

저게도 때리고

자 여차 어의차 때리라

여싸 때리라

오오 어차 자꾸 보리고 자꾸 온다

때리라 때리라 아이구야 나온다

겉보리가 나오면

알보리가 나온다 때리라

에야 어의

의차 때리라

어야 때리라 어야

요게도 보리고

저게도 보리가 있다 때리고

어이야 차 에이야 하

알보리가 나온다

때리라 때리라 어의야 차

어이야 차 때리라

어의야 때리고

보리가 나온다 잘한다

들다차 때리고

겉보리가 나오면

알보리도 나온다

때리라 때리라

어의야 디야 때리라

고기 거두는 노래

자료코드 : 04_04_FOS_20110123_PKS_KBH_0002
조사장소 : 경상남도 남해군 상주면 양아리 대량마을 대량마을회관
조사일시 : 2011.1.23
조 사 자 : 박경수, 서정매, 황영태, 윤슬기
제 보 자 : 김봉현, 남, 89세
구연상황 : 제보자는 고기를 거둘 때 부르는 노래라고 하면서 직접 동작을 취하며 구연
해 주었다. 청중들도 함께 즐거워하며 맞장구를 쳐 주었다.

세노야~ 세노야~

어이야~ 디야~

세노야~

우리 어장에~ 고기가 많이 들었다

세노야~ 어야 디야~

땡기고- 이건네 땡기고

음지에도 땡기고

양지에도 땡기고

어야 후리라~ 땡기라 땡기

세노야~ 세노야~

어어~ 세노야~

어장이 다되간다

고기가 많이 들었다

세노야 세노야

금년에 인자 풍어가 돼서 고기 많이 들었다

어의야 디야

어야 디야

어야 디야

세노야~

아이고 만선기로 달아라

만선기로 달아서 풍어가 다됐다

어야 디야

멸치 잡는 소리

자료코드 : 04_04_FOS_20110123_PKS_KBH_0003

조사장소 : 경상남도 남해군 상주면 양아리 대량마을 대량마을회관

조사일시 : 2011.1.23

조 사 자 : 박경수, 서정매, 황영태, 윤슬기

제 보 자 : 김봉현, 남, 89세

구연상황 : 제보자는 세노야 소리는 원래 저음으로 불렀다가 고음으로 불렀다 한다고 설
　　　　　명하면서, 조사자에게 노래 설명을 하면서 불러 주었다.

　　　　세노야 세-노야

　　　　세노야 세-노야

　　　　세노야 세-노야

　　　　세노야 세-노야

　　　　세노야 세-노야

　　　　세노야 세-노야

　　　　세노야 세-노야

　　　　세노야 세-노야

　　　　아이구 만선이다

　　　　세노야 세-노야

고기 운반하는 소리

자료코드 : 04_04_FOS_20110123_PKS_KBH_0004

조사장소 : 경상남도 남해군 상주면 양아리 대량마을 대량마을회관

조사일시 : 2011.1.23

조 사 자 : 박경수, 서정매, 황영태, 윤슬기

제 보 자 : 김봉현, 남, 89세

구연상황 : 제보자는 고기를 잡고 운반을 할 때 이 노래를 부르면 힘이 덜 든다며 고기
　　　　　를 운반하는 시늉을 하면서 노래를 구연했다.

　　　　영차 어이야

영차 영차

이리가고 영차

저리가도 영차

영차 영차

쾌지나 칭칭나네

자료코드 : 04_04_FOS_20110123_PKS_KBH_0005
조사장소 : 경상남도 남해군 상주면 양아리 대량마을 대량마을회관
조사일시 : 2011.1.23
조 사 자 : 박경수, 서정매, 황영태, 윤슬기
제보자 1 : 김봉현, 남, 89세
제보자 2 : 김두심, 여, 84세
제보자 3 : 김연심, 여, 70세
구연상황 : 제보자가 칭칭이 노래를 시작하자 김두심 제보자와 김연심 제보자도 자연스
　　　　　 럽게 소리에 답을 하듯 주고받으며 노래를 불러 주었다.

제보자 1 얼씨구나~ 좋구나~

치나 칭칭나네~

우리오빠 얼씨구 좋다

쾌지나 칭칭나네~

제보자 2 늙어지면 못노니라

쾌지나 칭칭 나네

제보자 1 오늘청춘 내일백발~

어 청 다미야

쾌지나 칭칭나네

제보자 3 우리 동무 두나기 좋아

노래 잘 부린다 어여라 달구야

쾌지나 칭칭나네

쾌지나 칭칭나네

우리동무 준아기좋아

못춤들고 춤을춘다

쾌지나 칭칭나네

쾌지나 칭칭나네

화투타령

자료코드 : 04_04_FOS_20110123_PKS_KBH_0006

조사장소 : 경상남도 남해군 상주면 양아리 대량마을 대량마을회관

조사일시 : 2011.1.23

조 사 자 : 박경수, 서정매, 황영태, 윤슬기

제 보 자 : 김봉현, 남, 89세

구연상황 : 제보자가 노래를 시작하자 주변 청중들도 다 아는 노래여서인지 다함께 불러
주었다.

정월솔가지 속속히올라

이월맷대에 허송하다

삼월사쿠라 산란한마음

사월흑사리 허송하다

오월난초 날았던나비

유월목단에 꽃떨어진다

칠월홍사리 홀로누워

팔월공산에 달도밝다

구월국화 굳었던마음

시월단풍에 다떨어진다

오동지섣달 비바람에

이내심정 다녹는다

얼씨구나 좋다 절씨구나 좋다

아니 놀지는 못하리라

노랫가락 / 그네 노래

자료코드 : 04_04_FOS_20110123_PKS_KBH_0007

조사장소 : 경상남도 남해군 상주면 양아리 대량마을 대량마을회관

조사일시 : 2011.1.23

조 사 자 : 박경수, 서정매, 황영태, 윤슬기

제 보 자 : 김봉현, 남, 89세

구연상황 : 조사자가 제보자에게 그네 노래를 아는지 질문하자 이내 바로 노래를 시작해
주었다. 청중들도 예전에 많이 불렀던 노래여서인지 모두 함께 박수를 치며
불러 주었다.

추천당 시모시남기~ 높이높이 그네를매어

니가타면 내가밀고 내가타면 니가민다

임아임아 줄밀지마라 줄떨어지면은 정떨어진다

방귀타령

자료코드 : 04_04_FOS_20110123_PKS_KBH_0008

조사장소 : 경상남도 남해군 상주면 양아리 대량마을 대량마을회관

조사일시 : 2011.1.23

조 사 자 : 박경수, 서정매, 황영태, 윤슬기

제 보 자 : 김봉현, 남, 89세

구연상황 : 조사자가 청중들에게 방귀 노래를 한번 불러 달라고 부탁하자 청중들이 모두
웅성거리며 기억나는 가사를 모두 얘기했고, 그때 제보자가 가사를 정리해서
대표로 불러 주었다.

손자방구 꼬신방구

딸방구 연지방구

아들방구 유둑방구

며느리방구 도둑방구

시어매방구 앙살방구

시아배방구 호령방구

할배방구 똥살방구

창부타령

자료코드 : 04_04_FOS_20110123_PKS_KBH_0009

조사장소 : 경상남도 남해군 상주면 양아리 대량마을 대량마을회관

조사일시 : 2011.1.23

조 사 자 : 박경수, 서정매, 황영태, 윤슬기

제 보 자 : 김봉현, 남, 89세

구연상황 : 조사자가 제보자에게 가사의 운을 띄워 주자 이내 노래가 생각이 나서인지
큰 소리로 명쾌하게 불러 주었다. 청중들도 박수를 치며 함께 따라 불러 주
었다.

송곳같이 곧았던 마음 맷대진다고 허락할까

남해금산 백힌돌이 눈비가 온다고 녹을소냐

얼씨구나 절씨구 지화자 좋네

아니 노지는 못하리라

금산우에 뜬구름아 눈실었나 비실었나

눈도비도 아니실고 노래명창 날실었네

얼씨구나 좋네 절씨구나 좋네

아니 놀지를 못하리라

멸치 터는 소리

자료코드 : 04_04_FOS_20110123_PKS_KYS_0001

조사장소 : 경상남도 남해군 상주면 양아리 대량마을 대량마을회관

조사일시 : 2011.1.23

조 사 자 : 박경수, 서정매, 황영태, 윤슬기

제 보 자 : 김연심, 여, 70세

구연상황 : 조사자가 멸치 터는 소리를 부탁하자 다른 청중이 한 소절 불렀다. 그때 제보
자가 노래가 기억났는지 설명까지 덧붙이며 흥겹게 노래를 구연해 주었다.

털어라 털어라

여기도 털고 저기도 털고

털어라 털어라 털어

영차 땡기라 땡기라―

털어라 털어라

매 털어라 털어라

영차 영차 털어라

매 매 털어라

여기도 털고

저기도 털고

영차 땡기라

다리 세기 노래

자료코드 : 04_04_FOS_20110123_PKS_KYS_0002
조사장소 : 경상남도 남해군 상주면 양아리 대량마을 대량마을회관
조사일시 : 2011.1.23
조 사 자 : 박경수, 서정매, 황영태, 윤슬기
제 보 자 : 김연심, 여, 70세
구연상황 : 다리 세기 노래를 부탁하자 웃으면서 예전에 많이 불렀다며 부끄러워하면서
　　　　　도 재미나게 불러 주었다.

　　　　이거리 저거리 깔꺼리
　　　　진개망개 또망개
　　　　짝발로 피양개
　　　　도래주무치 사래육
　　　　육도육도 전라도
　　　　하늘에 성났네 제비콩
　　　　똘똘 몰아라
　　　　장-두-칼-

양산도

자료코드 : 04_04_FOS_20110123_PKS_KYS_0003
조사장소 : 경상남도 남해군 상주면 양아리 대량마을 대량마을회관
조사일시 : 2011.1.23
조 사 자 : 박경수, 서정매, 황영태, 윤슬기
제 보 자 : 김연심, 여, 70세
구연상황 : 제보자는 손뼉을 치며 신나게 노래를 구연해 주었다. 청중들도 즐거워하며 박
　　　　　수를 치며 장단을 맞추었다.

　　　　에헤이요~

아리랑 족집게 쓰리랑 면도칼 도리나 맹강을 놓~고~

큰애기 눈썹에 하야가 논~다

에혀라난다 둥게디여라 그래도 못놓~겄~네~

잡았던 홀먹이 쑥덜러빠져도 나는못놓겄~네

에혜~이~요~

날따라 오너라 나를 따라서 오~소

오동동 숲 속으로 나를 따라 오~소

에여라 난다 시베러잡놈만 아라리 돔돔만 할~제

생사람 죽는줄 니가 몰라 주~나

방아깨비 놀리는 노래

자료코드 : 04_04_FOS_20110123_PKS_KYS_0004
조사장소 : 경상남도 남해군 상주면 양아리 대량마을 대량마을회관
조사일시 : 2011.1.23
조 사 자 : 박경수, 서정매, 황영태, 윤슬기
제 보 자 : 김연심, 여, 70세
구연상황 : 조사자가 제보자에게 어릴 때 불렀던 노래를 구연해 달라고 부탁하자 예전에
　　　　　방아깨비를 가지고 방아 찧는 소리를 했었다며 구연해 주었다.

　　　메뚝아 메뚝아 쩧어라

　　　방아야 방아야 쩧어라

　　　메뚝아 메뚝아 쩧어라

　　　방아야 방아야 쩧어라

동그랑땡

자료코드 : 04_04_MFS_20110123_PKS_KYS_0005
조사장소 : 경상남도 남해군 상주면 양아리 대량마을 대량마을회관
조사일시 : 2011.1.23
조 사 자 : 박경수, 서정매, 황영태, 윤슬기
제 보 자 : 김연심, 여, 70세
구연상황 : 청중이 노래 가사를 알려 주자 제보자가 그제서야 기억이 났는지 흥겹게 불러 주었다. 청중들도 옛 생각을 하며 함께 불러 주었다.

　　　황새 다리가 긴께 우편국으로 돌리라
　　　까마귀는 지몸이꺼머니 가매시장을 돌려라
　　　제비잡놈 맵사가고으니 기생가수로 돌리고
　　　꾀꼬리라 소리를잘하니 유행가수로 돌려라
　　　동그랑 땡 동그랑 땡
　　　얼싸절싸 잘넘어간다
　　　동그랑 땡 동그랑 땡

　　　황새란놈 다리가기니 우편국으로 돌리고
　　　까치란놈 집을잘지니 목수로 돌려라
　　　동그랑 땡 동그랑 땡
　　　얼싸절싸 잘넘어간다
　　　동그랑 땡 동그랑 땡

창부타령 (1)

자료코드 : 04_04_FOS_20110122_PKS_RBY_0001
조사장소 : 경상남도 남해군 상주면 상주리 금전마을 금전마을회관
조사일시 : 2011.1.22

조 사 자 : 박경수, 서정매, 황영태, 윤슬기
제 보 자 : 류부연, 여, 85세
구연상황 : 조사자가 제보자에게 옛날 노래를 불러 달라고 하자 금세 생각이 났는지 구
연해 주었다. 다른 청중들도 박수를 치며 즐거워하였다.

금산우에 뜬구름아 비실었나 눈실었나
비도눈도 아니실고 노래명창 날실었네
얼씨구 좋네 지화자 좋네 아니놀고서 무엇하리
거드렁 거리고 놀아 보세

니와내가 만날 적에 백년을 살자고 언약하고
산에두고 맹세를하고 무엇을두고 증거하리

진국명산은 간곳이없고 나만홀로 이별이야
이별배짝 내쉬는 양반 나와 백년이 얼쑤로다
얼씨구 좋네 지화자 좋네 아니놀고서 무엇하리
거드렁 거리고 놀아 보세

창부타령 (2)

자료코드 : 04_04_FOS_20110122_PKS_RBY_0002
조사장소 : 경상남도 남해군 상주면 상주리 금전마을 금전마을회관
조사일시 : 2011.1.22
조 사 자 : 박경수, 서정매, 황영태, 윤슬기
제 보 자 : 류부연, 여, 85세
구연상황 : 다른 청중의 노래가 끝나자마자 제보자가 바로 이어서 구연해 주었다. 청중들
도 박수를 치며 즐거워하였다.

달만뜨거든 달만뜨거든 단둘이 가세
얼씨구좋네 지화자좋네 아니놀고서 무엇하리

창부타령 (3)

자료코드 : 04_04_FOS_20110122_PKS_RBY_0003
조사장소 : 경상남도 남해군 상주면 상주리 금전마을 금전마을회관
조사일시 : 2011.1.22
조 사 자 : 박경수, 서정매, 황영태, 윤슬기
제 보 자 : 류부연, 여, 85세
구연상황 : 제보자가 이전에도 불러 봤던 노래였던지 다른 청중들이 제보자에게 노래를
권유했다. 제보자가 노래를 시작하자 청중들은 모두 즐거워하며 박수를 치며
경청하였다.

　　삼강산 몬당에 비오나마나 나에린서방님 얻으나마나

　　나에린 서방은 후사가있어도 나많은서방은 후사가없네

　　얼씨구좋고 지화자좋네 아니나 놀고서 무엇하리

　　거드랑거리고 놀아보세

노랫가락 / 그네 노래

자료코드 : 04_04_FOS_20110122_PKS_RBY_0004
조사장소 : 경상남도 남해군 상주면 상주리 금전마을 금전마을회관
조사일시 : 2011.1.22
조 사 자 : 박경수, 서정매, 황영태, 윤슬기
제 보 자 : 류부연, 여, 85세
구연상황 : 제보자가 원래 노래의 음과 가사를 약간 다르게 불렀다. 옆에서 청중이 음을
바로 잡아 주려고 했지만 제보자는 그냥 노래를 구연했다.

　　충청도 세모시 가에 오색가지다 그네로매어

　　임이타면은 내가밀고요 내가타면은임이민다

　　임이야 줄밀지말아 줄떨어지면은 정떨어진다

　　얼씨구 좋다 지화자 좋네

　　아니나 놀고서 무엇을하나

창부타령(4)

자료코드 : 04_04_FOS_20110122_PKS_RBY_0005
조사장소 : 경상남도 남해군 상주면 상주리 금전마을 금전마을회관
조사일시 : 2011.1.22
조 사 자 : 박경수, 서정매, 황영태, 윤슬기
제 보 자 : 류부연, 여, 85세
구연상황 : 제보자가 모심을 때 불렀던 노래라고 직접 말하면서 다른 청중과 함께 구연
했다.

　　　　청산도섬일랑가육지랑가 믿었더니

　　　　왠말인고 왠말이냐 의사도가 왠말이냐

　　　　얼씨구절씨구지화자좋네

　　　　달만뜨거들랑 단둘이 가세

창부타령 (1)

자료코드 : 04_04_FOS_20110122_PKS_RJS_0001
조사장소 : 경상남도 남해군 상주면 상주리 금전마을 금전마을회관
조사일시 : 2011.1.22
조 사 자 : 박경수, 서정매, 황영태, 윤슬기
제 보 자 : 류정순, 여, 76세
구연상황 : 조용히 앉아 있던 제보자가 문득 생각이 났는지 갑자기 노래를 구연했다. 조
사자의 유도에 따라 한 소절이 끝날 때마다 이어서 노래를 불렀다.

　　　　물레야뱅뱅 각시야자자

　　　　밤중새벽이 산넘어간다

　　　　얼씨구좋네 지화자 좋네 아니놀고 무엇하나

　　　　금산우에 뜬구름아 비실었나 눈실었나

　　　　비도눈도 내아니실고 노래명창을 실었네

노래명창 날불러라 수많은 장단은 맞춰주리
얼씨구좋네 지화자 좋네 아니놀지는 못하리라

세월아 봄철아 오고가지 마라
아까분 내청춘 다늙어진다

청춘이둘같고보면 당신을 믿고여살지마는
청춘이 하나인고로 당신을 믿고서 못살겄네
얼씨구좋다 절씨구좋네 이렇게 좋은지 내몰랐네

창부타령 (2)

자료코드 : 04_04_FOS_20110122_PKS_RJS_0002
조사장소 : 경상남도 남해군 상주면 상주리 금전마을 금전마을회관
조사일시 : 2011.1.22
조 사 자 : 박경수, 서정매, 황영태, 윤슬기
제 보 자 : 류정순, 여, 76세
구연상황 : 조사자가 운을 띄우자 제보자가 생각이 난 듯 노래를 구연했다. 청중들은 박
         수를 치고 추임새를 넣는 등 분위기를 맞추어 주었다.

높은산에 눈날리고 낮은산에비날리고
얼씨구나 좋다 지화자 좋네 아니놀지는 못하리라

백구야 백구야 날지마라 니를잡으로 내아니간다
청산이 멀었으니 니를좇아 내가간다
얼씨구나 좋네 지화자 좋네 아니 놀지를 못하리라

진도아리랑

자료코드 : 04_04_FOS_20110122_PKS_RJS_0003
조사장소 : 경상남도 남해군 상주면 상주리 금전마을 금전마을회관
조사일시 : 2011.1.22
조 사 자 : 박경수, 서정매, 황영태, 윤슬기
제 보 자 : 류정순, 여, 76세
구연상황 : 조사가의 유도에 따라 제보자가 다른 청중과 함께 아리랑을 불렀다. 박수를
치며 박자를 맞추어 가며 불렀다.

호박은 늙어도 단맛이나 있고
사람은 늙어도 씰곳이 없네
아리랑 쓰리쓰리랑 아라리가 났네
아리랑 끙끙끙 아라리가 났네

문경새재는 왠고갠가
구부가 구부구부가눈물이로구나
아리아리랑 쓰리쓰리랑 아라리가났네
아리랑 끙끙끙 아라리가 났네

청천하늘엔 잔별도많고
요내야 가슴에 수심도많네
아리아리랑 쓰리 쓰리랑 아라리가 났네
아리랑 끙끙끙 아라리가 났네

창부타령 (3)

자료코드 : 04_04_FOS_20110122_PKS_RJS_0004
조사장소 : 경상남도 남해군 상주면 상주리 금전마을 금전마을회관

조사일시 : 2011.1.22

조 사 자 : 박경수, 서정매, 황영태, 윤슬기

제 보 자 : 류정순, 여, 76세

구연상황 : 조사자의 유도에 따라 제보자가 노래를 구연했다. 노래가 시작되자 청중들도
　　　　　모두 함께 불러 주었는데, 제보자의 목소리는 크게 들리지 않을 정도로 모두
　　　　　큰 소리로 불러 주었다.

　　　시들시들 봄배추는 밤이슬오기만 기다리고

　　　옥에갇힌 춘향이는 이도롱오기만 기다린다

　　　얼씨구좋네 지화자좋네 아니놀고서 무엇하리

권주가

자료코드 : 04_04_FOS_20110122_PKS_RJS_0005

조사장소 : 경상남도 남해군 상주면 상주리 금전마을 금전마을회관

조사일시 : 2011.1.22

조 사 자 : 박경수, 서정매, 황영태, 윤슬기

제 보 자 : 류정순, 여, 76세

구연상황 : 조사자가 노래의 운을 떠우며 부탁하자 제보자가 앞의 가사는 잊어버렸다고
　　　　　하였지만 막상 노래가 시작되자 잘 구연해 주었다.

　　　받으시오 받으시오 이술한잔을 받으시오

　　　이술은 무슨술이냐 먹고놀자는 술이로다

　　　노세노세 젊어노세 늙고야 병들면 무엇하나

창부타령 (1)

자료코드 : 04_04_FOS_20110122_PKS_PBJ_0001

조사장소 : 경상남도 남해군 상주면 상주리 임촌마을 박봉지 할머니 댁

조사일시 : 2011.1.22

조 사 자 : 박경수, 서정매, 황영태, 윤슬기

제 보 자 : 박봉지, 여, 80세

구연상황 : 제보자는 마을에서 소리를 제일 잘 한다고 소문이 나 있어서 직접 댁으로 찾
아간 터였다. 집에 도착해 보니 몸이 좋지 않다며 홀로 침대에 누워 있었지만
그러면서도 조사팀을 반갑게 맞아 주었다. 제보자는 한때는 모르는 노래가 없
었다며 예전의 전성기를 회상하며 노래를 구연해 주었다.

얼씨구나절씨구좋네 아니노지를 못하리라

사람마다 백일로할며 농부되기가 누있느냐

이사5)마다 병고치주며 북망산천이왜생깄노

얼씨구절씨구절씨구 지화자좋네 얼마나좋아서 요지랄고

간다더니 왜또왔노 간다던만은 왜왔느냐

이왕지사 온걸음에 하루밤이나 자고가지

하룻밤을 못자거든 담배불이라도 댕기고가지

얼씨구절씨구나 지화자좋다 얼마나좋아서 요지랄고

도라지타령

자료코드 : 04_04_FOS_20110122_PKS_PBJ_0002

조사장소 : 경상남도 남해군 상주면 상주리 임촌마을 박봉지 할머니 댁

조사일시 : 2011.1.22

조 사 자 : 박경수, 서정매, 황영태, 윤슬기

제 보 자 : 박봉지, 여, 80세

구연상황 : 제보자는 노래가 기억이 잘 안 난다고 난감해 했지만 조사자가 소리의 앞 가
사 운을 띄워 주자 생각이 났는지 즉시 구연해 주었다.

도라지 도라지 도라지

---

5) 의사.

심심산천에 백도라지
한두뿌리만 캐어도
대바구니 반실만 되노라
에헤이용 에헤이용 에헤이야
허이야라 난다지화자자 좋다
니가내간장 씨리살살 다녹인다

도라지캐러간다고
요핑계조핑계 다대더니
어떤놈을만났는고
가고나 다시는 아니온다
에헤이용 에헤이용 에헤이야
허이야라 난다지화자자 좋다
니가내간장 씨리살살 다녹인다

석탄백탄 타는데는
연기만 퐁퐁퐁 나더만은
요내심장이 타는데는
연기도눈물도 안난다
에헤이용 에헤이용 에헤이야
허이야라 난다지화자자 좋다
니가내간장 쓰리살살 다녹인다

창부타령(2)

자료코드 : 04_04_FOS_20110122_PKS_PBJ_0003

조사장소 : 경상남도 남해군 상주면 상주리 임촌마을 박봉지 할머니 댁
조사일시 : 2011.1.22
조 사 자 : 박경수, 서정매, 황영태, 윤슬기
제 보 자 : 박봉지, 여, 80세
구연상황 : 제보자는 오랜만에 노래를 부르니 화병이 내려간다고 하면서 즐거워하였다.
　　　　　노래가 기억이 안 난다고 할 때마다 조사자가 가사의 운을 띄우자 조사자에
　　　　　게 별 걸 다 기억한다며 웃으면서 구연해 주었다.

　　시들싸들 봄배추는~ 봄비-오기만 기다리고
　　옥에갇힌- 춘향이는~ 이도룡 오기만 기다리고
　　이팔청춘- 젊은-이는~ 사랑에- 오기만 기다리고
　　우리겉은 할망구들은 죽기만~ 기다린다
　　언지언지[6] 또다시젊어 이런좋은 세상을 살아보리
　　얼씨구절씨구 지화자 좋네
　　얼마나좋아서 요지랄고

모심기 노래

자료코드 : 04_04_FOS_20110122_PKS_PBJ_0004
조사장소 : 경상남도 남해군 상주면 상주리 임촌마을 박봉지 할머니 댁
조사일시 : 2011.1.22
조 사 자 : 박경수, 서정매, 황영태, 윤슬기
제 보 자 : 박봉지, 여, 80세
구연상황 : 조사자가 운을 띄우자 제보자는 당황해 하면서 모른다고 하다가도 잠시 생각
　　　　　하다가 노래가 기억났는지 불러 주었다. 제보자가 노래를 잘 부를 수 있도록
　　　　　조사자들은 박수를 치고 추임새를 넣으며 흥을 돋우었다.

　　오늘해야 어가거라 허리가 아파서 못하것다

---

6) 언제.

서마지기 논배~미가~ 반달만큼 남았는데

어찌그리도~ 아니울고~ 내몸이 고단허네

얼씨구절씨구절씨구 지화자좋네

얼마나 좋아서 요지랄고

창부타령(3)

자료코드 : 04_04_FOS_20110122_PKS_PBJ_0005
조사장소 : 경상남도 남해군 상주면 상주리 임촌마을 박봉지 할머니 댁
조사일시 : 2011.1.22
조 사 자 : 박경수, 서정매, 황영태, 윤슬기
제 보 자 : 박봉지, 여, 80세
구연상황 : 제보자가 조사자에게 노래를 계속 하게끔 유도하자 그만하라며 손사래 쳤지만 내심 좋아하는 표정과 웃음을 지었다. 그러고는 노래를 계속 구연했다.

아니~ 아니놀지는 못하리라

처니7)묵던 청실배는~ 맛만봐도 반우리고

총각먹던 홍실감은 빛만봐도홋걸이라

얼씨구나좋네 절씨구

거드렁-거리고 놀아보자

국화꽃-도 한들~한들~ 봉숭아 명화도 한들한들-

오동추-야~ 달밝은밤에~ 처니-총각도 한들한들-

니와내가 만날적에~ 백년-살자고 만났는데-

왠말이-야 왠말~이야~ 이별글자가 왠말이야~ 좋다

---

7) 처녀.

노랫가락 (1)

자료코드 : 04_04_FOS_20110122_PKS_PBJ_0006
조사장소 : 경상남도 남해군 상주면 상주리 임촌마을 박봉지 할머니 댁
조사일시 : 2011.1.22
조 사 자 : 박경수, 서정매, 황영태, 윤슬기
제 보 자 : 박봉지, 여, 80세
구연상황 : 제보자가 노랫가락를 불러 주겠다며 앞의 노래에 이어 계속 구연했다. 제보자
는 한번 노래가 나오기 시작하면 계속 나온다면서 적극적으로 구연해 주었다.

> 삼각산몬당에~ 비오나마~나~
> 나에린[8]신랑이 좋다~ 나찾나마~나~
>
> 팔라당 팔라~당~ 칠갑사댕기는~
> 중신애비도~ 안아~서[9]~ 다 떨어-졌구~나
>
> 비오실- 바람을~ 나날이~ 불거만은~
> 님오실~ 바람~ 아니나 분다네~
>
> 바룸바룸 피는꽃~ 손질하다 놓고야~
> 그꽃이 지는줄~ 왜모르더나~야~

청춘가

자료코드 : 04_04_FOS_20110122_PKS_PBJ_0007
조사장소 : 경상남도 남해군 상주면 상주리 임촌마을 박봉지 할머니 댁
조사일시 : 2011.1.22
조 사 자 : 박경수, 서정매, 황영태, 윤슬기
제 보 자 : 박봉지, 여, 80세

---

8) 어린.
9) 오지 않아서.

구연상황 : 제보자는 스스로 가사를 계속 기억해서 생각나는 대로 구연했다. 손으로 박자를 맞추면서 노랫가락이나 청춘가를 많이 불렀다.

얼씨구나좋네~ 절씨구좋네~ 얼마나좋아서~ 요지랄고

손발도없는- 호박넝쿨도~ 담을넘어서 놀로가네-

우리-청춘은 다있거만은 놀로도 몬가고 요지경이네-

창부타령 (4)

자료코드 : 04_04_FOS_20110122_PKS_PBJ_0008
조사장소 : 경상남도 남해군 상주면 상주리 임촌마을 박봉지 할머니 댁
조사일시 : 2011.1.22
조 사 자 : 박경수, 서정매, 황영태, 윤슬기
제 보 자 : 박봉지, 여, 80세
구연상황 : 제보자가 노래하던 중간에 노래 가사에 대한 설명을 덧붙이며 구연했다.

남해금산~ 십이~봉에~ 풀이피어서 산도곱네

신부신랑 첫날~밤에~ 한삼소매가일덮었네

임은가고 봄은오니 꽃만~피어도 임의생각

앉아생각누워서생각 생각-생각에 잠몬자네

온다말이나~ 아니하였으면기다-리지나 아니허제

얼씨구절씨구절씨구지화자좋네

얼마나 좋아서 요지랄고

창부타령 (5)

자료코드 : 04_04_FOS_20110122_PKS_PBJ_0009

조사장소 : 경상남도 남해군 상주면 상주리 임촌마을 박봉지 할머니 댁
조사일시 : 2011.1.22
조 사 자 : 박경수, 서정매, 황영태, 윤슬기
제 보 자 : 박봉지, 여, 80세
구연상황 : 제보자가 옛날에 이런 노래가 있었다며 구연했다. 조사자에게 노래를 너무 많
이 한다고 하면서도 노래는 계속 불러 주었다.

울어-매가~ 날밸적에 난감초-를~ 자릴턴가

난감하네~ 난감~하네~ 내사랑날리기 난감하네

잠이오니~ 자자~꾸나~ 깨가나-니~ 놀자꾸나

딸주지마-게~ 딸주지마게~ 계모-시어매한테 딸주지마게

얼씨구- 절씨구좋네~ 아니~노지는 못하리라

해다지-고~ 저문날에~ 이간-씌고서~ 니어디가나

등넘에라~ 첩을두고 밤낮으-로~ 니가가나

노랫가락 (2)

자료코드 : 04_04_FOS_20110122_PKS_PBJ_0010
조사장소 : 경상남도 남해군 상주면 상주리 임촌마을 박봉지 할머니 댁
조사일시 : 2011.1.22
조 사 자 : 박경수, 서정매, 황영태, 윤슬기
제 보 자 : 박봉지, 여, 80세
구연상황 : 조사자가 제보자에게 물레 노래를 불러 달라고 요청하자 가사가 생각이 났는
지 곧바로 불러 주었다.

물레야- 뱅-뱅 잘돌아라

밤중~새벽이 산넘어간다

잠이오-니- 자자꾸나~

깨가나니 놀자꾸나

니-겉-이도도한낭자~

날만난기~ 원수로다

창부타령 (6) / 자장가

자료코드 : 04_04_FOS_20110122_PKS_PBJ_0011
조사장소 : 경상남도 남해군 상주면 상주리 임촌마을 박봉지 할머니 댁
조사일시 : 2011.1.22
조 사 자 : 박경수, 서정매, 황영태, 윤슬기
제 보 자 : 박봉지, 여, 80세
구연상황 : 제보자는 정확한 가사를 모르겠다고 하였지만 막상 노래를 시작하자 가사가
끊어지지 않고 적극적으로 잘 불러 주었다.

마루밑에 고양이야~ 우리애기 잘잔다 오지마라

저건네라~ 갈비보에 강아지-야~ 오지마라

우리애-기는~ 잘도잔다~

얼씨구나 좋네~ 절씨구-좋네~

아니-놀지는 못하리라~

자장자장~ 우리~아기~ 잘도잔다 우리애기야

잠을자야~ 꿈을-꾸고~ 꿈을-꾸니까 좋은사람 만나제

얼씨구나좋네 잘도잔다 절씨구좋다 잘도잔다

화투타령

자료코드 : 04_04_FOS_20110122_PKS_PBJ_0012
조사장소 : 경상남도 남해군 상주면 상주리 임촌마을 박봉지 할머니 댁

조사일시 : 2011.1.22

조 사 자 : 박경수, 서정매, 황영태, 윤슬기

제 보 자 : 박봉지, 여, 80세

구연상황 : 제보자가 운을 띄우자 처음엔 잘 알아듣지 못했지만, 천천히 가사를 읊어 주자 잘 아는 노래라며 구연해 주었다.

정월솔가지 속속히앉아

이월맷-대에 이상하다

삼월사쿠라 산라던마음

사월흑사리 홀로누워

오월난-초 날아든나비

유월-목단꽃꽃대앉아

칠월홍사리홀로~누워

팔-월강산에 달도밝네

구월국-화- 굳었던내마음

시월단풍에 떨어졌네

밀양아리랑

자료코드 : 04_04_FOS_20110122_PKS_PBJ_0013

조사장소 : 경상남도 남해군 상주면 상주리 임촌마을 박봉지 할머니 댁

조사일시 : 2011.1.22

조 사 자 : 박경수, 서정매, 황영태, 윤슬기

제 보 자 : 박봉지, 여, 80세

구연상황 : 조사자가 아리랑을 아느냐고 묻자 제보자는 많이 부른다면서 구연했다. 제보자가 불러 준 밀양아리랑은 후렴이 연변식이고 본 노래는 현대식이어서 두 선율이 섞여진 형태로 노래하였다.

아리아리랑 쓰리쓰리랑 아라리가났네~

아리랑~고개로 넘어간다

날좀보소~ 날좀보소~ 날좀보소~
동지섣달~ 꽃본듯~이 날좀보소~

아리아리랑 쓰리쓰리랑 아라리가났네~
아리랑 고개로~넘어~간-다

노랫가락 (3)

자료코드 : 04_04_FOS_20110122_PKS_PBJ_0014
조사장소 : 경상남도 남해군 상주면 상주리 임촌마을 박봉지 할머니 댁
조사일시 : 2011.1.22
조 사 자 : 박경수, 서정매, 황영태, 윤슬기
제 보 자 : 박봉지, 여, 80세
구연상황 : 제보자가 부를 노래를 곰곰이 생각하더니 이내 노래 가사가 떠오르자 곧바로
　　　　　 노래를 불러 주었다.

처니총각이~ 살때깨는인다낸-다~ 잘살았는데-
나이가 들어~가니~ 왈카닥 달카닥~ 싸움도하고~
죽고나니~ 원통~하네~ 한-많-은- 이좋은세상에~ 인다낸-다~
살아볼걸

노랫가락 (4) / 나비 노래

자료코드 : 04_04_FOS_20110122_PKS_PBJ_0015
조사장소 : 경상남도 남해군 상주면 상주리 임촌마을 박봉지 할머니 댁
조사일시 : 2011.1.22
조 사 자 : 박경수, 서정매, 황영태, 윤슬기

제 보 자 : 박봉지, 여, 80세

구연상황 : 제보자가 연이어 노래를 불러 주었는데 중간 중간에는 농담도 하는 등 즐거운 분위기가 이루어졌다. 연이어 노래를 구연해 주었다.

　　나비야 청-산- 가자~ 꽃나~비야 내도가~자-

　　가-다가 어둡걸랑 꽃밭-에라도 자고가~세-

　　꽃님이 야-단을치면 손목을 잡고서 호롱~하게-

너냥 나냥

자료코드 : 04_04_FOS_20110122_PKS_PBJ_0016

조사장소 : 경상남도 남해군 상주면 상주리 임촌마을 박봉지 할머니 댁

조사일시 : 2011.1.22

조 사 자 : 박경수, 서정매, 황영태, 윤슬기

제 보 자 : 박봉지, 여, 80세

구연상황 : 제보자가 너냥 나냥 노래를 부르다가 가사가 헷갈렸다고 하면서 잠시 멈추었다가 진도아리랑으로 이어서 불러 주었다.

　　너냥나냥 두리둥실 놀아라

　　낮이낮이나 밤이밤이나 참사랑이로~구나

　　아침에 우는새는 배가고파~ 울-고요

　　밤중에 우는새는 배가고파~운다

　　너냥나냥 두리둥실 놀아라

　　낮이낮이나 밤이밤이나 참사랑이로구나

　　[진도아리랑으로]

　　　우러집- 서방님은 명태바대를 갔는데

　　　바람아 강풍아 불지를~말아

에이야 디야 에-에이야

에이-야 디여루 사람이로구나

딸주지마라~ 딸주지마시오~

마도로스 사랑은 딸주지~마게

에이야 디야 에-에이야

에이-야 디여루 니가내사~랑가

밤마다 둑길에 에미아니오고 이내-내소리 다적어진다

에이야 디야 에-에이야

에이-야 디여~라 내사랑아

상주 시집살이 노래

자료코드 : 04_04_FOS_20110122_PKS_BDY_0001
조사장소 : 경상남도 남해군 상주면 상주리 금전마을 금전마을회관
조사일시 : 2011.1.22
조 사 자 : 박경수, 서정매, 황영태, 윤슬기
제 보 자 : 배덕엽, 여, 81세
구연상황 : 청중의 권유로 제보자는 노래에 대해 먼저 이야기로 설명을 하였고, 조사자가
그 이야기를 노래로 불러 달라고 하자 그제서야 노래로 구연해 주었다.

상주로 시집을 와서 시집살이가 돼서 친정을 가면서러 자기가 혼자 노
래를 부른기,

"넘기 싫은 상주고개."

저 가자 카면 두우머리가 또 있거든.

"돌기 싫은 두우머리. 항심터라 항실고개. 슬프더라 노랑나리."

그런 기 있어. 그런 노래가.

"노랑나리. 하룻길만 걸었시며, 날 잡을 이 누 있더나."
그리 한 심은 노래를 부르고 갔다고.

> 넘기싫은 상주고개~ 돌기싫-은 두우머리
> 항심터라- 항실~고개 슬프더-라 노랑나리
> 하룻길만 걸었-시면~ 날잡을-이~ 누있더나

창부타령 (1)

자료코드 : 04_04_FOS_20110122_PKS_BDY_0002
조사장소 : 경상남도 남해군 상주면 상주리 금전마을 금전마을회관
조사일시 : 2011.1.22
조 사 자 : 박경수, 서정매, 황영태, 윤슬기
제 보 자 : 배덕엽, 여, 81세
구연상황 : 제보자는 옛날 노래를 너무 많이 아는데 부르지 않아서 가사를 잘 모르겠다
고 했지만 조사자와 청중이 분위기를 맞추어 주자 노래를 구연해 주었다. 청
중들은 제보자가 노래를 부르자 박수를 치며 즐거워하며 자연스레 추임새를
넣어 주었다.

> 우리오-빠- 남잔골로~ 논도차-지~ 밭도차지
> 대궐겉은 집도나차지~ 천금겉은~ 부모차지
> 요내이몸 여잔골로~ 입고벗-고~ 못해보네
> 타고가는 선부님요 입고가는 옷뿐이라
> 얼씨구나 좋다 지화자 좋구나~ 인생에 백년이 구미로다

금비둘기 노래

자료코드 : 04_04_FOS_20110122_PKS_BDY_0003

조사장소 : 경상남도 남해군 상주면 상주리 금전마을 금전마을회관
조사일시 : 2011.1.22
조 사 자 : 박경수, 서정매, 황영태, 윤슬기
제 보 자 : 배덕엽, 여, 81세
구연상황 : 제보자가 바닥을 치면서 박자를 맞추며 구연을 시작하였다. 구연을 끝마치면서 후렴구를 불러야 되는데 숨이 차서 못 부르겠다면서 마무리 지었다.

　　　　저건네라 왕대밭에 금비들-기 알을낳여

　　　　때리보고 만져나보고 두고가-는 저선부야

　　　　첫아들을 놓고~들랑~ 정-상감사로 마련하고

　　　　둘째딸을 놓거나들랑~ 평양감사로 사우삼게

창부타령 (2)

자료코드 : 04_04_FOS_20110122_PKS_BDY_0004
조사장소 : 경상남도 남해군 상주면 상주리 금전마을 금전마을회관
조사일시 : 2011.1.22
조 사 자 : 박경수, 서정매, 황영태, 윤슬기
제 보 자 : 배덕엽, 여, 81세
구연상황 : 조사자가 노래를 유도하기 위해 운을 띄웠는데 그 운과는 상관없는 다른 노래를 구연했다.

　　　　녹수청강- 흐르는물에~ 배추씻-는 저큰아가

　　　　배추는찌어 미강절에 담고~ 니밑헐랑 내를주라

　　　　금년배치 늦기나갈아~ 잎만좋제 뿌리없소

　　　　얼씨구나 좋다~ 지화자 좋네~ 아니야 놀지를~ 못하리라

창부타령 (3)

자료코드 : 04_04_FOS_20110122_PKS_BDY_0005
조사장소 : 경상남도 남해군 상주면 상주리 금전마을 금전마을회관
조사일시 : 2011.1.22
조 사 자 : 박경수, 서정매, 황영태, 윤슬기
제 보 자 : 배덕엽, 여, 81세
구연상황 : 모심기 노래를 불러 준다고 하면서 창부타령의 선율에 노래 가사를 얹어 불러
　　　　　 주었다. 노래를 시작하자 청중들도 즐거워하며 후렴구를 함께 불러 주었다.

　　　　임아임-아~ 울언님아 해다지-고~ 점근날에

　　　　무얼 허고서 어딜가요

　　　　첩의집을 가실~라면은~ 날죽-는것을 보고가소

　　　　첩의집은 꽃밭~이요~ 요내 내집은 연밭이라

　　　　꽃과나비는 봄한철좋고~ 연못에 금붕어는 사철이라

　　　　얼씨구나 좋다~ 지화자 좋구나~ 인생에 백년이 꿈이로다

진도아리랑

자료코드 : 04_04_FOS_20110122_PKS_BDY_0006
조사장소 : 경상남도 남해군 상주면 상주리 금전마을 금전마을회관
조사일시 : 2011.1.22
조 사 자 : 박경수, 서정매, 황영태, 윤슬기
제 보 자 : 배덕엽, 여, 81세
구연상황 : 아리랑을 불러 달라고 제보자에게 청하자 선뜻 진도아리랑을 불러 주었다. 노
　　　　　 래를 부르기 시작하자 옆에 있던 청중도 함께 불러 주었다.

　　　　아리아리랑 쓰리쓰리랑 아라리가 났네~

　　　　아~리랑 끙끙끙 아라리가~ 났네

　　　　아리랑- 고개마다~ 보리당술~ 해놓고

니묵어라~ 내묵어라~ 해작질로~ 간다
아리아리랑 쓰리쓰리랑 아라리가 났네~
아리랑 끙끙끙 아라리가~ 났네

우리야~ 구부구부가~ 눈물이~ 난다~
아리아리랑 쓰리쓰리랑 아라리가 났네~
아리랑 끙끙끙 아라리가~ 났네

화투타령

자료코드 : 04_04_FOS_20110122_PKS_BDY_0007
조사장소 : 경상남도 남해군 상주면 상주리 금전마을 금전마을회관
조사일시 : 2011.1.22
조 사 자 : 박경수, 서정매, 황영태, 윤슬기
제 보 자 : 배덕엽, 여, 81세
구연상황 : 제보자가 노래를 시작하자 청중들도 모두 아는 노래여서인지 모두 함께 불러
주었다.

정월솔가지 속속히 올라
이월맷대 매져놓고
삼월사쿠라– 산란한마음
사월흑사리 허송하다
오월난초 봄나–비는
유월목–단 꽃에앉고
칠월흑사리 홀로누워
팔월공–산 달도밝다
구월국화 앳된사랑
시월단풍에 딱떨어진다

동지섣달 오싰던손님

석달 비바람에 딱간혔네

일씨구 좋네 절씨구나 좋네

아니야 놀지를 못하리라

창부타령 (4)

자료코드 : 04_04_FOS_20110122_PKS_BDY_0008
조사장소 : 경상남도 남해군 상주면 상주리 금전마을 금전마을회관
조사일시 : 2011.1.22
조 사 자 : 박경수, 서정매, 황영태, 윤슬기
제 보 자 : 배덕엽, 여, 81세
구연상황 : 제보자가 아는 노래가 있다며 스스로 박수를 치며 노래를 구연해 주었다.

산은첩첩 청산이오 물은출석 한강수라

임의정은 청산인데 요내내병 녹수로다

청-산-아- 변치를말아 녹수내가 안곧온다

녹수야 흐를망정~ 내청산인들 변할소냐

얼씨구나 좋네~ 지화자~ 좋구나~

인생에~ 백 년이~ 꿈이로다~

정월 대보름 노래

자료코드 : 04_04_FOS_20110122_PKS_BDY_0009
조사장소 : 경상남도 남해군 상주면 상주리 금전마을 금전마을회관
조사일시 : 2011.1.22
조 사 자 : 박경수, 서정매, 황영태, 윤슬기
제 보 자 : 배덕엽, 여, 81세

구연상황 : 제보자가 먼저 불러 주겠다며 녹음기를 가져다 달라면서 적극적으로 노래를 불러 주었다.

정월이라 대보름은~ 다좋아하는 명절이걸만

청춘남녀~ 짝을야 지어서 양양산길을 다니는데

울언-님은 어디로가고야 백년에 한번도 못오시나

알짱구라~ 배띠어라~ 어기야 디어야~ 노 젖는 소리에~

문덩포~ 큰아기들도~마 뱃노래 에~ 간다

창부타령 (1) / 모심기 노래

자료코드 : 04_04_FOS_20110122_PKS_SJY_0001
조사장소 : 경상남도 남해군 상주면 상주리 임촌마을 최백윤 씨 댁
조사일시 : 2011.1.22
조 사 자 : 박경수, 서정매, 황영태, 윤슬기
제 보 자 : 서정엽, 여, 82세
구연상황 : 할아버지를 뵈러 왔다가 할머니께 노래를 들었다. 오래되어서 기억은 잘 안 난다고 하였지만 조사자가 첫 소절을 읊으면 곧바로 노래를 구연해 주었다.

서마지기 논배미가

반달만치 남았고나

점심때가 다됐는가

점심바구니가 굼도라온다

노세 좋네 젊어서 놀아

모숨기도 다되간다

다왔고나 다왔고나

서마지기 논배미가

뒷자리가 다왔고나

얼씨구나 좋네 절씨구나 좋네

아니나 놀고는 못사리라

창부타령 (2) / 모심기 노래

자료코드 : 04_04_FOS_20110122_PKS_SJY_0002

조사장소 : 경상남도 남해군 상주면 상주리 임촌마을 최백윤 씨 댁

조사일시 : 2011.1.22

조 사 자 : 박경수, 서정매, 황영태, 윤슬기

제 보 자 : 서정엽, 여, 82세

구연상황 : 앞 노래에 이어서 창부타령의 곡조로 모심기 노래를 구연해 주었다.

강주바다 갈포래는

시어마지 죽은 넉세던가

너풀너풀 피어나네

나를 보고 쌩긋 웃네

얼씨구나아 얼씨구나

아니나 놀고는 못하리라

창부타령 (3)

자료코드 : 04_04_FOS_20110122_PKS_SJY_0003

조사장소 : 경상남도 남해군 상주면 상주리 임촌마을 최백윤 씨 댁

조사일시 : 2011.1.22

조 사 자 : 박경수, 서정매, 황영태, 윤슬기

제 보 자 : 서정엽, 여, 82세

구연상황 : 제보자는 주로 창부타령을 많이 기억하는 편이었다. 앞의 모심기 노래를 창부
타령조로 부른 뒤에 또 다른 창부타령을 구연해 주었다.

남해 금산 백힌 돌이

눈비온들 녹을소냐

하물매 저자라고

절개조창 없이린가

징키리라 징키리라

절개만큼만 징키리라

창부타령 (4) / 모심기 노래

자료코드 : 04_04_FOS_20110122_PKS_SJY_0004

조사장소 : 경상남도 남해군 상주면 상주리 임촌마을 최백윤 씨 댁

조사일시 : 2011.1.22

조 사 자 : 박경수, 서정매, 황영태, 윤슬기

제 보 자 : 서정엽, 여, 82세

구연상황 : 제보자는 오래되어서 기억은 잘 안 난다고 하였지만 조사자가 첫 소절을 말 해드리면 노래를 해 주었다.

한삼 모시 속적삼 아래~

분통겉은 저 젖보소

많이 보맨 정드는데

쌀락끄트므리만 베어주소이

방아깨비 놀리는 노래

자료코드 : 04_04_FOS_20110122_PKS_SJY_0005

조사장소 : 경상남도 남해군 상주면 상주리 임촌마을 최백윤 씨 댁

조사일시 : 2011.1.22

조 사 자 : 박경수, 서정매, 황영태, 윤슬기

제 보 자 : 서정엽, 여, 82세

구연상황 : 제보자는 기억이 잘 안 난다고 하면서도 조사자가 노래의 첫 운을 띠우면 생
각이 났는지 곧바로 불러 주었다.

콩콩 방애 찧자
이리가도 큰 매띠기
이리가도 작은 매띠기
콩콩 방애 찧자
어서 어서 찧자

영감아 탱감아

자료코드 : 04_04_FOS_20110122_PKS_SJY_0006

조사장소 : 경상남도 남해군 상주면 상주리 임촌마을 최백윤 씨 댁

조사일시 : 2011.1.22

조 사 자 : 박경수, 서정매, 황영태, 윤슬기

제 보 자 : 서정엽, 여, 82세

구연상황 : 제보자는 노래를 잘 기억 못한다고 하였지만, 노래의 앞 소절을 읊어 주자 이
내 생각이 났는지 곧바로 구연해 주었다.

영감아 탱감아 죽지를 말어라
보리 개떡에 코를 볼라준다

비 노래

자료코드 : 04_04_FOS_20110122_PKS_SJY_0007

조사장소 : 경상남도 남해군 상주면 상주리 임촌마을 최백윤 씨 댁

조사일시 : 2011.1.22

조 사 자 : 박경수, 서정매, 황영태, 윤슬기

제 보 자 : 서정엽, 여, 82세

구연상황 : 제보자는 가사는 기억이 나는데 노래는 잘 모르겠다며 노래 대신 말로 가사
를 읊어 주셨다.

> 비야 비야 오지마라
> 우리 생이 시집간다
> 우리 생이 시집가몬
> 가매 꽃에 얼룽진다
> 얼룽지몬 우리언니
> 옷에도 얼룽진다

사발가

자료코드 : 04_04_FOS_20110122_PKS_SJY_0008

조사장소 : 경상남도 남해군 상주면 상주리 임촌마을 최백윤 씨 댁

조사일시 : 2011.1.22

조 사 자 : 박경수, 서정매, 황영태, 윤슬기

제 보 자 : 서정엽, 여, 82세

구연상황 : 제보자는 앞의 노래가 끝난 뒤 이제 더 이상 모르겠다고 하였지만, 조사자가
노래의 앞 구절을 읊어주자 이내 노래로 구연해 주었다.

> 석탄백탄 타는~데는 속도 안나고 잘도 타는데
> 이내가슴 타는~데는 연기도 안나고 잘도탄다
> 누[10] 아-리-라 누아~리라 내속이 타는줄 누가아리
> 한품에든 님도 모리는데 우리 외부모는 알수있나
> 우리부모 모리는 속내 우리에 행제는 다알긋나
> 우리행제 모리~는거 넘너머로 만내갓고 이내속~을 다알긋나
> 잘도 탄다 잘도 탄다~ 바람도 안불고 잘도 탄다

---

10) 누가.

창부타령 (5)

자료코드 : 04_04_FOS_20110122_PKS_SJY_0009
조사장소 : 경상남도 남해군 상주면 상주리 임촌마을 최백윤 씨 댁
조사일시 : 2011.1.22
조 사 자 : 박경수, 서정매, 황영태, 윤슬기
제 보 자 : 서정엽, 여, 82세
구연상황 : 제보자는 노래 부른 지가 오래되어서 기억은 잘 안 나신다고 하였지만, 조사
자가 첫 소절을 읊어주면 바로 생각이 났는지 이내 노래를 해 주었다.

새들 새들 봄배추는

봄비 오기만 기다리고

우리겉은 청춘들은

서방님 오기만 기다린다

창부타령 (6)

자료코드 : 04_04_FOS_20110122_PKS_SJY_0010
조사장소 : 경상남도 남해군 상주면 상주리 임촌마을 최백윤 씨 댁
조사일시 : 2011.1.22
조 사 자 : 박경수, 서정매, 황영태, 윤슬기
제 보 자 : 서정엽, 여, 82세
구연상황 : 제보자는 노래 가사가 기억은 잘 안 나신다고 하였지만 노래 앞 구절을 읊어
주면 낚아채듯 곧바로 노래를 구연해 주었다.

노자 좋다 젊어서 놀아~

늙고 병들면 못노느니

화무는 십-일홍이요

달도 밝으면 단둘이 간다

진도아리랑

자료코드 : 04_04_FOS_20110122_PKS_SJS_0001
조사장소 : 경상남도 남해군 상주면 상주리 금전마을 금전마을회관
조사일시 : 2011.1.22
조 사 자 : 박경수, 서정매, 황영태, 윤슬기
제 보 자 : 송점순, 여, 78세
구연상황 : 제보자가 먼저 아리랑 노래의 운을 띄웠다. 그러자 다른 청중들도 동참하여
　　　　　다 같이 박수를 치며 노래를 구연했다.

아리아리랑 쓰리쓰리랑 아라리가 났네
아―리랑 응응응 아라리가~ 났네
전기불 밑에는 전기가 좋고
몽둥이로 맞아도 재산물림이 좋네
아리아리랑 쓰리쓰리랑 아라리가 났네
아―리랑 응응응 아라리가 났네
니가 잘나 천하일색이냐
내눈이 어두와서 환장이로구나
아리아리랑 쓰리쓰리랑 아라리가 났네
아―리랑 응응응 아라리가 났네
꽃은 피어서 화초가 되어도
큰꽃을 맺아줄라고 내가간다
아리아리랑 쓰리쓰리랑 아라리가 났네
아―리랑 응응응 아라리가 났네
○○○○○ 우리네 부모
생각을 할수록 눈에 눈물이로다
아리아리랑 쓰리쓰리랑 아라리가 났네
아―리랑 응응응 아라리가 났네

어릴때 소년들아 백발보고 반절말게

우리도 어지그지 소년이었더니

아리아리랑 쓰리쓰리랑 아라리가 났네

아-리랑 응응응 아라리가 났네

남해금산 박달나무

홍두깨 방망이로 다나간다

아리아리랑 쓰리쓰리랑 아라리가 났네

아-리랑 응응응 아라리가 났네

너냥 나냥

자료코드 : 04_04_FOS_20110122_PKS_SJS_0002
조사장소 : 경상남도 남해군 상주면 상주리 금전마을 금전마을회관
조사일시 : 2011.1.22
조 사 자 : 박경수, 서정매, 황영태, 윤슬기
제 보 자 : 송점순, 여, 78세
구연상황 : 제보자가 노래를 계속 아리랑으로 부르려고 하자 다른 청중이 음을 고쳐 주
　　　　　었다. 그리고 한 소절이 끝나면 노래를 계속 이을 수 있게 조사자가 앞 운을
　　　　　불러 주어서 노래가 끊이지 않고 계속 연결되어 구연되었다.

너냥나~냥 시리둥실~ 놀-고요

낮이낮이나 밤이밤이나 참사랑이로~구나

작년에는 오줌을눈께~ 실실배배~ 했는데

금년에는 오줌을눈께~ 오돌돌돌~ 한다

너냥나~냥 두리둥실~ 놀-아나

낮에낮이나 밤에밤이나 참사랑이로~구나

임이 기러바 운다~

너냥나~냥 두리둥실~ 놀-고요
낮에낮이나 밤에밤이나 참사랑이로~구나

우리집 서방님은 명태잡이로 갔-는데
바람아 강풍아~ 섣달열흘만~ 불어라
너냥나~냥 두리둥실~ 놀-고요
낮에낮이나 밤에밤이나 참사랑이로~구나

아침에 우는새는 배가고파~ 울고요
정밤중 오는손님은 임이 기러바~ 운다
너냥나~냥 두리둥실~ 놀-고요
낮에낮이나 밤에밤이나 참사랑이로~구나

호박은 늙어서 단맛으로~ 묵고요
사람은 늙어서 썰곳이 없네
너냥나~냥 두리둥실~ 놀-고요
낮에낮이나 밤에밤이나 참사랑이로~구나

신작로 복판에 하이야만 놀고요
하이야 안에는 신랑 신부가~ 논다~
너냥나~냥 두리둥실~ 놀-고요
낮에낮이나 밤에밤이나 참사랑이로~구나

도라지타령

자료코드 : 04_04_FOS_20110122_PKS_SJS_0003
조사장소 : 경상남도 남해군 상주면 상주리 금전마을 금전마을회관
조사일시 : 2011.1.22

조 사 자 : 박경수, 서정매, 황영태, 윤슬기

제 보 자 : 송점순, 여, 78세

구연상황 : 제보자가 노래를 시작하자 청중들도 모두 박수를 치며 함께 불러 주었다.

　　　　도라지 도라지 도라~지~

　　　　심심-산천에 백도라지

　　　　도라지 캐러~ 간다~고~

　　　　요리핑계 조리핑계 갔더니

　　　　총각-낭군~ 무덤~에~

　　　　삼오제 지내러갔다네

　　　　에헤이용 어헤이용 어헤이요

　　　　어이여라 난다 지화자자 좋~다

　　　　니가내간장을 스리살살 다녹힌다

　　　　석탄-백탄~ 타는~데~는 연기만 오봉퐁퐁 나는구나

　　　　오내-가슴~ 타는~데~는 연기도 아니나고~ 잘도나탄다

　　　　에헤이용 어헤이용 어헤이요

　　　　어이여라~ 난다 지화자자 좋~다

　　　　니가내간장을 스리살살 다녹힌다

창부타령

자료코드 : 04_04_FOS_20110122_PKS_SJS_0004

조사장소 : 경상남도 남해군 상주면 상주리 금전마을 금전마을회관

조사일시 : 2011.1.22

조 사 자 : 박경수, 서정매, 황영태, 윤슬기

제 보 자 : 송점순, 여, 78세

구연상황 : 다른 청중의 권유로 제보자가 노래를 구연했으나 막상 가사가 기억나지 않자

다시 청중의 도움을 받아 가사를 기억하여 구연해 주었다.

전라도-라~ 동백~섬에

실패겉-은~ 울어매는~ 절편같은~ 나를두고

아~임의정도~ 좋지~만은~ 자석정을~ 떼고가나

아 얼씨구 좋네~ 절씨구 좋네~ 아니-놀고~ 무엇하리

다리 세기 노래

자료코드 : 04_04_FOS_20110122_PKS_SJS_0005
조사장소 : 경상남도 남해군 상주면 상주리 금전마을 금전마을회관
조사일시 : 2011.1.22
조 사 자 : 박경수, 서정매, 황영태, 윤슬기
제 보 자 : 송점순, 여, 78세
구연상황 : 제보자가 구연을 머뭇거리자 다른 청중들이 적극적으로 권유했고 그제서야
자신 있게 불러 주었다.

이거리 저거리 각거리

진주망근 또망근

짝발로~ 히양근

소래줌치~ 소래요

육디육디 전라도

하늘 생기는 제비꽃

똘똘말아 장두칼

창부타령

자료코드 : 04_04_FOS_20110122_PKS_CGS_0001

조사장소 : 경상남도 남해군 상주면 상주리 금전마을 금전마을회관
조사일시 : 2011.1.22
조 사 자 : 박경수, 서정매, 황영태, 윤슬기
제 보 자 : 최금심, 여, 72세
구연상황 : 제보자가 처음에는 다른 제보자들의 노래를 듣고 있다가 분위기가 무르익고
나자 그제서야 노래를 구연해 주었다. 미리 생각하고 있었던 것인지 가사를
길게 몇 곡씩 이어서 불러 주었다.

　　　백설같은 흰나~부는~ 부모님 효성을 입었던가
　　　소복단장~ 곱게나입고~ 양다리밭으로 날아든다
　　　얼씨구 절씨구 절~씨구
　　　아니- 노지는 못하리라

　　　나물-먹고 물많이 시고~ 팔을베고서 누웠으니
　　　대-장-부- 살림~살이~ 요만하면~ 넉넉하리라
　　　얼씨구나 좋네 절~씨고~
　　　아니-아니 놀지는 못하리라

　　　나물-먹고 물많이시고~ 팔을베고서 누웠으니
　　　대-장-부- 살림살이~ 요만하면~ 넉넉하리라
　　　얼씨구~ 절씨구~ 절~씨구나 좋네~
　　　아니아-니 놀지는~ 못하리라

　　　남은 상사~ 올라서니~ 지하문전~ 돌아보니~
　　　수진이 날지니~ 해동하여~ 엇다봐라~ 저종달새~
　　　갈매기는울고~ 수정금불어~ 꾀꼬리는 짝을지어~
　　　이산으로 가면 쏙쏙국 쏙쏙국~ 저산으로 가면 후루루루~ 로록~
　　　둥~실 둥실~ 놀아보세
　　　얼씨구 절씨구 절씨구나 좋네~

아니 아니 놀지는 못하리라

양산도

자료코드 : 04_04_FOS_20110122_PKS_CGS_0002
조사장소 : 경상남도 남해군 상주면 상주리 금전마을 금전마을회관
조사일시 : 2011.1.22
조 사 자 : 박경수, 서정매, 황영태, 윤슬기
제 보 자 : 최금심, 여, 72세
구연상황 : 제보자가 한번 노래를 부르고 나서는 그 뒤부터는 물꼬가 터진 듯이 계속 이어서 구연해 주었다. 양산도가 구연되자 청중들도 신이 나는지 박수를 치며 장단을 맞추었다.

에헤에이요~

놀기 좋기는 사장구 복~밭~

잠자리 좋기는 요이불자~리-

에혀라 놓여라 아니못놓겄네~

능지를하야도 나는못놓으리로구나

에헤~이~요~

무정세월을~ 길고긴가~

구부구부~ 눈물이로구나~

에혀라 놓여라 아니못놓겄네~

능지를하야도 나는못놓으리로구나

고사리 노래

자료코드 : 04_04_FOS_20110122_PKS_CGS_0003

조사장소 : 경상남도 남해군 상주면 상주리 금전마을 금전마을회관
조사일시 : 2011.1.22
조 사 자 : 박경수, 서정매, 황영태, 윤슬기
제 보 자 : 최금심, 여, 72세
구연상황 : 제보자가 노래를 구연할 때 중간에 잘 안 맞는다고 하면서도 노래 가사를 길
게 구연해 주었다.

고사리~ 계초만~ 철찾아났는데~

방금가신~ 울언님은~ 다시올줄 모리더라

비는가서~ 날잊었나~ 나는못가서 못잊었나

사랑은~ 졑에두고~ 실차는~ 장부가 누있겄나

얼씨구-나 가는간장~ 윤무디기 다까진다

얼씨구 절~씨구~ 아니아니 노지는 못하리라

얼씨구 절씨구 절-씨구나~ 좋네 달만뜨면은 단둘이가세

임은가고 봄은오니 나를못잊어 곁에다 두고

사랑은~ 졑에두고~ 임찾는낭군이 다시올줄을 모리더라

얼씨구 절씨구나 좋네~ 아니-노지는 못하리라

나물먹-고 물많이 시고~ 팔을베고 누웠으니

대장부 살림살이 요만하이면 넉넉하리라

얼씨구 절씨구 절~씨구~ 아니-노지는 못하리라

서마지기~ 논배미~ 대반줄 치고야~

고리졸졸~ 씨가졸졸~ 좋~다 잘넘어간다

니가잘나 일색이냐~ 내가못잊어 사랑이로구나

얼씨고나 타는간장 너모리게 다타진다

마당가운데 타는못깨~ 날강같이 타는구나

니가 타맨 나가타고~ 니가타면은 모리것나

길가치 담장아~ 높아야 좋고야~
술집큰애기는~ 곱아야 좋더라~
고사리~ 계초만~ 철찾아나는데~
한번간 울언님은~ 다시올줄 모리더라~

논두름에 깨구리는 뱀의간장을 녹히는데
대-장-부- 살림살이~ 요만하이면 넉넉하리라
얼씨구 절씨구 절~씨구나~ 좋네~
아니 아니 노지는 못하것네

이 노래

자료코드 : 04_04_FOS_20110123_PKS_CDI_0001
조사장소 : 경상남도 남해군 상주면 양아리 대량마을 대량 마을회관
조사일시 : 2011.1.23
조 사 자 : 박경수, 서정매, 황영태, 윤슬기
제 보 자 : 최덕이, 여, 71세
구연상황 : 조사가 무르익을 때쯤 제보자가 노래 한 곡을 불러 주었는데 부끄러워하면서
　　　　　 조용하게 말하듯이 구연해 주었다.

가랑드라 가랑드라
쎄링이 뎃고11) 잘있거라
니는 저바우 기스리 밑에가믄
죽어올란지 살아올란지 모른다

---

11) 데리고

고동 노래

자료코드 : 04_04_FOS_20110123_PKS_CDI_0002

조사장소 : 경상남도 남해군 상주면 양아리 대량마을 대량 마을회관

조사일시 : 2011.1.23

조 사 자 : 박경수, 서정매, 황영태, 윤슬기

제 보 자 : 최덕이, 여, 71세

구연상황 : 제보자는 청중과 얘기하는 도중 고동 노래가 생각났는지 빠르게 구연하고 마
무리 지었다. 가사는 빠르게 진행되었지만 무척 애절한 노래였다.

할매할매 고동주게 청에 있다 까먹어라

이리봐도 홀래고동 저리봐도 홀래고동

울엄매가 살았시면 알고동을 내줄낀데

홀래고동 내준다꼬

해방가

자료코드 : 04_04_MFS_20110123_PKS_KDS_0001
조사장소 : 경상남도 남해군 상주면 양아리 대량마을 대량마을회관
조사일시 : 2011.1.23
조 사 자 : 박경수, 서정매, 황영태, 윤슬기
제 보 자 : 김두심, 여, 84세
구연상황 : 제보자가 노래를 부르자 옆에서 다른 청중이 가사의 앞뒤가 맞지 않다며 방
　　　　　해를 했다. 이에 조사자가 제보자에게 임의대로 편히 노래 부르기를 권유하자
　　　　　제보자는 계속 자기식으로 노래를 불러 주었다.

선물받은~ 손수건이~
눈물닦기에 다젖는다
사랑이 있어사~ 받아주나~
부모가~있어서 씻어주나
그렇다면~ 이렇다면~
이승은 청년이 여붓한데
삼팔선을 문열~어라~
삼대독신 내들어간다
삼대독-신- 내들어오는 볼로
삼팔선~이 문열겄나

진엽보급대 나가실적에
다눈을 뜨고왔는데
사에십팔년
팔월십오일날 해방이되어

이내몸-을- 연락에나싣고~
부산항을 당도하니
꿈에그리던 만세~소리요-
문전~문전은 태극기라
서울이-라~ 넓은마당
삼천만명이 오싰는데
울언~님은 안오시나
은자탄에 맞아죽었는가
외국나라를 유랑갔나
강원도금강산- 비로봉에
평지가되면 오실랑가
무주-금산- 돌부~처가~
말문이터지면 오실랑가
논-산-기러기가
훈련을받으면 오실랑가
병풍안에 기린학이~
두날개털면은 오실랑가
가매솥에 푹삶은개가~
쿵-쿵짖으면 오실랑가
저건네라 죽은남개
잎이나피면은 오실랑가
얼씨구나 타는간장
임의한탄에 철보리되요

각설이타령 / 품바타령

자료코드 : 04_04_MFS_20110123_PKS_KDS_0002
조사장소 : 경상남도 남해군 상주면 양아리 대량마을 대량마을회관
조사일시 : 2011.1.23
조 사 자 : 박경수, 서정매, 황영태, 윤슬기
제 보 자 : 김두심, 여, 84세
구연상황 : 제보자가 혼자 흥얼거리는 것을 조사자가 크게 불러 달라고 부탁을 하자 부끄러워하면서도 재미나게 불러 주었다. 동요처럼 읊는 식으로 4. 4조의 가사체로 불러 주었다.

품아품아 장태롱
니가잘하면 내아들
내가못하면 너거아배
품아품아 잘헌~다
품아품아 장태롱

해방가

자료코드 : 04_04_MFS_20110123_PKS_KBH_0001
조사장소 : 경상남도 남해군 상주면 양아리 대량마을 대량마을회관
조사일시 : 2011.1.23
조 사 자 : 박경수, 서정매, 황영태, 윤슬기
제 보 자 : 김봉현, 남, 89세
구연상황 : 제보자는 앞에 제보한 할머니의 노래가 가사가 잘못된 것이라고 하면서 자신이 다시 해방가 노래를 하겠다고 나섰다. 노래가 끝나고 난 뒤에 제보자는 가사의 뜻도 풀이해 주었다.

징역보급대 나가실적에~
가못오실줄 알았는데
천구백~사십오년~

팔월십오일 해방되어

이몸을 연락에다 신고~

부산항에~ 당도하니

거리거리는 만세소리요

문전문전은 태극기요~

서울이라~ 당도~하니~

삼천명이~ 오싰는데

울언님-은 안오시나

은자탄에~ 맞아죽었는가~

외국나라에 유람갔나~

강원도금강산 유람봉이~

평지가되면은 오실랑가

무주금산 돌부처가~

말문이열리면 오실라요~

논산기러기가~

훈련을-받으면 오실랑가

병풍안에~ 기린학이

두날개피며는 오실랑가

가매솥에 삶은개가 캉

캉짖시면 오실랑가~

저건네라 죽은나무~

잎이피면은 오실랑가

얼씨구나~ 타는간장

임한탄에~ 철골이12)된다~

---

12) 몸이 허약해진다는 말.

해방가

자료코드 : 04_04_MFS_20110122_PKS_SJS_0001
조사장소 : 경상남도 남해군 상주면 상주리 금전마을 금전마을회관
조사일시 : 2011.1.22
조 사 자 : 박경수, 서정매, 황영태, 윤슬기
제 보 자 : 송점순, 여, 78세
구연상황 : 제보자는 해방 노래라면서 불러 주었는데, 노래를 다 부르고는 숨이 차서 가
사를 많이 빼 먹었다고 하면서 아쉬움을 표시하였다. 청중들은 노래를 하는
동안 박수를 치며 장단을 맞추었다.

일천구백사십오년 팔월십오일 해방이 되어

연락선에다~ 이몸을싣고 부산항으로 도착하니

집집마-다 태국-기요~ 골골마-다~ 만세소리

내도련님-은 왜못오나~ 넘우님은~ 다오는데

태백산-이 무너져서 평지가되면~ 오실런가

뒷동산-에 썩어진-밤이~ 새싹이 다시면 오실런가

가매솥-에 앉힌~개가~ 으러렁컹짖으면 오실런가

와왜못오노 왜못오노~ 울언님은 왜못오나

아~얼씨구 좋다- 정말좋다~ 아니놀지는 못하리라

3. 이동면

▌조사마을

경상남도 남해군 이동면 난음리 난양마을

조사일시 : 2011.1.24

조 사 자 : 박경수, 서정매, 황영태, 윤슬기

　난양마을은 문현·난음·장전 마을과 이웃하고 있으며, 조금촌·평지촌·양지촌 주민들이 농사를 지으며 살고 있다. 남해는 충절과 효가 곳곳에 숨 쉬는 고장으로 이름나 있는데, 난양마을도 예외가 아니어서 '유인진양정씨효열비'가 세워져 있다. 진양정씨는 이씨 집안으로 시집을 왔으나 23세 때에 남편을 잃게 되었다. 비록 남편은 일찍 여의었으나 남편에 대한 애틋한 사랑을 담아 1남 1녀의 자식들을 반듯하게 길렀고, 자식들은 효성을 담아 비를 세웠다고 한다. 그러나 현재 비석은 비바람에 많이 부서져있고, 사람들의 관심에도 많이 밀려나 있는 편이다.

　난양마을에는 특히 비자나무가 많은데 남해에서 비자를 보려면 난양마을에 가야 한다는 말이 있을 정도이다. 현재 비자나무 산지 중 120 그루는 보호종으로 지정되어 있다. 비자는 수정과에 두어 개쯤 살짝 띄워 주는 밥알 같은 것으로 구충작용이 뛰어나고 소화 흡수력이 높아 변비가 걸린 여성과 아이들의 구충방지에 좋은 약제이다. 난양마을의 비자당산은 왜구가 쳐들어오자 성을 쌓아 왜구와 전투를 벌이던 성지이도 하다. 그러나 바다와 하천에 둑을 쌓느라 성곽 돌을 빼내어 써 버려서 현재는 성곽 잔재가 50여 미터만 남아 있다. 비자당산은 큰 가뭄이 들 때 돼지를 잡아 제를 올리면 사흘 안에 비가 왔다고 할 정도로 영험한 곳이다. 주민들은 이 비자당을 복원하기 위해 1999년부터 계획을 수립했다고 한다.

　난양마을은 미리 연락을 하지 않고 찾아간 곳이었지만 다행히 마을회관에는 어르신 몇 분들이 앉아 있었다. 다른 마을과는 달리 화투는 치지 않앉고 대부분 텔레비전을 보며 이야기를 나누고 있었다. 어르신들 모두 조사자들을 반갑게 맞아 주었는데 특히 최순악(여, 81세)이 가장 반겨 주었다. 조사자는 준비해 온 과자를 내어주며 설화와 민요의 제보를 부탁하였는데 선뜻 구연에 나서는 이가 없었다. 유일하게 구연에 임해 준 최순악(여, 81세)은 노래는 잘 못한다고 하면서 <강피 훑는 팔자의 부인>, <부암산에서 금산으로 명칭이 바뀌어진 유래> 등의 설화 두 편을 구술해 주었다. 조사는 아쉽게도 10분 이내로 끝이 났다.

난양마을 전경

경상남도 남해군 이동면 난음리 난음마을

조사일시 : 2011.1.25
조 사 자 : 박경수, 서정매, 황영태, 윤슬기

난음마을은 고려시대 중국 어느 명사(名士)가 이곳에 머물러 있을 때 난음마을의 뒷산이 마치 난초꽃처럼 생겼다고 하여 난화산이라 불렀다고 하며, 그 산 밑에 사람이 살고 있다 하여 난음(蘭陰)으로 부르게 되었다고 한다. 마을입구에 들어서면 좌측에 군자정이라는 것이 있는데, 고랑촌의 20여 호 되는 뜸으로서 백이정 정승이 심었다는 정자나무가 있다. 옛날에는 이곳에서 유림들이 강당을 짓고 백정승을 모셨다고 한다. 또한 정유재란의 의병을 이끌고 진도 벽파진까지 나아가 충무공 이순신 장군을 도와 왜적과 싸우다가 순국한 이 고장 출신의 순국선현 난계 이희급 선생을 봉안하고 있다.

난음비자림은 1962년 천연기념물 제149호로 지정되었다가 1971년에 해제되었으나 현재 옛 난음비자당을 복원하기 위해 비자림건립, 진입로개설, 체육공원설치 등을 1999년에 이동면 특수시책으로 추진하였다. 비자당은 난음리 북서쪽에 있는 조그만 야산으로, 여기에 비자나무가 많이 있었는데 주민들의 관심부족으로 나무가 많이 훼손되고 있어 늦게나마 주민들을 위한 휴식 공간과 비자림 복원에 주민 모두가 관심이 집중되고 있는 곳이다.

이외에도 난음리 서쪽의 다리반늘 마을은 다른 곳에 비해 달이 반밖에 떠 있지 않다는 뜻에서 생긴 이름이다.

난음마을에는 미리 연락하지 않고 도착하였는데 모두들 밭에 일하러 나간 터라 사람들이 거의 없었지만 일단 조사경위를 이야기하자 대부분 별로 관심이 없어 보였다. 자기네들이 소리를 잘 해 주면 좋겠는데, 막상 기억을 못한다며 오히려 조사자들에게 미안해하는 분위기였다. 그때 송주성(남, 71세)이 화투패를 정리하고 있던 중에 본인이 하나는 해 줄 수 있다고 하면서 제보자들을 불렀다. 다만 받는 소리가 없으면 노래하기 힘들다고 해서 조사자들이 소리를 받아 부르겠다고 해서 노래를 제보 받을 수 있었다. 예전부터 일하면서 많이 불렀다던 <보리타작 노래>를 구연해 주었다. 설화는 나오지 않고 민요 한 편만 겨우 제보 받았다.

난음마을 전경

경상남도 남해군 이동면 난음리 문현마을

조사일시 : 2011.1.25

조 사 자 : 박경수, 서정매, 황영태, 윤슬기

　문현마을에는 봉곡다리를 건너 농로를 따라 오르면 금산 영봉에서 강진만으로 뻗어 내려간 천황산 줄기인 문고개 새재가 있다. 이는 고려 말 백이정 정승 때 시문에 있던 홍살문으로 통하던 문이 있었다 해서 '문고개'라 부르는 곳이다. 옛날 이곳은 성벽이었고 드나드는 문이 있어 마을 옛이름을 '문곡' 또는 '문고개'로 불렀으나 일제강점기에 '문현(門峴)'으로 고쳤다고 한다. 즉 문고개는 들마을 남쪽에 있는 고개로 문현의 다른 이름이다.

　문곡새재를 넘어서면 시야가 훤히 트이며 전신주들을 따라 넓은 길이 열려있는데 이곳이 바로 이동마을이다. 배산임수(背山臨水)로 마을 뒤로는 야트막한 산을 두르고 마을 앞 작은 내가 흐르고 있다.

저 멀리 강진 바다를 내려다보며 자리 잡은 문현마을은 46호 86명의 주민들이 살고 있다. 갯가가 아니기 때문에 마을에서는 별다른 소득이 없으므로 다 도시로 떠나가 버려서 30~40대가 단 한사람도 없다. 길가에는 사당 같은 돌집이 하나 있는데 마을 사람들은 자식들이 말을 듣지 않을 때면 이 돌집을 보며 "정씨 할머니 흉보겠다." 하고 한다. 정씨 할머니는 1920년대 광두마을에서 이곳 박씨 문중으로 시집을 왔었는데 신혼의 단꿈이 무르익기도 전에 가난을 견디지 못한 남편이 일본으로 떠나 버렸다고 한다. 정씨는 혼자서 날품을 팔고 20여 년 동안 이웃집에서 동냥을 얻어다 시부모를 봉양했다. 이집 저집을 돌며 때꺼리를 얻다 보면 밥때를 넘기기 일쑤였고, 그럴 때면 시부모는 때 늦다고 호통을 내지르기도 했으나 정 할머니는 싫은 내색 한 번 없이 시부모를 정성으로 모셨다고 한다. 이에 남해 향교는 갸륵한 정 할머니의 효심을 기려 상을 내리고 효열비를 세워 마을의 귀감으로 삼도록 했다.

문현마을은 미리 전화를 하지 않고 찾아간 곳이었지만 다행히 마을회관에는 4명의 할머니들이 이야기를 하고 있었다. 조사자들은 과자와 음료를 내어주며 조사에 관한 설명을 하자 흔쾌히 조사에 임해 주었다.

총 3명이 민요와 설화를 구연해 주었는데, 특히 박막순(여, 78세)은 마을회관에서도 알아주는 노래명창이었다. 목청도 좋은 편이었지만, 한번 노래를 부르면 다른 노래를 계속 이어 부를 정도로 기억력도 좋았으며, 노래를 부를 때는 감정을 잘 넣어 불러서 듣는 이로 하여금 감동을 주기도 하였다.

박막순 할머니가 불러준 민요로는 <화투타령>, <시집살이 노래>, <낚시 노래>, <고동 노래>, <창부타령>, <시집살이 노래 / 밭매기 노래>, <사발가>, <산아지타령>, <너냥 나냥>, <다리 세기 노래>, <황새 노래>, <아기 어르는 노래>, <감자 노래>, <잠 노래>, <달타령>, <딱따구리 노래>, <시집살이 노래 / 사촌형 노래> 등 총 21곡을 구연해 주었

다. 이외 박소녀(여, 79세)는 <노랫가락 / 그네 노래>, <꿩 노래>, <양산
도>, <도라지타령> 등 4곡의 민요를 구연해 주었다. 그리고 송삼례(여,
76세)는 <며느리가 시어머니에게 끓여준 지렁이국>와 <상사바위에서 상
사가 든 아가씨를 잡아먹는 뱀> 등 2편의 설화를 구연해 주었다. 아쉽게
도 설화에 대한 구술은 많이 나오지 않았다.

문현마을 전경

경상남도 남해군 이동면 무림리 봉곡마을

조사일시 : 2011.1.25
조 사 자 : 박경수, 서정매, 황영태, 윤슬기

    봉곡마을은 봉암산이 마을을 감싸고 있기 때문에 겨울이 되면 무척 따
뜻하며 부녀자들은 농한기에도 길쌈을 한다. 봉암산 기슭에 들어앉아 있는
봉곡마을 주민들은 법이 없어도 살아갈 수 있는 사람들만 이곳에 살고 있

다고 자랑한다. 마을 뒷산에 봉암산이 있다하여 '봉(鳳)'자, '곡(谷)자'를 사용해 봉곡이라 불렀다고 한다. 마을 입구에는 경주최씨의 열녀비가 서 있다. 이 열녀비는 오랫동안 병석에 누운 남편 진성이씨 한얼을 극진히 보살편 삼동 고잔에서 시집온 경주최씨를 기리는 비로 1950년경에 세워졌다. 현재 손자인 이봉규씨가 할머니의 열녀비를 관리하고 있다.

마을에는 삼베를 매고 있는 부녀자들이 많다. 삼베는 그간 농가의 적지 않은 수입원이었지만 요즘에는 중국산 삼베 때문에 대접을 못 받고 있는 추세이다.

봉곡산의 남쪽 기슭에 있는 빈대절터는 원효대사가 지나간 절터라고 한다. 봉곡 부락의 모퉁이에는 두꺼비 모양의 바위로 있고, 봉곡 부락 한가운데는 뒤주 모양의 바위가 있는데, 이를 보고 두꺼비비령, 두지비령이라고 이름한다.

봉곡마을회관에는 오후 4시 경에 도착하였다. 미리 연락은 하지 않았지만 어르신들이 많이 있었다. 마을회관은 할아버지와 할머니방으로 나뉘어져 있었는데 할아버지는 3명, 할머니는 6명이 계셨다. 모두가 친절하고 인자한 웃음으로 조사자들을 반겨 주었다. 제보자는 총 3명으로 배국향(여, 80세), 김영자(여, 73세), 송순아(여, 76세) 등이며, 아쉽게도 설화는 단 두 편이 구술되었고, 민요는 총 28편이 구연되었다.

배국향(여, 80세)은 <죽을 몰래 먹으려다 낭패 본 시아버지>, <지렁이국으로 시어머니를 봉양한 며느리> 등의 설화 2편과 <진도아리랑>, <창부타령>, <시집살이 노래>, <이구십팔 노래>, <잠아잠아 노래>, <방귀타령>, <너냥 나냥>, <사발가> 등의 민요 10편을 구연해 주었다.

김영자(여, 73세)는 <창부타령>, <강피 훑는 노래>, <너냥 나냥>, <금잔디 노래>, <아기 어르는 노래>, <아기 재우는 노래 / 자장가>, <다리 세기 노래> 등 민요 9편을 구연해 주었고, 송순아(여, 76세)는 <산아지타령>, <창부타령>, <노랫가락 / 그네 노래>, <진도아리랑>, <황

새야 떡새야>, <비 노래>, <모심기 노래> 등 민요 9편을 구연해 주었다.

봉곡마을회관

경상남도 남해군 이동면 무림리 정거마을

조사일시 : 2011.1.24
조 사 자 : 박경수, 서정매, 황영태, 윤슬기

　정거마을은 고려말 난음리에서 태어난 백상당 정승이 행차길에 수레를 멈추고 쉬어 갔다고 해서 붙여진 이름이다. 정거마을은 남면선, 지족선, 미조선 버스가 반드시 거쳐 가는 교통의 요충지인데, 이는 이들 3개면의 생산물들이 대부분 이동장터에서 거래가 이루어졌기 때문에 정거마을이 번창하게 되었다고 한다. 1956년 무림리에서 분동할 때는 130여 세대였으나, 한때 300여 세대로 불어 난 것은 바로 이동장 때문이라고 한다.

　그러나 이동장 외에도 지족장, 남면장이 서게 되고, 진주 · 삼천포를 비

롯한 도회지와의 교통이 원활해지면서 이동장은 점차 쇠락해 갔다. 예전에는 장터가 비좁아서 도로가에서도 농산물 거래가 이루어질 정도였지만 지금은 장터조차 채우지 못할 정도이다. 이에 1995년에는 정부보조사업으로 시장화를 꾀하였지만 메이커를 선호하는 시대적 흐름과 함께 마트·축협·농협 등 대형 매장이 등장하게 되면서 더 어려워지고 있다고 한다. 그렇지만 정거마을의 주민들은 예전의 활발했던 장을 되살리기 위해 고심하고 있다고 한다.

정거마을에 있는 이동면 복지회관

정거리 어귀인 이동초등학교 뒤쪽의 논들은 밤밭들이라 불리는데, 예전에는 이곳이 모두 밭이었다고 한다.

정거 동쪽의 몰방들은 150두락이 예전에 이곳은 말을 키우던 곳이라 하여 '마방들'이라 불리어졌으나 이름이 변형되어 '몰방들'이라 칭해지게 되었다. 이외 정거마을 서쪽에는 접살비렁이라고 불리는 바위가 있다.

정거마을은 미리 전화를 하지 않고 찾았었지만, 다행히 마을복지회관에는 많은 사람들로 가득했다. 할머니들은 젊은 할머니와 나이든 할머니의 두 방으로 나뉘어져 있었는데 젊은 할머니방에는 거의가 화투를 치고 있었고, 나이든 할머니 방에는 대부분 담소를 나누는 분위기였다. 할아버지 방에는 담소를 나누거나 화투를 치고 있었다.

박말례(여, 88세)는 <시집살이 노래 / 사촌형 노래>, <모심기 노래>, <창부타령>, <양산도>, <잠 노래> 등 총 7곡의 노래를 구연해 주었고, 이순순(여, 88세)은 <지렁이국으로 시아버지를 봉양한 며느리> 한 편을 구술해 주었다. 많은 인원에 비해 제보는 매우 적은 편으로 설화 1편과 민요 7편 정도이다.

경상남도 남해군 이동면 신전리 신전마을

조사일시 : 2011.1.24
조 사 자 : 박경수, 서정매, 황영태, 윤슬기

신전마을은 마을 앞에 바다가 펼쳐져 있고, 마을 안쪽에는 논밭이 일구어져서 밭에 작은 나무숲이 있었다하여 '신전'으로 불렸다고 한다. 신전마을에서는 갯바람을 막아 주는 방풍림이 매우 일품으로, 1만 여 평에 상수리나무가 울창한 신전숲은 주민들의 휴식의 쉼터인 동시에 꿈의 동산이다. 그러나 반공 이데올로기가 극성을 부리던 1972년에 전투경찰이 신전 숲에 주둔함으로서 숲은 수난을 당하게 되었다. 이에 신전 숲을 되찾기 위해 신전, 용소, 화계, 금평, 원천, 마을주민들의 서명운동을 펼쳐 국방부에 군부대 이전건의서를 한 바가 있고 남해군과 남해군의회에서도 계속 이전을 추진하고 있다.

신전마을에는 이장과 미리 통화를 하였는데, 마을에 이름난 소리꾼이 있다고 하여 직접 댁으로 찾아간 터였다. 그런데 제보자에게 직접 전화를 하자 찾아오지 마라며 무척 부담스러워하였지만 막상 찾아뵈니 오히려 반갑고 따뜻하게 조사자들을 맞아 주었다.

신전마을 전경

제보자 김봉진(남, 86세)는 부인 없이 혼자 사는데도 정리가 매우 잘 되어 있었다. 또 집안이 요모조모 잘 꾸며져 있어서 깔끔하고 섬세한 제보자의 성품이 엿보였다. 다만 이가 좋지 않아서 음식을 부드러운 것만 먹어야 하는 상황이어서 그 모습이 조금 안쓰럽기도 했다.

제보자는 자신이 스스로가 <상여 소리>를 잘한다고 자랑을 할 정도였는데, 노래를 청하자 대뜸 북과 요령을 꺼내어 직접 반주 가락을 치면서 노래를 구연해 주었다. 매우 긴 가사임에도 노래가 흐트러짐이 없었고 가사도 상황에 따라 만들어 내는 등 기억력과 순발력이 매우 좋은 편이었다.

스스로는 목소리가 많이 안 좋아졌다고 하였지만, 듣기에는 구척 구성지고 노래에 기교가 있는 편이어서 과연 예전에 앞소리를 많이 불러 본 솜씨임을 단번에 알 수 있었다. 몸이 좋지 않음에도 불구하고 성심껏 적극적으로 구연을 해 주어서 무척 고마운 마음이었다.

김봉진(남, 86세)은 민요 8편을 구연해 주었는데, 제공한 노래는 거의가 메기고 받는 소리였다. 따라서 제보자가 노래를 부를 때마다 조사자들이 받는 소리를 부르면서 노래가 잘 구연될 수 있도록 맞추어 주었다. 제보자는 상여가 운구되는 상황에 따라 여러 <상여소리>를 불러 주었고, 이외 <농부가>, <망깨소리>, <성주풀이>, <쾌지나 칭칭나네>, <각설이타령> 등을 가창했다. 노래는 대부분 긴 소리로 이루어졌고, 노래를 부르면서도 설명까지 해 주는 등 조사에 매우 적극적으로 임해 주었다. 조사 시간은 2시간 정도 걸렸다.

경상남도 남해군 이동면 용소리 용소마을

조사일시 : 2011.1.26
조 사 자 : 박경수, 서정매, 황영태, 윤슬기

용소마을은 용소라는 못 이름에서 유래된다. 용소마을 위에 용문사 계곡이 있는데, 그 계곡을 따라 1km쯤 내려간 신작로 밑에 폭포가 떨어지는데 그곳이 바로 용소이다. 부락 위에 위치한 '용소'에서는 옛날 이무기(龍)이 나타났다고 하여 '용소'라고 불리게 되었다 한다. 그러나 문헌으로는 찾아볼 수 없다.

용소 부락에서 남면 쪽으로 조금 떨어진 곳인 질마재는 옛날 어떤 도사가 이곳을 지나면서 마을터가 좋다고 한 뒤부터 사람이 살기 시작하였다고 하며, 지금까지 아직 한 번도 큰 화가 없었다고 한다. 질마재 마을입구에는 큰 나무가 있는데 여름이면 잎이 무성하고 시원해서 마을 사람들이 즐겨 찾는 곳이기도 한다.

마을에 들어서면 화단이 잘 정돈되어 있는데 이 마을은 1998년도에 새마을활력화 평가에서 최우수마을로 선정이 되면서 마을공동창고 및 간이 오수처리시설 등의 많은 사업을 하게 되면서 아름답게 가꾸어지게 되었다고 한다.

마을 위에는 용문사라는 큰 절이 있는데, 용문사는 남해를 대표하는 사찰지로, 신라 신문왕 6년에 원효대사가 금산에 보광사를 세우고 절이 융성해지자 보광사 근처에도 많은 사찰이 들어서게 되었다고 한다. 정확한 연대는 알 수 없으나 용문사도 이러한 환경의 조류 속에서 세워진 것으로 알려져 있다. 이리하여 절이 융성해지자 승려 백월당이 보광사를 이 자리로 옮겼는데, 사찰입구의 용연 위에 위치한다 하여 '용문사'로 이름을 개칭하였고 대웅전과 봉루 등도 이전 건축하면서 현재의 웅장한 사찰을 이루게 되었다.

용소마을은 미리 연락을 하지 않고 찾아간 터였지만, 오전 11시 경 용문사 절 아래를 지나가던 중에 지나가던 할머니께 길을 묻던 중에 마침 어제 시금치 작업을 끝낸 터여서 오늘 하루 쉬는 날이라는 정보를 듣게 되었다. 이후 조사를 온 이유를 설명하고 근처 박종섭 씨 댁에 몇몇 모여서 조사를 하게 되었다. 마을에서 세 명이 모였는데 불을 때는 작은 방에 이불을 덮고 둥글게 앉아서 조사가 시작되었다.

김숭여(여, 79세), 정정애(여, 85세), 김옥련(여, 77세) 등의 3명에 제보해 주었는데 민요 18편과 설화 4편 정도가 제보되었다. 이 중 김숭여는 설화 3편과 민요 15편 등 가장 많은 제보를 해 주었다.

김숭여(여, 79세)가 구술해 준 설화로는 <움직이는 도깨비불>, <지렁이국으로 시어머니를 봉양한 며느리>, <매미가 된 강피 훑던 부인> 등의 3편이며, 구연해 준 민요는 <시집살이 노래 / 사촌형 노래>, <파랑새 노래>, <잠 노래>, <창부타령>, <양산도>, <꿩 노래>, <풀국새 노래>,

<진주난봉가>, <비 노래>, <황새 노래>, <산아지타령>, <노랫가락 / 그네 노래>, <화투타령> 등이다. 이외 정정애(여, 85세)는 <다리 세기 노래> 한 곡을 구연해 주었고, 김옥련(여, 77세)은 <귀신과 함께 밤길을 걸은 친정아버지>의 설화 한 편과 <창부타령> 두 곡을 구연해 주었다.

용소마을 전경

경상남도 남해군 이동면 초음리 초양마을

조사일시 : 2011.1.25
조 사 자 : 박경수, 서정매, 황영태, 윤슬기

이동면 초양마을은 외진 곳에 위치하고 있어서 웬만한 이들은 알기 어렵다. 이동 쪽에서 가려면 고모마을 가는 길로 들어서 광두마을을 지나면 달구산 아래 있는 촌락으로 총 92호, 215명이 살고 있다. 읍에서는 토촌마을로 내려가 섬호마을을 지나면 된다.

초양마을 남서쪽에는 닭볏과 같이 생긴 바위가 있어서 이름 지어진 달구산이 있는데 월구산으로 불리기도 한다. 또 초양마을 뒤편에는 아주 낮은 등이 있어서 초양을 '숨은등'이라 부르기도 한다. 초양마을 앞에 있는 큰 들판은 장평들이라고 하며, 초양의 남서쪽에는 샘이 하나 있는데 그 샘을 '저개세미'라고도 부른다. 이외에도 마을 바로 앞에 마을 동제를 모시는 돌무덤이 있는데, 이를 '밥무덤'이라 한다. 그리고 초양마을 북쪽에는 강진바다가 있다.

초양마을 전경

초양마을의 청년들은 자체 기금으로 매주 주민들의 여름철 건강을 위해 방역을 하고 있다. 길흉사 궂은일은 대부분 마을청년회에서 담당하는데, 회원들 45명이 돌아가면서 하는 방역은 읍이나 다른 면에 살고 있는 청년들도 기꺼이 동참하고 있다. 비록 자신들이 사는 곳은 아니지만 '부모님들이 사는 곳'이라는 마음으로 열성적으로 참여한다고 한다. 이런 청년들의 열성적인 활동은 주민들의 배려에서 이루어진 것이라고 한다. 즉 10여 년 전 주민들은 1종 공동어장 일부를 청년회 몫으로 돌렸기 때문이다. 종패를 넣었으나 거의 수확이 없던 지선은 청년회원들이 종모용 바지락을 양식하자 수확이 높아졌고, 이 수확금은 청년회 활동기금이 되면서 복지센터를 세울 땅까지 마련하는 밑천이 되었다.

부녀회의 활동도 이에 못지않게 열성적이다. 매월 폐품 분리수거와 함께 길흉사에는 청년회와 잡일을 도맡아 하기 때문이다. 이런 활동으로 청년회와 부녀회에서는 매년 기금을 마련하여 경로잔치를 열고 있고, 생활이 곤란한 가정을 돕기도 한다. 지난 2월에도 혼자 사는 노인에게 20만원의 생활비를 지원했다.

초양마을의 특산물은 석화, 바지락, 피조개이며, 노인들만 있는 34호를 제외하고는 주민 대개가 20헥타의 1종지선에 공동으로 투자한다. 작업선 임대료와 인건비 등에 지출되는 2000여 만원을 제하고도 3억여 원까지 수익을 올려 농사보다 높은 소득을 올린 적도 있었으나 갈수록 수확이 떨어져 최근에는 주민들의 심사가 편치 않다.

초양마을 주민들은 몇 해 전 바닷가에 느티나무를 사다 심었는데, 이 나무들이 아름드리로 자라 숲을 이루면 관광객들의 쉼터로 이용하고 또 갯벌에서 바지락을 캐는 생태관광지로 만들 계획이다.

초양마을에는 소리를 잘 하는 어르신이 있다는 제보를 미리 받은 터였다. 제보자에게 미리 전화를 해서 다음날 아침 8시 반에 만나기로 약속을 한 터였다. 그런데 막상 아침 8시 반에 도착하자 의외로 왜 이렇게 일찍 왔냐며 아침은 먹었는지 물어보기도 하였다. 아직 아침을 들고 있는 중이니, 좀 기다리라고 하고는 식사를 마치고 차를 한 잔 하고서야 조사가 시작되었다. 조사하기 전에 본인의 소개를 먼저 해 주었는데, 상여 소리로 이미 신문에도 난 적이 있다며 스크랩한 신문기사를 자랑스럽게 보여 주기도 하였다. 기골이 장대하고, 목소리도 우렁차고 커며, 잘 생긴 얼굴을 하고 있는 김봉원은 입담도 좋은 편이어서 이야기도 잘하는 편이었다. 최근 이순신 장군의 운구행렬에서 대표로 뽑혀서 상여 소리 앞소리를 한 바가 있어서 제보는 주로 상여 소리 위주로 구연이 되었다. 김봉원은 자기가 앞소리를 하면 조사자들이 뒷소리를 받아 부를 수 있도록 조사자들에게 미리 소리를 가르쳐 준 뒤에 구연을 시작하였다.

제공한 노래는 총 13곡으로 <이순신 장군 운구 소리>, <상여소리>, <노랫가락>, <창부타령>, <아기 재우는 노래 / 자장가>, <혼인 노래>, <해방가>, <칭칭이 소리> 등을 구연해 주었다. 특히 상여 소리는 상황에 따라 다양한 종류로 구연해 주었다.

김봉원, 남, 1940년생

주 소 지 : 경상남도 남해군 이동면 초음리 초양마을
제보일시 : 2011.1.25
조 사 자 : 박경수, 서정매, 황영태, 윤슬기

김봉원은 1940년 경진생이고 용띠로 경상
남도 남해군 상주면 양아리 대량마을에서
외동으로 태어났다. 올해 71세로 본관은 김
해이다. 27살 때 부인 김영순(현재 69세)과
결혼하여 슬하에 1남 3녀를 두었다.

초등학교를 졸업하였으며, 예전에 가수로
생활했다. 이런 경험으로 작년 12월 16일 이
순신 장군 운구행렬에서 4시간이 넘는 시간
동안 상여 소리의 앞소리를 맡았다고 한다.

제보자는 스스로 초성이 좋고 목청도 좋다고 자신하면서 젊었을 때부터
상여 소리로 돈을 많이 벌었다고 했다.

지난 30년간 남해 일대를 돌아다니면서 상황에 맞게 순발력 있게 상여
소리의 가사를 만들어 내며 앞소리를 불렀다고 한다. 말투가 빠른 편이고
목소리도 조금 갈라지지만 조리 있게 말을 잘하고 기억력도 매우 좋은 편
이다. 특히 노래에는 감동이 꼭 필요하다며 가사의 내용에 맞게 감정을 실
어서 불러 주었다. 또 노래를 부르면서도 중간 중간에 한자어가 나오거나
사투리가 나오면 어떤 뜻인지 설명을 하면서 노래를 구연해 주었다.

제보자가 불러준 곡은 총 13곡이며, 대부분 메기고 받는소리로 된 일노
래 위주였는데, 조사자들에게 받는소리를 가르쳐 주고는 자기가 앞소리를

하며 소리를 받아 불러 달라고 요청을 하는 등 매우 적극적으로 구연에 임해 주었다.

제공 자료 목록

04_04_FOS_20110125_PKS_KBW_0001 상여소리 (1) / 이순신 장군 운구 소리

04_04_FOS_20110125_PKS_KBW_0002 상여소리 (2)

04_04_FOS_20110125_PKS_KBW_0003 상여소리 (3) / 관음보살 소리

04_04_FOS_20110125_PKS_KBW_0004 상여소리 (4)

04_04_FOS_20110125_PKS_KBW_0005 상여소리 (5)

04_04_FOS_20110125_PKS_KBW_0006 창부타령

04_04_FOS_20110125_PKS_KBW_0007 노랫가락

04_04_FOS_20110125_PKS_KBW_0008 아기 달래는 노래

04_04_FOS_20110125_PKS_KBW_0009 혼인 노래

04_04_FOS_20110125_PKS_KBW_0010 상여소리 (6) / 상여가 언덕을 오를 때

04_04_FOS_20110125_PKS_KBW_0011 칭칭이소리

04_04_MFS_20110125_PKS_KBW_0001 해방가 (1)

04_04_MFS_20110125_PKS_KBW_0002 해방가 (2)

김봉진, 남, 1925년생

주 소 지 : 경상남도 남해군 이동면 신전리 신전마을

제보일시 : 2011.1.24

조 사 자 : 박경수, 서정매, 황영태, 윤슬기

김봉진은 1925년 을축생이고 소띠로 경상남도 남해군 이동면 용소리 용소마을에서 3남 2녀 중 넷째로 태어났다. 올해 86세이며 본관은 김해이다. 24살 때 결혼하였으나 21년 전에 아내가 먼저 세상을 떠났다. 슬하에 4형제를 두었는데 모두 부산에 거주하고 있으며, 큰아들은 세상을 먼저 떠났다. 옛날에 이발소를 운영하였으며, 객지를 돌아다니다가 20년 전에 신전마을로 들어왔다. 한국전쟁 참전 유공자이다. 부인 없이 혼자 생활하고 있어서 노인돌봄이가 정기적으로 찾아와서 도와주곤 한다.

제보자는 혼자 사는 데도 정리정돈이 매
우 잘 되어 있었고, 성격도 무척 꼼꼼한 편
이었다. 기억력이 굉장히 좋은 편이어서 긴
가사도 거의 헷갈림이 없이 감정까지 넣어
서 잘 불러 주었다. 스스로는 목소리가 많이
안 좋아졌다고 하였지만, 예전에 앞소리를
많이 불러서인지 노래를 즐기면서 구연해
주었다. 노래를 할 때에는 북과 요령까지 준

비해서 노래에 맞게 반주를 하였고, 메기고 받는소리로 된 긴 노래 위주로
구연하였다.

구연해준 노래는 총 8곡으로, 이 중 특히 상여 소리는 느린 노래와 빠른
노래 모두를 구연해 주었다. 제공된 노래는 모두 젊었을 때부터 일하면서
불러 왔던 것이라고 한다.

제공 자료 목록

04_04_FOS_20110124_PKS_KBJ_0001 상여소리 (1)

04_04_FOS_20110124_PKS_KBJ_0002 농부가

04_04_FOS_20110124_PKS_KBJ_0003 상여소리 (2) / 비탈진 곳을 올라갈 때

04_04_FOS_20110124_PKS_KBJ_0004 상여소리 (3) / 상여를 들고 집에서 나올 때

04_04_FOS_20110124_PKS_KBJ_0005 망깨 소리

04_04_FOS_20110124_PKS_KBJ_0006 성주풀이

04_04_FOS_20110124_PKS_KBJ_0007 쾌지나 칭칭나네

04_04_MFS_20110124_PKS_KBJ_0001 각설이타령

김숭여, 여, 1932년생

주 소 지 : 경상남도 남해군 이동면 용소리 용소마을

제보일시 : 2011.1.26

조 사 자 : 박경수, 서정매, 황영태, 윤슬기

김숭여는 1932년 임신생이고 원숭이띠로
남해군 남면 우영마을에서 1남 2녀 중 장녀
로 태어났다. 올해 79세로 본관은 김해이며
종교는 불교이다. 16세 때까지 남해군 남면
우영마을에서 살다가 남편 박종선(올해 88
세)을 만나 이동면 용소마을로 시집을 오게
되면서 현재까지 65년째 거주하고 있다. 자
녀는 3남 1녀로 아들은 서울, 딸은 마산에서
거주하고 있다. 남편과 함께 벼농사를 지으며 살았는데, 지금은 시금치 밭
에서 일을 하며 생계를 이어가고 있다. 일본 소학교를 4년간 다닌 바가 있
다. 현재 남편은 한쪽 눈이 실명된 상태이며 다리 수술도 한 바가 있어 몸
도 좋지가 않은 편이다.

박종섭 씨 댁에서 모두 모여 조사가 시작되었는데, 전날에 시금치 밭에
서 시금치를 많이 딴 터라 조사하러 간 당일엔 마침 쉬는 하루여서 시간이
많이 나게 되었다며 흔쾌히 구연에 임해 주었다.

기억력이 좋은 데다 발음도 좋고 목청이 큰 편이었다. 기억을 최대한 되
살리면서 노래를 불러 주었는데, 구연을 하다가도 마음에 들지 않으면 다
시 불러 주기도 하였다.

15곡의 민요와 설화 3편을 구술해 주었다. 모두 귀동냥으로 듣고 배운
노래와 이야기라고 한다.

제공 자료 목록
04_04_FOT_20110126_PKS_KSY_0001 움직이는 도깨비불
04_04_FOT_20110126_PKS_KSY_0002 지렁이국으로 시어머니를 봉양한 며느리
04_04_FOT_20110126_PKS_KSY_0003 매미가 된 강피 훑던 부인
04_04_FOS_20110126_PKS_KSY_0001 시집살이 노래 (1) / 사촌형 노래
04_04_FOS_20110126_PKS_KSY_0002 파랑새 노래
04_04_FOS_20110126_PKS_KSY_0003 잠 노래

04_04_FOS_20110126_PKS_KSY_0004 창부타령

04_04_FOS_20110126_PKS_KSY_0005 양산도

04_04_FOS_20110126_PKS_KSY_0006 꿩 노래

04_04_FOS_20110126_PKS_KSY_0007 풀국새 노래

04_04_FOS_20110126_PKS_KSY_0008 진주난봉가

04_04_FOS_20110126_PKS_KSY_0009 시집살이 노래 (2) / 사촌형 노래

04_04_FOS_20110126_PKS_KSY_0010 비 노래

04_04_FOS_20110126_PKS_KSY_0011 황새 노래

04_04_FOS_20110126_PKS_KSY_0012 산아지타령 (1)

04_04_FOS_20110126_PKS_KSY_0013 노랫가락 / 그네 노래

04_04_FOS_20110126_PKS_KSY_0014 화투타령

04_04_FOS_20110126_PKS_KSY_0015 산아지타령 (2)

김영자, 여, 1938년생

주 소 지 : 경상남도 남해군 이동면 무림리 봉곡마을

제보일시 : 2011.1.25

조 사 자 : 박경수, 서정매, 황영태, 윤슬기

김영자는 1938년 무인생이고 범띠로 합천군 창덕면 삼학리에서 태어났다. 올해 73세이며 학산댁이라 불린다. 20세 때 6살 연상인 남편 방동순을 만나 결혼하여 지금까지 함께 살고 있다. 한국전쟁 때에 피난을 가게 되어 골짜기를 넘나들기도 하고 산속의 굴에서도 살았을 정도로 모진 고난을 겪었다. 전쟁이 끝나고 난 뒤에는 농사를 짓지 않으려고 35세에 부산으로 이사를 갔다가 나이가 들어가 다시 봉곡마을로 들어왔다고 한다.

경상도 말씨를 쓰고 있으며 카랑카랑한 목소리로 쾌활한 분위기를 이끌

어내는 편이었다. 다른 제보자들에 비해 자신감이 있고 목소리에 무게감도 있었다. 제보자가 노래를 부를 때는 다른 청중이 끼어들기도 하고, 제보자가 부른 노래를 다른 청중이 이어서 덧붙이는 편이었다.

민요 9곡을 구연해 주었는데, 대부분 고향에서 귀동냥으로 배운 것이라고 한다.

제공 자료 목록
04_04_FOS_20110125_PKS_KYG_0001 창부타령 (1)
04_04_FOS_20110125_PKS_KYG_0002 강피 훑는 노래
04_04_FOS_20110125_PKS_KYG_0003 창부타령 (2)
04_04_FOS_20110125_PKS_KYG_0004 너냥 나냥
04_04_FOS_20110125_PKS_KYG_0005 금잔디 노래
04_04_FOS_20110125_PKS_KYG_0006 아기 어르는 노래
04_04_FOS_20110125_PKS_KYG_0007 아기 재우는 노래 (1) / 자장가
04_04_FOS_20110125_PKS_KYG_0008 다리 세기 노래
04_04_FOS_20110125_PKS_KYG_0009 아기 재우는 노래 (2) / 자장가

김옥련, 여, 1934년생

주 소 지 : 경상남도 남해군 이동면 용소리 용소마을
제보일시 : 2011.1.26
조 사 자 : 박경수, 서정매, 황영태, 윤슬기

김옥련(金玉蓮)은 1934년 갑술생이고 개띠로 경상남도 남해군 남면 석교리 석교마을에서 6남매 중 둘째딸로 태어났다. 올해 나이는 77세로 본관은 김해이며 의권엄마로 불린다.

남편은 5살 연상으로 올해 83세이다. 주로 남편과 함께 마늘농사와 시금치, 벼농사

를 하면서 살아왔다. 슬하에 자녀는 2남 2녀이고 모두 외지에서 살고 있다. 학교는 다닌 바가 없으며, 종교는 불교이다.

성격이 좋은 편이어서 묻는 질문에 모두 답을 해 주는 등 제보자들의 질문에 성의껏 임해 주었다. 허리가 별로 좋지 않아서 원래보다 키가 더 작아졌다고 한다. 그러나 목청이나 기운은 무척 좋은 편이다.

친정아버지에게서 들었던 귀신 이야기 한 편과 창부타령 두 편을 구연해 주었다.

제공 자료 목록
04_04_FOT_20110126_PKS_KOR_0001 귀신과 함께 걸은 사람
04_04_FOS_20110126_PKS_KOR_0001 창부타령(1)
04_04_FOS_20110126_PKS_KOR_0002 창부타령(2)

박말순, 여, 1933년생

주 소 지 : 경상남도 남해군 이동면 난음리 문현마을
제보일시 : 2011.1.25
조 사 자 : 박경수, 서정매, 황영태, 윤슬기

박막순(朴莫順)은 1933년 계유생이고 닭띠로 경남 남해군 삼동면 봉화리 봉화마을에서 2남 2녀 중 막내로 태어났다. 올해 78세이며 본관은 밀양이다. 18세에 이동면 문현마을에 시집을 와서 지금까지 문현마을에서 살고 있다. 슬하에 2남 3녀를 두었으며 모두 외지에서 살고 있고, 남편은 7년 전에 작고하여 지금은 홀로 거주하고 있다. 학교는 다닌 바가 없으며 종교는 불교이다.

기억력이 무척 좋은 편으로 마을회관에서도 알아주는 노래명창이었다.

한번 노래를 부르면 다른 노래를 계속 이어 부를 정도로 기억력도 좋고 목청도 좋았다. 또한 노래를 부를 때는 감정까지 잘 넣어서 듣는 이로 하여금 감동을 주었고, 노래를 부를 때마다 청중들에게 박수를 받았다.

총 21곡의 민요를 구연해 주었는데, 모두 어렸을 때 또는 일하면서 듣고 배운 노래라고 한다.

제공 자료 목록
04_04_FOS_20110125_PKS_PMS_0001 화투타령
04_04_FOS_20110125_PKS_PMS_0002 시집살이 노래
04_04_FOS_20110125_PKS_PMS_0003 낚시 노래
04_04_FOS_20110125_PKS_PMS_0004 고동 노래
04_04_FOS_20110125_PKS_PMS_0005 창부타령 (1)
04_04_FOS_20110125_PKS_PMS_0006 창부타령 (2)
04_04_FOS_20110125_PKS_PMS_0007 시집살이 노래 / 밭매기 노래
04_04_FOS_20110125_PKS_PMS_0008 창부타령 (3)
04_04_FOS_20110125_PKS_PMS_0009 사발가
04_04_FOS_20110125_PKS_PMS_0010 산아지타령
04_04_FOS_20110125_PKS_PMS_0011 창부타령 (4)
04_04_FOS_20110125_PKS_PMS_0012 너냥 나냥
04_04_FOS_20110125_PKS_PMS_0013 다리 세기 노래
04_04_FOS_20110125_PKS_PMS_0014 황새 노래
04_04_FOS_20110125_PKS_PMS_0015 아기 어르는 노래
04_04_FOS_20110125_PKS_PMS_0016 감자 노래
04_04_FOS_20110125_PKS_PMS_0017 창부타령 (5)
04_04_FOS_20110125_PKS_PMS_0018 잠아잠아 노래
04_04_FOS_20110125_PKS_PMS_0019 달타령
04_04_FOS_20110125_PKS_PMS_0020 딱따구리 노래
04_04_FOS_20110125_PKS_PMS_0021 시집살이 노래 / 사촌형 노래

박말례, 여, 1923년생
주 소 지 : 경상남도 남해군 이동면 무림리 정거마을

제보일시 : 2011.1.24
조 사 자 : 박경수, 서정매, 황영태, 윤슬기

박말례(朴末禮)는 1923년 계해생이고 돼
지띠로 남해군 이동면 강두마을에서 6남 2
녀 중 넷째로 태어났다. 올해 88세로 본관은
밀양이다. 17세에 4살 연상인 남편과 결혼하
여 이동면 양아리에서 43세까지 거주하다가
현재는 무림리 정거마을로 이사 와서 살고
있다. 슬하에 2남 3녀를 두었으며 지금은 모
두 외지에서 살고 있다. 남편은 나이 78세에

작고하여 지금은 홀로 살고 있으며, 현재 중국집을 운영하고 있다. 야학을
3년간 다닌 바가 있다.

목청이 큰 편이고 말이 조금 빠른 편이지만, 발음이 좋고 기억력도 좋은
편이어서 한번 노래를 시작하자 연속으로 기억나는 노래를 구연해 주었다.

총 7곡의 민요를 구연해 주었는데, 모두 귀동냥으로 듣고 배운 것이라고
한다.

제공 자료 목록

04_04_FOS_20110124_PKS_PMR_0001 시집살이 노래 / 사촌형 노래

04_04_FOS_20110124_PKS_PMR_0002 모심기 노래 (1)

04_04_FOS_20110124_PKS_PMR_0003 창부타령

04_04_FOS_20110124_PKS_PMR_0004 회심곡

04_04_FOS_20110124_PKS_PMR_0005 양산도

04_04_FOS_20110124_PKS_PMR_0006 모심기 노래 (2)

04_04_FOS_20110124_PKS_PMR_0007 잠 노래

박소녀, 여, 1932년생

주 소 지 : 경상남도 남해군 이동면 난음리 문현마을
제보일시 : 2011.1.25
조 사 자 : 박경수, 서정매, 황영태, 윤슬기

　박소녀는 1932년 임신생이고 원숭이띠로
올해 79세이며, 남해군 창선면 장포마을에서
1남 3년 중 막내로 태어났다. 19세에 남편과
결혼한 후 지금까지 문현마을에서 살고 있
다. 본관은 밀양이며 마을에서는 '진한이 저
거어매'라고 불린다. 슬하에 5형제를 두었으
며, 자녀들은 서울과 부산 등지에서 살고 있
다. 남편은 3년 전에 작고하여 지금은 홀로
살고 있다. 논농사와 보리농사로 생계를 이어 왔으나 지금은 나이가 많아
일을 쉬고 있다. 학교는 다닌 바가 없으며 종교는 기독교이다.

　허리와 어깨가 아픈 편이고, 넘어져서 다리를 다친 적이 있어서 병원에
입원을 하기도 했었다. 성격이 활달한 편인데다 기억력이 좋아서 다른 제
보자가 노래를 부르면 옆에서 가사를 알려주기도 하였다. 이야기를 잘 경
청하는 편이며, 대답도 잘 해주고 목청도 좋은 편이다.

　총 4편의 민요를 구연해 주었는데, 모두 일하면서 듣고 배운 노래라고
한다.

제공 자료 목록
04_04_FOS_20110125_PKS_PSN_0001 노랫가락 / 그네 노래
04_04_FOS_20110125_PKS_PSN_0002 꿩 노래
04_04_FOS_20110125_PKS_PSN_0003 양산도
04_04_FOS_20110125_PKS_PSN_0004 도라지타령

배국향, 여, 1931년생

주 소 지 : 경상남도 남해군 이동면 무림리 봉곡마을
제보일시 : 2011.1.25
조 사 자 : 박경수, 서정매, 황영태, 윤슬기

배국향은 1931년 신미생이고 양띠로 남해
군 창선면 수산리 수산마을에서 3남 2녀 중
둘째로 태어났다. 본관은 분성이며, 올해 80
세로 집에서는 석녀라고 불린다. 20세에 남
편과 결혼하여 이동면 무림리 봉곡마을에서
지금까지 살고 있다. 슬하에 2남 3녀를 두었
는데 자녀들은 울산과 부산, 서울 등지에서
살고 있다. 30년 전 제보자가 46세 때에 남
편이 작고하여 지금은 혼자 거주하고 있다.

초등학교를 졸업하였고 종교는 불교이다. 주로 벼농사, 보리농사, 마늘
농사에 종사하며 생계를 이어 왔다.

목청이 좋고 발음도 좋은 편이지만 간간히 목에 가래가 살짝 낀 듯한
소리를 내기도 하였다. 조사에 임할 때는 이런 기회가 아니면 또 언제 노
래를 부르겠느냐면서 흔쾌히 조사에 임하여 노래를 불러 주었다. 또한 조
사자가 묻는 질문에도 빠짐없이 답을 하거나 설명을 해 주기도 하였다.

설화 2편과 민요 10편을 구연해 주었는데, 모두 일하면서 배우거나 귀
동냥으로 들어서 알게 된 것이라고 한다.

제공 자료 목록

04_04_FOT_20110125_PKS_BKH_0001 죽을 몰래 먹으려다 낭패 본 시아버지
04_04_FOT_20110125_PKS_BKH_0002 지렁이국으로 시어머니를 봉양한 며느리
04_04_FOS_20110125_PKS_BKH_0001 진도아리랑
04_04_FOS_20110125_PKS_BKH_0002 창부타령 (1)

04_04_FOS_20110125_PKS_BKH_0003 시집살이 노래

04_04_FOS_20110125_PKS_BKH_0004 창부타령 (2)

04_04_FOS_20110125_PKS_BKH_0005 잠 노래

04_04_FOS_20110125_PKS_BKH_0006 방귀 노래

04_04_FOS_20110125_PKS_BKH_0007 창부타령 (3)

04_04_FOS_20110125_PKS_BKH_0008 너냥 나냥

04_04_FOS_20110125_PKS_BKH_0009 사발가

04_04_MFS_20110125_PKS_BKH_0001 이구십팔 노래

송삼례, 여, 1935년생

주 소 지 : 경상남도 남해군 이동면 난음리 문현마을

제보일시 : 2011.1.25

조 사 자 : 박경수, 서정매, 황영태, 윤슬기

송삼례는 1935년 생으로 경남 남해군 이동면 난음리 난음마을에서 1남 5녀 중 셋째로 태어났다. 올해 나이 76세로 본관은 언진이며, 동인엄마라는 택호로 불린다. 18세가 되던 해에 남편을 만나 결혼하여 문현마을에 지금까지 살고 있다. 슬하에 4형제를 두었는데 3명을 부산에서 거주하고 한 명은 서울에 살고 있다. 남편은 15년 전에 작고하여 지금은 홀로 살고 있다. 과거에는 벼농사를 지었는데, 지금은 주로 돈을 빌려주고 받는 것으로 생계를 유지해 왔다. 초등학교를 1학년까지 다녔으며, 종교는 기독교이다. 예전에 두 다리에 무릎수술을 받은 바가 있다.

성격이 시원시원한 편이어서 기분 좋게 선뜻 구연에 임해 주었고, 다른 분들과 서로 이야기를 미리 맞춰 보기도 하였다. <지렁이국으로 시어머니를 봉양한 며느리>와 <상사병 든 아가씨를 잡아먹은 상사바위 뱀>를 구

연해 주었는데 모두 귀동냥으로 들은 것이라고 한다.

제공 자료 목록
04_04_FOT_20110125_PKS_SSR_0001 지렁이국으로 시어머니를 봉양한 며느리
04_04_FOT_20110125_PKS_SSR_0002 상사병 걸린 사람을 잡아먹은 상사바위 뱀

송순아, 여, 1935년생

주 소 지 : 경상남도 남해군 이동면 무림리 봉곡마을
제보일시 : 2011.1.25
조 사 자 : 박경수, 서정매, 황영태, 윤슬기

송순아는 1935년 을해생이고 돼지띠로 경
남 남해읍 이동면 삼동리 난음마을에서 2녀
중의 장녀로 태어났다. 올해 76세로 본관은
언진이며, 마을에서는 순주엄마로 불린다.
18세 때 남편 이해진(올해 82세)과 결혼하여
지금까지 이동면 무림리 봉곡마을에서 남편
과 함께 살고 있다. 자녀는 1남 6녀로 남해
읍, 진주에 두 명, 대전에 두 명, 서울에 한
명씩 각각 살고 있다.

벼농사를 하고 살았으며, 마늘농사도 조금씩 하고 있다. 학교는 다닌 바
가 없으며 종교도 없다. 속이 안 좋아서 병원에 자주 가서 X-ray도 찍고
한다.

제보자는 목청이 크고 발음도 좋은 편이었다. 노래 부를 때는 기교를 넣
는 등 노래를 잘 부르는 편이었다. 한 곡을 부르고 나면 또 생각난다면서
연속적으로 불러 주는 등 적극적으로 제보에 임해 주었다. 옆에서 누가 뭐
라 해도 신경 쓰지 않고 스스럼없이 잘 불러 주었다.

9곡의 민요를 구연해 주었는데 모두 귀동냥으로 듣고 배운 것이라고 한다.

제공 자료 목록

04_04_FOS_20110125_PKS_SSA_0001 산아지타령 (1)

04_04_FOS_20110125_PKS_SSA_0002 산아지타령 (2)

04_04_FOS_20110125_PKS_SSA_0003 산아지타령 (3)

04_04_FOS_20110125_PKS_SSA_0004 창부타령

04_04_FOS_20110125_PKS_SSA_0005 노랫가락 / 그네 노래

04_04_FOS_20110125_PKS_SSA_0006 진도아리랑

04_04_FOS_20110125_PKS_SSA_0007 황새 노래

04_04_FOS_20110125_PKS_SSA_0008 비 노래

04_04_FOS_20110125_PKS_SSA_0009 모심기 노래

송주성, 남, 1940년생

주 소 지 : 경상남도 남해군 이동면 난음리 난음마을

제보일시 : 2011.1.25

조 사 자 : 박경수, 서정매, 황영태, 윤슬기

송주성은 1940년 경진생이고 용띠로 경상남도 남해군 이동면 난음리 난음마을에서 2남 2녀 중 첫째로 태어났다. 올해 71세이며 본관은 은진이다.

초등학교를 34년간 다니다가 중퇴했고, 군대에 다녀왔다. 29살 때 부인 박명심(65세)과 결혼하여 슬하에 2남 2녀를 두고 있다. 자녀들은 다 부산에서 생활하고 있다. 옛날에는 벼농사를 지었지만 지금은 짓지 않는다.

제보자는 건강하고 기억력도 좋고 목청도 좋은 편이었다. 조사자에게 주

고받는 노래이므로 누군가가 노래를 받아주지 않으면 안 부르겠다고 할 만큼 배짱이 있었다.

<보리타작 노래> 한 곡을 구연해 주었는데 옛날에 일하면서 불렀던 것이라고 한다.

제공 자료 목록
04_04_FOS_20110125_PKS_SJS_0001 보리타작 노래

이순순, 여, 1923년생

주 소 지 : 경상남도 남해군 이동면 무림리 정거마을
제보일시 : 2011.1.24
조 사 자 : 박경수, 서정매, 황영태, 윤슬기

이순순(李順順)은 1남 5년 중 셋째로 태어났다. 이름만 알려줄 뿐 생년과 나이를 가르쳐 주지 않아서 정확한 생년은 알 수 없으나 돼지띠라고 한 것으로 봐서 1923년 계해생으로 올해 88세로 추정된다. 정거마을의 토박이이며, 18세에 남편과 결혼하였다. 슬하에 3남 3녀를 두고 있는데 모두 외지에 나가 살고 있다. 남편은 5년 전에 작고하여 지금은 홀로 살고 있다.

벼농사와 밭농사를 하며 살아 왔으며 학교는 다닌 바가 없다. 종교는 불교이다. 목소리가 고운 편이지만 발음은 좋은 편이 아니었다. 설화 한 편을 구술해 주었는데 어렸을 때 할머니께 들은 이야기라고 한다.

제공 자료 목록
04_04_FOT_20110124_PKS_LSS_0001 지렁이국으로 시아버지를 봉양한 며느리

정정애, 여, 1935년생

주 소 지 : 경상남도 남해군 이동면 용소리 용소마을
제보일시 : 2011.1.26
조 사 자 : 박경수, 서정매, 황영태, 윤슬기

정정애는 1935년 을해생이고 돼지띠로 남
해군 이동면 강두리 강두마을에서 1남 3녀
중 둘째 딸로 태어났다. 올해 76세이다. 17
세에 남편 박종섭(올해 85세)을 만나 지금까
지 용소마을에서 함께 살고 있다. 슬하에 1
남 4녀를 두었으며, 현재 부산과 서울 등지
에서 거주하고 있다. 과거에 벼농사를 지었
으며, 학교는 다닌 바가 없다.

민요 한 곡을 구연해 주었는데, 어렸을 때부터 놀면서 부른 노래라고 한다.

제공 자료 목록
04_04_FOS_20110126_PKS_JJE_0001 다리 세기 노래

최순악, 여, 1930년생

주 소 지 : 경상남도 남해군 이동면 난음리 난양마을
제보일시 : 2011.1.24
조 사 자 : 박경수, 서정매, 황영태, 윤슬기

최순악은 1930년 경오생이고 말띠로 영지마을에서 3남 4녀 중 여섯째
로 태어났다. 심산소학교에서 5학년까지 다니고 난양마을로 이사를 왔다.
올해 81세이며 본관은 경주이다. 17세에 남편과 결혼하였으나 남편은 이
미 작고하여 현재 홀로 살고 있다. 슬하에 자녀는 3남 3녀로 모두 부산에
서 살고 있다. 종교는 불교이며, 주로 벼농사를 지었으며 지금은 나이가

많아 일은 하지 않는다.

피부가 무척 고운 편이고, 목소리도 곱고
발음도 깨끗한 편이었다. 79세 때 대장에 종
양이 생겨서 부산대학병원에서 수술을 한
바가 있다.

조사자들이 노인정에 도착했을 때 가장
반갑게 조사팀을 맞아 주었다. 노래는 잘하
지 못한다며 구연하지 않았고 대신 설화 두
편을 구연해 주었다. 구연해 준 설화는 모두 시어머니께 전해 들은 이야기
라고 한다.

제공 자료 목록
04_04_FOT_20110124_PKS_CSA_0001 강피 훑는 팔자의 부인
04_04_FOT_20110124_PKS_CSA_0002 부암산에서 금산으로 명칭이 바뀐 유래

움직이는 도깨비불

자료코드 : 04_04_FOT_20110126_PKS_KSY_0001
조사장소 : 경상남도 남해군 이동면 용소리 용소마을 용문사길 9235번지 박종엽 씨 댁
조사일시 : 2011.1.26
조 사 자 : 박경수, 서정매, 황영태, 윤슬기
제 보 자 : 김숭여, 여, 79세
구연상황 : 제보자는 도깨비 이야기를 잘 모른다고 하였지만 나름대로 기억을 되살리며 구연해 주었다.
줄 거 리 : 절 밭에 가니 도깨비불이 왔다가 갔다가 모였다가 흩어졌다가 하자, 너무 무서워서 방문에 구멍을 뚫어서 몰래 쳐다보았다. 그랬더니 갑자기 또 사라져 버렸다.

절 밭에 가니까 도깨비가 막 훅 뛰 댕기면서 무슨 간다 깨서 내가 무서바서(무서워서) 도깨비 뭔고 싶어서, 인자 각시 시절인데, 문구멍마다 문을 뚤버 놓고 내다본께, 막 참마 열 개나 몇 개 막 '버쩍버쩍 버쩍버쩍' 짜르르 왔다가 갔다가 막 모있다가 그래사요

그래서 어떻게 무서바서 오지게(어떻게) 문구멍으로 쳐다봤건는가.

그렇더니 그질로 고마 사라지삤는가 몰라요, 그마. 안간께.

집에서 봤어요. 방에서러(방에서).

(청중 : 아, 도깨비 불이 왔다 갔다).

왔다 갔다 왔다 갔다 칸끼네. 한 질에.

그거는 봐도 노래 부르는 건 그런 건 모르지. 도깨비 노래로.

지렁이국으로 시어머니를 봉양한 며느리

자료코드 : 04_04_FOT_20110126_PKS_KSY_0002
조사장소 : 경상남도 남해군 이동면 용소리 용소마을 용문사길 9235번지 박종엽 씨 댁
조사일시 : 2011.1.26
조 사 자 : 박경수, 서정매, 황영태, 윤슬기
제 보 자 : 김숭여, 여, 79세
구연상황 : 조사자가 제보자에게 이야기를 해 달라고 요청하자 제보자는 이야기를 잘 모른다고 하였지만, 혹시 이런 이야기도 되는지 조심스럽게 물어본 후 구술해 주었다.
줄 거 리 : 아들이 배를 타러 간 사이 며느리가 시어머니를 모시고 있었다. 어머니는 눈이 보이지 않는 봉사였는데, 며느리가 일부러 지렁이국을 끓여 내어주었으니, 시어머니는 지렁이인 줄도 모르고 그저 맛있게 먹었다. 나중에 아들이 집으로 돌아오자 맛있었던 국이 무엇인지 물어보자 아들이 확인한 후 깜짝 놀라 사실대로 이야기를 하니, 시어머니가 너무 기가 막히고 놀란 나머지 저절로 눈을 뜨게 되었다.

옛날에 봉사가 눈을 감고 있으니까, 아들이 배 타러 가 비리고 없는데,

그 저저 며느리가 때때로 맛있는 국을 끼리 줘서, '무슨 국을 이리 맛있는 걸 끓였노?' 싶어서, 한 마리 한 마리 건지 가지고서 요 장판 밑에다 자리 밑에다 옛날에 여(넣어) 놓니까, 거기 몰라져가(모르게) 있어요

그래서 아들이 인자 배를 타고 들어왔는데, 돈 벌이 가지고 왔는데,

인자 아이고, 아들로 보고,

"아이구, 우리 며느리가 이리 효자가 돼서 국꺼리를 해서, 이리 국을 끓이 줘서(끓여 주어서) 맛있게 잘 먹었네."

헌게, 그걸 내어서,

"자리 밑에 넣은 걸 자네도 쳐다보게, 이걸 끓이 줘서 이리 묵었네."

하니, 그걸 보고서 놀래서 그마 아들이 그마,

"아이구, 어머니. 이게 거시이(지렁이)입니다."

카니까, 눈을 번쩍 떠버렸다 커데.

거시이 그걸로 보고 아들이 거시이 국을 끓여주 논께. 그래 논께 요새 거시이 저게 약이라 약. 약인데 전에는 거신 국을 끓이가 준께 그리 맛있었던가 봐.

매미가 된 강피 훑던 부인

자료코드 : 04_04_FOT_20110126_PKS_KSY_0003
조사장소 : 경상남도 남해군 이동면 용소리 용소마을 용문사길 9235번지 박종엽 씨 댁
조사일시 : 2011.1.26
조 사 자 : 박경수, 서정매, 황영태, 윤슬기
제 보 자 : 김숭여, 여, 79세
구연상황 : 제보자는 이야기를 하나 하고 난 다음이어서인지 좀 더 편안하게 옛날에 들었던 이야기라며 구술해 주었다.
줄 거 리 : 한 아내가 남편이 공부만 하고 생활에 관심이 없자 도저히 함께 사는 것이 힘들어 개가를 했는데, 거기 가서도 예전처럼 갱피만 훑게 있었다. 그렇게 살던 어느 날 옛 남편이 과거시험에 급제하여 그곳을 지나가게 되자 자기도 데려가 달라고 부탁하였으나 남편은 부인을 무시하고 그냥 가 버렸다. 부인은 너무 슬퍼한 나머지 매미가 되어 하루 종일 울다가 하루 만에 죽어버렸다.

옛날에 저거 남편을, 시집을 가니까 만날 책만 들이다보고 만날 앉았는 기야. 그런께, 이 여자가 들에 가서 갱피 훑어가도, 갱피덕석이 떠내려가도 그 남편이 그걸 안 대리고(들여오고) 공부만 하는 거야. 그래서 인자 가만 생각해 본께, '이래가꼬 안되겠다' 싶어서, 인제 고마 살다가 살다가 못 살 것태서(못 살 것 같아서) 오히려 다로, 도로 개가를 했는가 봐. 그래 논께, 개가를 가 논께 또 갱피를 훑는 기라.

그런께 저 사람이 인자 신랑이 인자, 공부를 잘해 가지고 저 서울로 과게로 가 가지고 올 때게(오는 길에) 인자 쳐다보니까, 저거 여자가 또 갱피를 훑고 들에 있더란다. 그래서 오면서 그 남자가 노래로 부르기를,

"진기명기 너른 들에

갱피 훑는 저 여자야

간디 쪽쪽(가는 데 마다) 갱피로다."

그런께 저 여자가 인자 그럴때사 반성을 허고 따라 오면서 하는 말이

"말죽 써 주니까 내 데리가자.

소죽 써 줄낀께 내 데리가자."

해도 고마 안 가노니까 매미가 됐다 커데.

(조사자 : 따라가다가).

따라가다가 남자가 안 데리가니까, 과거를 해 온 남자가 안 데리고 가니까, 그마 그 옴서 거짓말인가 참말인가 전에 이야기 한다고 해샀대.

그래 오면서 저저 그 여자를 처다보니까 다시 또 갱피만 훑고 있었어.

'니 복이 그렇구나' 싶어서 그리 좀 봐주면 될 낀데, 안 봐주고 내빼고 온께, 죽어서 매미가 돼서 매미가 하루 살고 없다네, 거게. 매미는 하루 살고 하루 죽었삐여.

귀신과 함께 걸은 사람

자료코드 : 04_04_FOT_20110126_PKS_KOR_0001

조사장소 : 경상남도 남해군 이동면 용소리 용소마을 용문사길 9235번지 박종섭 씨 댁

조사일시 : 2011.1.26

조 사 자 : 박경수, 서정매, 황영태, 윤슬기

제 보 자 : 김옥련, 여, 77세

구연상황 : 다른 제보자가 이야기하는 걸 듣고 이야기가 조금 부족하다며 본인이 보충해서 다시 구술해 주었다.

줄 거 리 : 친정아버지가 저녁 늦게까지 노름을 하고 공동묘지길로 돌아오다가 어떤 할아버지를 만나 같이 길을 걸었는데 알고 보니 귀신이었다.

친정아버지가 옛날에 전에는 놀음하러 댕깄다 아이가. 노름은 인제 화투치는 거기제. 그래 됐는데, 저 우남동으로 갔다가, 우남동이라 쿠는 데가

저 고개거든. 공동묘지 고개 너미거든. 거기.

그래 공동묘지를 인자 밤중이 돼서 화토를 치다가 노름을 하다가 공동묘지로 넘어온께, 왠 할배가 하나 나오면서,

"자네 어디 갔다 오는고?"

"내 노다가 옵니다." 그래 큰께,

"그럼 같이 가세." 그래 쿠더라네.

그래서 인자 둘이서 이야기 하고 살살 왔는디, 불묵에 그 인자 오면 을퍼로 가고, 샛쪼로 뒤로 오고 그러거든. 거 와서는

"자네는 가게이. 나는 두곡으로 갈 끼세(갈 것이네)" 그러더라네.

"두곡에 누 집으로 갑니까?" 한께,

"아무개 집으로 오늘 저 내 기일이 돼서 가네."

그래가 인자 그 할배를 보내고 나서 집에 오이끼네(오니까) 마 옷이 홈빡 젖어 삤다. 그래 인자, 뒷날 두곡에 간께, 언 지녁에 제사를, 저거 아버지 제사 지냈다 쿠더라 카네. 그건 진짜로 구신하고 같이 왔어, 할배가.

죽을 몰래 먹으려다 낭패 본 시아버지

자료코드 : 04_04_FOT_20110125_PKS_BKH_0001
조사장소 : 경상남도 남해군 이동면 무림리 봉곡마을 봉곡마을회관
조사일시 : 2011.1.25
조 사 자 : 박경수, 서정매, 황영태, 윤슬기
제 보 자 : 배국향, 여, 80세
구연상황 : 조사자가 녹음을 시작하자 제보자는 기다렸다는 듯이 편안하게 구술해 주었다.
줄 거 리 : 시아버지가 며느리 몰래 죽을 떠서 먹으려다 며느리에게 들키자 그만 뜨거운 죽사발을 머리에 둘러 써 버렸다.

옛날에 한 집에 저 저, 시아배하고 며느래하고 살았는데, 죽을 써가 물

라 컨께(먹을려고 하니) 며느리가 죽을 써 논께 시아배가 뒤 안에(화장실에) 못 티(몰래) 떠가 가서 물라 컹께, 며느리가 죽을 한거(가득) 떠가 온께, 시아배가 마 며느리 오는 거 보고 놀래서 마, 죽사발로 써 뺐어.

"아가. 며늘 아가. 머리 오야 썼다."

그래 쿠더란다.

지렁이국으로 시어머니를 봉양한 며느리

자료코드 : 04_04_FOT_20110125_PKS_BKH_0002
조사장소 : 경상남도 남해군 이동면 무림리 봉곡마을 봉곡마을회관
조사일시 : 2011.1.25
조 사 자 : 박경수, 서정매, 황영태, 윤슬기
제 보 자 : 배국향, 여, 80세
구연상황 : 제보자가 이야기를 하나 하고 나서 조사자가 또 다른 이야기를 요청하자 제보자가 문득 또 생각나는 이야기가 있다며 구술해 주었다.
줄 거 리 : 며느리가 시어머니가 싫어서 일부러 지렁이를 삶아 죽으로 먹였는데, 오히려 그것이 보약이 되어 시어머니 눈도 뜨게 되었다. 결국 나중에는 며느리가 시어머니가 오래 살기를 기도하며 서로 잘 살게 되었다.

시어머니가 며느리한테 하도 독하게 해사서 며느리가 인제 저 친정 가서 저거 엄마를 보고,

"엄마, 어쩌면 시어마이가 일찍 죽겠는고?" 칸께,

저거 엄매가 앞을 못 봤는데 그래 어쩌면 좋겠는고, 저거 어매가,

"지렁이를 파 가꼬 삶아서 믹이라. 그러면 시어매가 일찍 죽는다."

지렁이를 파가 먹이니까 보약이 돼 가꼬, 할매가 눈도 밝아지고 며느리가 너무 잘 한께, 며느리가 인제 시어매가 죽을까봐 벌벌 떠는 기라.

지렁이국으로 시어머니를 봉양한 며느리

자료코드 : 04_04_FOT_20110125_PKS_SSR_0001
조사장소 : 경상남도 남해군 이동면 난음리 문현마을 문현마을회관
조사일시 : 2011.1.25
조 사 자 : 박경수, 서정매, 황영태, 윤슬기
제 보 자 : 송삼례, 여, 76세
구연상황 : 조사자가 제보자에게 재미있는 이야기를 하나 해 달라고 부탁을 하자, 지렁이
로 국을 끓인 이야기가 있다며 구술해 주었다.
줄 거 리 : 옛날에 남편이 군에 간 사이에 며느리는 시어머니에게 지렁이국을 끓여 주었
다. 그런데 시어머니는 그런 줄 모르고 맛있게 먹다가 아들에게 보여 주려고
건더기를 숨겨 두었는데, 나중 아들에게 보여 주니 그제서야 지렁이국인지 알
았다.

옛날에 저저 애미 혼자 살고 남자는 군에 갔는데, 군에로 갔는가, 조유
허로 갔는가 그건 올키 모르고 그래 갔는데, 인자 할매로 지렁이를 잡아가
꼬 국을 끓있어. 자꾸 주고, 주고 해논께, 마 할매가, 나이 많은 할매가 살
이 포동포동 찌더라네.

그래서 인자 할매가 하도 국이 맛있어서 인자, 주는 걸로 조금 식히 놨
어(숨겨 놓았어), 자리 밑에다가. 자리 밑에다가 식히 놨어. 근데 아들 오면
보여 줄 끼라고. 식히 놔 논께. 아이 저저 아들이 왔어. 아들 와서 뵈 준께
는(보여 주니까) 지렁이더라네.

지렁이 그기 할매가 며느리가 국을 끓이 주고, 국을 끓이 주고 하도 맛
있어서 아들 뵀다네. 그래 논께, 그 이야기지 뭐.

상사병 걸린 사람을 잡아먹은 상사바위 뱀

자료코드 : 04_04_FOT_20110125_PKS_SSR_0002
조사장소 : 경상남도 남해군 이동면 난음리 문현마을 문현마을회관

조사일시 : 2011.1.25

조 사 자 : 박경수, 서정매, 황영태, 윤슬기

제 보 자 : 송삼례, 여, 76세

구연상황 : 조사자가 제보자에게 상사바위에 대해 물어보자 기억나는 대로 이야기해 주
겠다며 구술해 주었다.

줄 거 리 : 상사에 든 아가씨를 상사바위에 옮겨 놓으면 뱀이 와서 아가씨의 몸을 칭칭
감는다. 이후 상사바위 상사를 풀기 위한 굿을 하는데, 굿을 해도 안 되면 아
가씨를 절벽에다 밀어 버린다. 그러면 뱀은 사라지고 사람은 죽는다.

그래, 옛날에 상사든 사람이 있시모 저저 머이고 아가씨한테 상사가 들
면 인제 배매이(뱀)가 몸을 착착 감아 가꼬, 택을(턱을) 여따 탁 대가 있다
네. 그러모 아무리 풀라 케도 못 풀어요.

그몬 인자 상사바우 가서 상사바우가 참 밑에 절벽이구마는. 거는 마 죽
어 삐요, 밀어 삐면. 거서 인자 굿을 허다 허다 안 돼면 거따(거기에다) 밀
어 삐요 상사바우. 거따 밀어 삐면 고마, 살 배매이(뱀)는 어디 가삐고, 사
람은 죽어 삐고 그런다 커데.

지렁이국으로 시아버지를 봉양한 며느리

자료코드 : 04_04_FOT_20110124_PKS_LSS_0001

조사장소 : 경상남도 남해군 이동면 무림리 정거마을 이동면 복지회관

조사일시 : 2011.1.24

조 사 자 : 박경수, 서정매, 황영태, 윤슬기

제 보 자 : 이순순, 여, 88세

구연상황 : 조사자의 유도에 따라 제보자가 옛 기억을 더듬으며 이야기를 구연해 주었다.

줄 거 리 : 옛날에 아들이 돈 벌러 간 사이에, 봉사인 아버지가 며느리가 끓여준 지렁이
국을 너무 맛있게 먹고 살이 찌자 아들이 집으로 돌아와 보니 지렁이국이라
고 하자 너무 놀라서 그만 눈이 번쩍 뜨게 되었다.

옛날에 아들이 돈 벌로 갔는데, 그 저거 어마이, 아바이가 있은께, 참 그

맛있는 국을 끓이 주사서, 이 무신 국인고 모르겠다 싶어서 건디는(건더기는) 건지가 아들 오면 줄 끼라꼬 자리 밑에 여 놓고 국만 마셨는디, 참 마 얼굴이 부여이 좋고 살이 찌고 그러이. 그래 아들이 온께 하는 말이,

"아이고, 니 없는디 국을 끓여 줘서 뭐, 애가 무신 국을 끓였는고? 국이 맛있어서 건디기는 니 줄라꼬 나 뒀다. 내가 국만 무도(먹어도) 이리 살이 찐다."

그래 큰께, 아들이, 아들 내 주니 본께 거시이(지렁이)라.

"아이구 이거 아버지 거시긴데예."

"그러냐."

큰께, 그마 깜짝 놀래, 참 눈을 번쩍 떴삣어. 심봉사 눈 뜬 거 한 가지라.

강피 훑는 팔자의 부인

자료코드 : 04_04_FOT_20110124_PKS_CSA_0001
조사장소 : 경상남도 남해군 이동면 난음리 난양마을 난양 마을회관
조사일시 : 2011.1.24
조 사 자 : 박경수, 서정매, 황영태, 윤슬기
제 보 자 : 최순악, 여, 81세
구연상황 : 조사자가 재미있는 이야기를 하면서 조사 분위기를 유도하자 제보자도 웃으면서 기억나는 이야기가 있다며 구술해 주었다.
줄 거 리 : 옛날에 경피를 훑으며 힘들게 살던 부인이 가난한 선비 남편을 버리고 집을 나갔다. 그런데 그 선비는 후일 과거에 급제하여 집으로 돌아오게 되는데, 그 때 집을 떠났던 부인이 어떤 집에서 여전히 경피를 훑고 있는 것을 발견했다. 부인은 과거에 급제한 남편에게 자기를 데리고 가 달라고 부탁하지만 선비를 거절하고 그냥 가 버렸다.

옛날에 가난한 선비가 있었더라야. 그렀는디 인자, 늘 책만 내라다보고 암(아무) 것도 일을 안 했어. 인자 부인이 화 터지는 기라. 그래서 내비리

고 가 삐렀어.

가 논께 그 다음에 그 사람이 가서 장원 급제 해 가지고, 급제해 가지고 어사화 딱 씌고 그래 가지고 인자 오는데, 차다본께(쳐다보니) 인자 그 부인이 인자 가 가지고 못 살아요. 못 사는데, 오면서 차다 본께 말을 타고 어사화 씌고 오산께(오고 있으니까), 그 부인 나와서 따라 갈라 카는 기라. 따라 갈라 쿤께(하니깐), 인자 종이라도 허고 갈 끼라 카는 기라. 뭐 그런께,

"말물 정도 내디리고
뭐 종도 내디리고."

했는데, 그러더니 그 선비가 이따가 그러더라요.

어사가

"마누라는 팔자가 좋아
간디족족 갱피로다."

갱피를 훑고 있음 못 묵고 살았어. 옛날에 갱피가 피 아이요(아닙니까?). 그러더라요.

그래 그 여자가 팔자를 뒤바꾼 기라. 그래가 이 사람은 그리 그 여자 가 뿌, 내 생각인데, 감으로 해서 출세를 했어. 그 여자 있으면 출세 못한다고 어사가 못 됐다꼬

부산암에서 금산으로 명칭이 바뀐 유래

자료코드 : 04_04_FOT_20110124_PKS_CSA_0002
조사장소 : 경상남도 남해군 이동면 난음리 난양마을 난양 마을회관
조사일시 : 2011.1.24
조 사 자 : 박경수, 서정매, 황영태, 윤슬기
제 보 자 : 최순악, 여, 81세
구연상황 : 조사자가 제보자에게 남해 금산에 대한 설화를 들려 달라고 요청하자 금산의 명칭에 관한 유래를 구술해 주었다.

줄 거 리 : 이성계가 남해 부암산에 왔을 때 부암산에서 왕이 될 조짐을 받자 정말 왕이
　　　　　되었다. 다시 부암산에 찾아가서 부암산의 명칭에 '비단 금'자를 써서 부암산
　　　　　을 '금산'이라고 이름을 다시 지었다.

남해 금산 옛날에 부암산이거든예. 그런데 인자 이성계가 기도를 허고 내려오니까 이 나무 잎을 전체를 '임금 왕'자를 먹었더라요. 벌레가. '임금 왕'자로 먹었다. 그래서 인자 오이 여러 사람한테 가서 물어본께,

"당신이 왕이 될 팔자다."

커더란다. 그런데 꿈에 또 인자 두루미 아요? 옛날에 요런 거. 근데 그기 주디는 이리 모자라지 삐리고 몸체만 있는 기라. 꿈이 이상해서 그 이야기를 허니까,

"당신이 만사람을, 만사람이 당신을 이리 우두키라."

그기라. 인자 대가리만 있으면 인자 치켜들지만은 근데 만사람이 우두키라 그러더라요.

그래가 인자 빼앗기 논께 부암산인데 그걸로 인자 비단을 한번 쌀라 켓어. 이성계가. 고마바서. 그래 인자 비단을 가가 싸 놓으면 오래되논 그기 참 추접아지고(지저분해지고), 그래가 '비단 금'자를 따 가지고 남해 금산이다. 옛날에는 부암산이라, 남해 금산이. 이성계가 인자 그래가 '비단 금'자를 따가지고 금산이 됐다.

(조사자 : 금산으로 이름이 바뀌었네요?).

그건 확실히 실화라. 전설이 아니고 실화라. 거 가면 바위가 이리 기도한 자리가 있구만은.

상여소리 (1) / 이순신 장군 운구 소리

자료코드 : 04_04_FOS_20110125_PKS_KBW_0001
조사장소 : 경상남도 남해군 이동면 초음리 초양마을 김봉원 씨 댁
조사일시 : 2011.1.25
조 사 자 : 박경수, 서정매, 황영태, 윤슬기
제 보 자 : 김봉원, 남, 71세
구연상황 : 제보자는 마을에서 상여를 메고 나갈 때 평소 앞소리를 해 왔기 때문에 집에
구비된 요령을 챙겨 와서 요령 소리를 내며 노래를 구연하였다. 구연할 때는
술을 한 모금씩 하면서 노래하였다. 노래를 하면서도 조사자들이 상황을 이해
할 수 있도록 설명을 곁들이면서 구연하였다.

관~음보~살

이기 슬픈 소리거든.

나무아미타불 관세음보살~

세 번째 딱 할 때 상여를 탁 일으키는 기라.
실지가 아닌께 말로 해서는 표현이 안 돼. 딱 바로 해야 되는데.

일천오백~구십이년~
임진왜란이 발발하여
어화넘~ 어화넘~ 어이가~루 넘차 어화넘
수많은 함대를 이끌고서
일본군이 부산~포구를 침략하여
어화넘~ 어화넘~ 어이가~루 넘차 어화넘
이소식을 들은 이순신 장군은

병력-들~을 출동시켜

어화넘~ 어화넘~ 어이가루 넘차가 왠말인고

나라와 백성들을 살릴려고

전쟁터로~ 들어가서~

수많은 병력들을 물르치고

승리까지~ 하신장군

장하도다 장하~도다

우리야 장군님이 장하~도다

이리야하야 크고작은 전쟁에서 성공을 하였다고

조정에서는 삼도수군 통제사로 임명을 받어

어화넘~ 어화넘~ 어이가루 넘차가 왠말~인고

전쟁은 연장이 되어

칠년이란 전쟁을 하였~는데

일천오백~구십~팔년

노량진 해역에서 전쟁나서

수십만 함대를 이끌~고서~

노량포구~를 침략하여

어찌나 할거나 어찌~나 할거나~

이전쟁을 그누구가~ 막을소냐

슬프도다~ 슬푸도다

너무나도 슬푸~도다

백성들도 한숨~이오

모든~ 주민들도 한숨~일세

이소식을 들은 우리장군은

불가병력 백이십명을 거느리고

노량진~ 해역을 들어서서

수많은 왜놈들과 싸우~다가

총탄에 맞아~ 죽은~ 장군

슬푸도다 슬푸도다

이일을 어찌나 할거나

이- 죽음을 알리지 마소

내가막상 전쟁터에서 죽었지만은

이소식을 절대다 숨겨다주소

그러자 이소식을 들은 백성~들은

땅을치~고 통곡을 하네

어찌나 할거나 어찌나 할거나

우리장군 죽음을~ 어찌나 할거나

울지를 마소 울지를 마시오

모든~ 백성들 울지~마소

내가오늘 이세상을 떠나면은

이좋은 내나라~ 이좋은 백성들을

언제~나 또다시~ 만나~볼꼬

잘사~시오 잘사시오~

울지말~고 잘사시오

오늘내가 이세상을 떠나면은~

언제나 다시한번 찾아~올꼬

상여소리 (2)

자료코드 : 04_04_FOS_20110125_PKS_KBW_0002

조사장소 : 경상남도 남해군 이동면 초음리 초양마을 김봉원 씨 댁

조사일시 : 2011.1.25

조 사 자 : 박경수, 서정매, 황영태, 윤슬기
제 보 자 : 김봉원, 남, 71세
구연상황 : 제보자는 스스로 남해의 상여 소리의 대표라고 하면서 상여 소리에 대해 굉
장한 자부심을 가지고 있었다. 노래 가사에 대한 설명을 하면서 구연하였다.

저승 문전을~ 갈라하니~

노자가~없어 못가-거든

(후렴)

내-후손들 뜻소식을 들어봐라

이내~야 내말을 들어봐라

(후렴)

나도야 태어날 적에

소년으로~ 태어~나서

(후렴)

한두 살에는 철을몰라

부모공덕을 못다-갚고

(후렴)

이삼십이 다 되도록

부모의 공덕을 못다갚고

(후렴)

나라와 백성들을 살릴려고

전쟁에 터로~ 들어~가서

(후렴)

전쟁터로 들어가서~

수많은 왜적을~ 물어~치고

죽음까지 당한내다

(후렴)

울지말고- 잘살아라이~

울기를 말고 잘살~아라

(후렴)

고맙다 내자식 내후손들아~

이돈- 가지면 저승을 가서

니네들을 보살펴줄게

(후렴)

상여소리 (3) / 관음보살 소리

자료코드 : 04_04_FOS_20110125_PKS_KBW_0003
조사장소 : 경상남도 남해군 이동면 초음리 초양마을 김봉원 씨 댁
조사일시 : 2011.1.25
조 사 자 : 박경수, 서정매, 황영태, 윤슬기
제 보 자 : 김봉원, 남, 71세
구연상황 : 제보자는 조사자들에게 후렴구를 가르쳐 주면서 자기가 앞소리를 할 때 조사
자들은 받는소리를 해 달라고 요청하면서 노래를 구연하였다.

관~음~보~살

관~음~보~살

관~음~보~살

관~음~보~살

슬프도다~ 슬푸~도다

어찌하여 슬푸~던고

어화넘~ 어~화넘~ 어이가~루 넘차 어화넘

우리의 일생은 한번 죽어지면

싹이날까 움이틀까

어화넘~ 어~화넘~ 어이가루 넘~차 어화넘

명사나~십리 해당화야~

꽃이진다 설음마라

어화넘~ 어~화넘~ 어이가~루 넘~차 어화넘

너는내년 봄돌아~오면

꽃도피고 잎도피는데

어화넘~ 어~화넘~ 어이가~루 넘~차 어화넘

우리나 인생은 한번 죽어지면~

싹이~날까~ 움이틀까

어화넘~ 어화넘~ 어이가~루 넘~차 어화넘

슬프나도다~ 슬프나도다

너무나~도 슬프~도다

어화넘~ 어~화넘~ 어이가~루 넘~차 어화넘

허송-세월을 다보내고~

원수야 백발이 돌아오니

어화넘~ 어~화넘 어이가~루 넘~차 어화넘

망년이 들었다고 흉을보고

구석구석에서 웃는모양

어화넘~ 어~화넘 어이가~루 넘~차 어화넘

슬프나도다 슬~프도다

백발이되~니 슬프~도다

어화넘~ 어~화넘~ 어이가~루 넘~차 어화넘

인간백년을 다산다해도~

뱅든날~과 잠들날들

어화넘~ 어화넘~ 어이가~루 넘~차 어화넘

근심에 걱정을 다지아고보면은

사~십년도 못사는 인생

어화넘~ 어~화넘~ 어이가~루 넘~차 어화넘

악에 악심으로 모~은 재산도

인정 반품도 쓸곳~없고

어화넘~ 어~화넘~ 어이가~루 넘~차 어화넘

살아~생전 먹고~씨고

살아생전에 잘삽시다~

어화넘~ 어~화넘~ 어이가~루 넘~차 어화넘

고만하면 안돼나. 허면 내가 마 한날 내도록 한다.

(조사자 : 조금만 더. 기록이 많이 남을수록 좋은 거니까).

좋아요. 그런데 이기 다 실감이 되고 다 되면은 뒷소리도 더 잘 되고, 처음이니까 그렇지. 더 하는 게 근사하게 나가야 돼. 더 길게 더 멋지구로 빼야 듣기가 좋다고.

뒷소리를 좀 더 잘해야 돼. 뒷소리가. 내 선창하는 것 보다.

어화넘~ 어~화넘~ 어이가~루 넘~차 어화넘

이거는 전부 슬프게 해야돼. 그렇게 나가야돼요.

어찌나 할거나 어찌나 할거나이~

이 일을 어찌나 할거나이

어화넘~ 어~화넘~ 어이가~루 넘~차 어화넘

상여소리 (4)

자료코드 : 04_04_FOS_20110125_PKS_KBW_0004

조사장소 : 경상남도 남해군 이동면 초음리 초양마을 김봉원 씨 댁
조사일시 : 2011.1.25
조 사 자 : 박경수, 서정매, 황영태, 윤슬기
제 보 자 : 김봉원, 남, 71세
구연상황 : 제보자는 조사자들에게 후렴구를 가르쳐 준 뒤 자기가 앞소리를 하면 방금
　　　　　배운 대로 소리를 받아 달라고 하면서 노래를 구연하였다.

어화넘~ 어화~넘 어이가~루 넘~차 어-화넘

어화넘~ 어~화넘 어이가~루 넘~차 어-화넘

세상천~지 만물중에 사람-밖에는 또있~는가

어화넘~ 어~화넘 어이가~루 넘~차 어-화넘

이세-상에 나온사람들 누에덕으로~ 나왔~는가

어화넘~ 어~화넘 어이가~루 넘~차 어-화넘

아버~님전 배를빌고~ 어-머님전 살을빌어

어화넘~ 어화~넘 어이가~루 넘~차 어-화넘

한두어-살에는 철을~몰라 부모-은공을 알을손가

어화넘~ 어~화넘 어이가~루 넘~차 어-화넘

이삼십이 다되도록~ 부모의 은공을 못다갚고

어화넘~ 어~화넘 어이가~루 넘~차 어-화넘

허송한 세월만 다보내고~ 원수야 백발이 돌아와서

어화넘~ 어~화넘 어이가~루 넘~차 어-화넘

섬섬약질~ 가는 이내몸에 태산같~은 병이나서

어화넘~ 어~화넘 어이가~루 넘~차 어-화넘

부르~는거는 어머니요~ 찾는거슨 냉수로다

어화넘~ 어~화넘 어이가~루 넘~차 어-화넘

명산~대천을 찾어가서 좋다는 약을 구해~가지고

어화넘~ 어~화넘 어이가~루 넘~차 어-화넘

약단지다~걸어~놓고 앉아나종신 누워나종신~새벽종신을 했건만은

어화넘~ 어~화넘 어이가~루 넘~차 어-화넘

불쌍하다 우리~낭군 정말 죽음의길이 웬말인고

어화넘~ 어~화넘 어이가~루 넘~차 어-화넘

어제~오늘~ 성튼몸이~ 죽음의길이 웬말이오

어화넘~ 어~화넘 어이가~루 넘~차 어-화넘

불쌍하다~ 우리낭군 언제나되~면 만나볼꼬

어화넘~ 어~화넘 어이가~루 넘~차 어-화넘

뒷동산천 고목나무에~ 새움이 트거든~ 만나볼까

어화넘~ 어~화넘 어이가~루 넘~차 어-화넘

저승~문전을 찾아 들어가서 무릎을꿇고

통곡을한들~ 왔다냐 소리도 못하거든

어화넘~ 어~화넘 어이가~루 넘~차 어-화넘

저승에길은 얼마나 멀길래 한번~ 가면은 못오던고

어화넘~ 어~화넘 어이가~루 넘~차 어-화넘

애늙은이야 저승의 길이 멀다더만은

오늘내가 당하고 보니~ 대문밖~이 저승일세

어화넘~ 어~화넘 어이가~루 넘~차 어-화넘

이자리에 모이신 우리아 젊은이들 살아~생전에 묵고시고놀게

어화넘~ 어~화넘 어이가~루 넘~차 어-화넘

우리나인생은 한번죽어나지면~ 싹이틀~까 움이~날까

어화넘~ 어~화넘 어이가~루 넘~차 어-화넘

상여소리 (5)

자료코드 : 04_04_FOS_20110125_PKS_KBW_0005
조사장소 : 경상남도 남해군 이동면 초음리 초양마을 김봉원 씨 댁
조사일시 : 2011.1.25
조 사 자 : 박경수, 서정매, 황영태, 윤슬기
제 보 자 : 김봉원, 남, 71세
구연상황 : 제보자는 앞의 상여 소리에 이어서 또 다른 상여 소리를 구연해 주었다. 노래
　　　　　를 구연하면서도 하나하나 설명을 해 주었고, 더 멋지게 부를 수 있는데 이렇
　　　　　게만 불러서 안타깝다며 정성껏 구연하였다.

　　　잔디에 잔디는 속잎이 나고~

　　　만물-이~ 소생하는디

　　　옆을보니 옥은 만발한디~

　　　이-세상을 다-버리고

　　　저승~길이 웬말인고

　　　어화넘~ 어화넘~ 어이가~루 넘~차 어화넘

　　　울지-마라~ 내자식~들아

　　　이더운 날씨에 울다가보면

　　　목도~쉬고 눈도붓는다

　　　어화넘~ 어화넘~ 어이가~루 넘~차 어화넘

　　　하늘천지 태어나서 다~지자를 후어잡고

　　　공자~맹자 공자실은 책장마다 써있는데

　　　우리부모~ 맹얼씨는 어느책에~ 써있는고

창부타령

자료코드 : 04_04_FOS_20110125_PKS_KBW_0006

조사장소 : 경상남도 남해군 이동면 초음리 초양마을 김봉원 씨 댁
조사일시 : 2011.1.25
조 사 자 : 박경수, 서정매, 황영태, 윤슬기
제 보 자 : 김봉원, 남, 71세
구연상황 : 제보자는 상여 소리를 다 한 후에 생각나는 노래를 하나씩 구연해 주었다. 상
여 소리와 마찬가지로 노래에 담긴 뜻을 설명해 주면서 구연하였다. 노래부터
부르고 난 뒤 설명을 해 달라고 하자 제보자는 노래의 뜻을 알아야 한다면서
노래 내용이 중요함을 강조하였다.

우리오빠~ 남잔골로~
대궐겉은 집도차지
천금같은 부모차지
바다같은 논도차지
오동통통 올케차지
이내나는 여자인골로
논을주요 밭을주요
입고-가는 옷뿐이오
묵고가는 입뿐인데
안사나주요 안사주요
나이롱단수를 안사주요
안사-주기만 안사주면~
오빠살림이 요절난다
오빠살림 요절이나면
올케야 니일도 말아니다

노랫가락

자료코드 : 04_04_FOS_20110125_PKS_KBW_0007

조사장소 : 경상남도 남해군 이동면 초음리 초양마을 김봉원 씨 댁

조사일시 : 2011.1.25

조 사 자 : 박경수, 서정매, 황영태, 윤슬기

제 보 자 : 김봉원, 남, 71세

구연상황 : 제보자는 상여 소리를 부른 후에 예전에 부른 노래들을 생각나는 대로 구연
해 주었다. 노래를 부르면서 노래 중간에 설명을 넣으면서 구연하였는데 스스
로 노래 가사에 탄복하면서 즐거워하였다.

제주도 한라산을 등에다가 지고

태평양 바다를 건널라 하니

선물받은 손수건이 눈물닦이에 다젖는다이

사랑이 있어 씻어주나~ 부모가 있어 씻어주나

요렇구나 요렇구나 요총각 신세가 요렇구나

뒷동산에 꽃피었다꼬 어제덥고 오늘가니

꽃도지고 잎도~지고 서리맞은 국화로세

아기 달래는 노래

자료코드 : 04_04_FOS_20110125_PKS_KBW_0008

조사장소 : 경상남도 남해군 이동면 초음리 초양마을 김봉원 씨 댁

조사일시 : 2011.1.25

조 사 자 : 박경수, 서정매, 황영태, 윤슬기

제 보 자 : 김봉원, 남, 71세

구연상황 : 제보자는 상여 소리를 길게 부르고 난 뒤에도 오히려 더욱 노래 부르는 것을
즐거워하면서 이어서 아기 달래는 노래를 구연해 주었다.

금자동아 은자~동아

수명장수 효녀동아

황색불사 봉덕이는

염세불망 중이되어

에밀레야 엄마~찾는

그종소리가 처량허다

혼인 노래

자료코드 : 04_04_FOS_20110125_PKS_KBW_0009
조사장소 : 경상남도 남해군 이동면 초음리 초양마을 김봉원 씨 댁
조사일시 : 2011.1.25
조 사 자 : 박경수, 서정매, 황영태, 윤슬기
제 보 자 : 김봉원, 남, 71세
구연상황 : 상여 소리를 다 하신 후에 옛날 노래들을 차례차례 생각이 나시는 대로 해주
셨다. 중간중간 설명을 해 주시기도 하셨다.

너와나와 만날적에

청실홍실을 언약을맺어

밤대추를 놓아놓고

너와나와 정들적에

그럼 처음부터 다시 해 봅시다

너와내와 만날적에

청실홍실을 언약을맺어

밤대추를 주최를삼아

삼대추를 주최를삼아

암닭장닭을 옆에다두고

사지충풍 푸른~송죽

이짝저짝에다가 마주꽂고

부모님 허락을받아

홀로불러서 혼인을세워

만장가운데 만난~사람들

이별없이나 살아보세

상여소리 (6) / 상여가 언덕을 오를 때

자료코드 : 04_04_FOS_20110125_PKS_KBW_0010

조사장소 : 경상남도 남해군 이동면 초음리 초양마을 김봉원 씨 댁

조사일시 : 2011.1.25

조 사 자 : 박경수, 서정매, 황영태, 윤슬기

제 보 자 : 김봉원, 남, 71세

구연상황 : 제보자는 상여 소리 중에서 언덕을 오를 때 빠르게 부르는 소리를 불러 주겠
다며 조사자에게 받는소리를 가르쳐 주면서 자기가 앞소리를 하고 나면 소리
를 받아 불러 달라고 일러 주었다.

태산줄기 올라간다	어허넘차
뒤에사람은 밀어주고	어허넘차
앞에사람은 당겨주시오	어허넘차
세상천지	어허넘차
만물중에	어허넘차
사람밖에	어허넘차
또있는가	어허넘차
어화넘차	어허넘차
태산줄기	어허넘차
올라나 갑니다	어허넘차

뒤에 사람은	어허넘차
밀어나 주시고	어허넘차
어허넘차	어허넘차
앞에 사람은	어허넘차
당겨나 주세오	어허넘차
서로서로가	어허넘차
힘을 모아서	어허넘차
잘해나 봅시다	어허넘차
어허넘차	어허넘차
우리 상두꾼	어허넘차
고생이 많소	어허넘차
어허넘차	어허넘차
우리도 한번	어허넘차
죽어지면	어허넘차
이런일을	어허넘차
당합니다이	어허넘차
어허넘차	어허넘차
소리가 작다	어허넘차
어허넘차이	어허넘차
슬푸도다	어허넘차
슬푸도다이	어허넘차
어찌하야	어허넘차
슬푸던고이	어허넘차
어허넘차	어허넘차
우리인생	어허넘차
죽어지면	어허넘차

싹시날까	어허넘차
움이날까	어허넘차
어허넘차	어허넘차
악에악심	어허넘차
모은재산	어허넘차
인정반푼	어허넘차
쓸곳없고이	어허넘차
담배끊고	어허넘차
모은재산	어허넘차
인정반푼	어허넘차
쓸곳없고이	어허넘차
어허넘차	어허넘차
살아생전	어허넘차
먹고씨고	어허넘차
놀아나봅시다	어허넘차
어허넘차	어허넘차
어제오늘	어허넘차
성턴몸도이	어허넘차
어허넘차	어허넘차
저녁나질로	어허넘차
병이납니다	어허넘차
어허넘차	어허넘차
섬섬약질	어허넘차
가는몸에	어허넘차
어허넘차이	어허넘차
태산같은	어허넘차

병이나면	어허넘차
수많가지	어허넘차
어허넘차	어허넘차
약을써도	어허넘차
약우럼이	어허넘차
있을손가이	어허넘차
어허넘차	어허넘차
태산줄기	어허넘차
올라갑니다	어허넘차
소리가작다	어허넘차
어허넘차이	어허넘차
서로서로	어허넘차
힘만모으면	어허넘차
못할일이	어허넘차
없습니다	어허넘차
어허넘차이	어허넘차
앞을보니	어허넘차
태산줄기	어허넘차
어허넘차이	어허넘차
슬푸도다	어허넘차
슬푸도다이	어허넘차
너무나도	어허넘차
슬프도다	어허넘차
북망삼천	어허넘차
멀다더만	어허넘차
어허넘차	어허넘차

오늘내가	어허넘차
다고보니	어허넘차
바로이산이	어허넘차
북만일세	어허넘차
어허넘차	어허넘차
어허넘차이	어허넘차
불쌍허다	어허넘차
이내일신	어허넘차
오늘내가	어허넘차
어허넘차	어허넘차
이세상을	어허넘차
떠나면은	어허넘차
어허넘차	어허넘차
이좋은자식들	어허넘차
이좋은 내산천	어허넘차
언제 다시	어허넘차
바라볼꼬이	어허넘차
어허넘차	어허넘차
슬푸도다이	어허넘차
너무나도	어허넘차
슬푸도다	어허넘차
어허넘차	어허넘차
우리상두꾼	어허넘차
고생이 많소	어허넘차
이렇게까지	어허넘차
고생을 시켜	어허넘차

언제다시	어허넘차
태어나서	어허넘차
이고생을	어허넘차
하신 분들에	어허넘차
어허넘차	어허넘차
은공일랑	어허넘차
하실런지	어허넘차
저승가면	어허넘차
하실런가	어허넘차
어허넘차이	어허넘차
불쌍허다	어허넘차
우리인생	어허넘차
오늘한번	어허넘차
죽어지면	어허넘차
다시한번	어허넘차
이세상을	어허넘차
못옵니다	어허넘차

[느리게]

어허넘~차 어허~넘차 어이가리 넘~차 어허넘

칭칭이소리

자료코드 : 04_04_FOS_20110125_PKS_KBW_0011
조사장소 : 경상남도 남해군 이동면 초음리 초양마을 김봉원 씨 댁
조사일시 : 2011.1.25

조 사 자 : 박경수, 서정매, 황영태, 윤슬기
제 보 자 : 김봉원, 남, 71세
구연상황 : 상여 소리를 다 한 후에 옛날에 많이 부르곤 했다는 칭칭이를 구연해 주었다.
　　　　　 앞의 노래와 마찬가지로 노래 부르던 중간에 설명을 곁들이면서 노래하였다.
　　　　　 조사자들에게는 소리를 받아 달라고 요청해서 서로 주고받으면서 구연이 이
　　　　　 루어졌다.

노세노세 젊어노세　　　　어허 칭칭나네
우리가살면 얼마나살아　　어허 칭칭나네
얼싸좋고 지화자좋다　　　어허 칭칭나네
시내갱본에 굴까는 처자야　어허 칭칭나네
너언제커서 내아내 될거나　어허 칭칭나네
어허 칭칭나네　　　　　　어허 칭칭나네
너와내가 정들적에　　　　어허 칭칭나네
수많은 금전에 정들었나　　어허 칭칭나네
담배꽁초 하나에　　　　　어허 칭칭나네
찬물한모금 먹고나서　　　어허 칭칭나네
어허 칭칭나네　　　　　　어허 칭칭나네
우리가살면 얼마나사나　　어허 칭칭나네
살아생전 먹고씨고　　　　어허 칭칭나네
젊었구나 놀아보세　　　　어허 칭칭나네
어허 칭칭나네　　　　　　어허 칭칭나네
이세상을 살다보니　　　　어허 칭칭나네
한도많고 설움많고　　　　어허 칭칭나네
어찌나헐거나 어찌야할꼬　어허 칭칭나네
험한세상 못살것고　　　　어허 칭칭나네
나도야 남과같이　　　　　어허 칭칭나네

잘먹고나 잘살라고	어허 칭칭나네
노력도 해봤건만은	어허 칭칭나네
원순열흘 병이나서	어허 칭칭나네
육신을 못굽여겨	어허 칭칭나네
이지경이 되고보니	어허 칭칭나네
어허 칭칭나네	어허 칭칭나네
슬프고도 슬푸도다이	어허 칭칭나네
너무나도 슬프도다	어허 칭칭나네
이소리를 들으시는	어허 칭칭나네
우리젊은이들 들어보소	어허 칭칭나네
살아생전 건강하고	어허 칭칭나네
젊은시절 놀아가며	어허 칭칭나네
친구간에 우애있고	어허 칭칭나네
부모부모 도와가며	어허 칭칭나네
서로서로 도와가며	어허 칭칭나네
후회없기 잘삽시다	어허 칭칭나네
어허 칭칭나네	어화~ 칭칭나네

상여소리 (1)

자료코드 : 04_04_FOS_20110124_PKS_KBJ_0001
조사장소 : 경상남도 남해군 이동면 신전리 신전마을 김봉진 씨 댁
조사일시 : 2011.1.24
조 사 자 : 박경수, 서정매, 황영태, 윤슬기
제 보 자 : 김봉진, 남, 86세
구연상황 : 제보자는 상여 소리에 대해 애착을 많이 가지고 있었다. 실제로 마을에서 상
여 앞소리를 하기도 하였기 때문이었는데, 상여 소리를 할 때 쓰던 요령을 꺼

내어 요령을 울리면서 구연해 주었다. 실제 상황처럼 감정까지 넣어서 구연해
주었다.

어허넘 어허넘 어가리 넘차 어허넘
북망산천이 머다더만 저건네 완산이 북망산이라
어허넘 어허넘 어가리 넘차 어허넘
황천길을 멀다마소 대문 밖이 황천이세
어허넘 어허넘 어가리 넘차 어허넘
저승길을 멀다말게 문턱밖이 저승이세
어허넘 어허넘 어가리 넘차 어허넘
열둘이 매고는 상두군들아 이내한말을 들어보소
어허넘 어허넘 어가리 넘차 어허넘
앞소리는 못줄망정 뒷소리만은 잘맞아주소
어허넘 어허넘 어가리 넘차 어허넘
간다간다 내는간다 너그를 두고서 내는간다
어허넘 어허넘 어가리 넘차 어허넘
큰자식이 이로오너라 둘째놈아 어디갔나
어허넘 어허넘 어가리 넘차 어허넘
어이갈꼬 어이갈꼬 가기가 싫어서 어이갈꼬
어허넘 어허넘 어가리 넘차 어허넘
강산구경을 다할라면은 몇날이 될줄을 모르겠다
어허넘 어허넘 어가리 넘차 어허넘
지주도를 건너가서 한라산을 구경허고
어허넘 어허넘 어가리 넘차 어허넘
전라도를 내가가서 지리산도 구경허고
어허넘 어허넘 어가리 넘차 어허넘

경기도를 내가가서 삼각산도 구경허고

어허넘 어허넘 어가리 넘차 어허넘

가기는 간다만은 노자 없어 어찌가꼬

어허넘 어허넘 어가리 넘차 어허넘

후생노자를 두어더만 빙이나서 다씨고보니

어허넘 어허넘 어가리 넘차 어허넘

일가친척이 만텄만은 어느누가 대신가나

어허넘 어허넘 어가리 넘차 어허넘

친구벗이 많탔만은 어느누가 동행헐까

어허넘 어허넘 어가리 넘차 어허넘

일약석산에 해는지고 얼추동경 달은뜨고

어허넘 어허넘 어가리 넘차 어허넘

오날은 가다가 어디자고 내일은 가다가 어디놀고

어허넘 어허넘 어가리 넘차 어허넘

가다가가다 저물면은 딸네집에 자고가지

어허넘 어허넘 어가리 넘차 어허넘

노자가없어 몬가는디 사우야 사우야 내사우야

어허넘 어허넘 어가리 넘차 어허넘

우리사우 왔거들랑 내손길에 잽히주소

어허넘 어허넘 어가리 넘차 어허넘

머리에서 발끝까지 날생기던 우리 사우

어허넘 어허넘 어가리 넘차 어허넘

노자없어 몬가는데 우리사우 어서오게

어허넘 어허넘 어가리 넘차 어허넘

사우야 사우야 내사우야 날생기던 우리사우

어허넘 어허넘 어가리 넘차 어허넘

머리에서 발끝까지 날생기던 내사우야
어허넘 어허넘 어가리 넘차 어허넘
얼루강을 건니가자허니 노자가없어 몬가는지
어허넘 어허넘 어가리 넘차 어허넘
돌을갖고 배를모아 가라앉아 몬갈기고
어허넘 어허넘 어가리 넘차 어허넘
갈잎으로 배를모아 강풍이불면 몬가겠고
어허넘 어허넘 어가리 넘차 어허넘
목석으로 배를 모아 바람이 불면은 돛을 달고
어허넘 어허넘 어가리 넘차 어허넘
바람이 없시면 노를저어 걸가커니 가는길에
어허넘 어허넘 어가리 넘차 어허넘
앞에가는 저사공아 어느 곳으로 행하는가
어허넘 어허넘 어가리 넘차 어허넘
강태공네 낚시댄가 내몸하나 실코가세
어허넘 어허넘 어가리 넘차 어허넘
이제가면은 언제올까 올날이나 일어주오
어허넘 어허넘 어가리 넘차 어허넘
온방석에 춘풍시절 꽃피거든 오실라요
어허넘 어허넘 어가리 넘차 어허넘
높다라른 상사봉이 평지가 되면은 오실란가
어허넘 어허넘 어가리 넘차 어허넘
석상에다 준지심어 싹트거든 오실긴가
어허넘 어허넘 어가리 넘차 어허넘
조각조각 방애돌이 큰돌이 되면은 올라던가
어허넘 어허넘 어가리 넘차 어허넘

삼년묵은 새벽닭이 살이돋으면 오실라요
어허넘 어허넘 어가리 넘차 어허넘
병풍에다 그린닭이 꼬꼬울거든 오실긴가
어허넘 어허넘 어가리 넘차 어허넘
병풍에다 그린범이 허허 울거든 오실란가
어허넘 어허넘 어가리 넘차 어허넘
오늘내가 가거들면 다시오지는 못하는디
어허넘 어허넘 어가리 넘차 어허넘
열두 대문을 들어갈 때 재판관이 문서잡고
어허넘 어허넘 어가리 넘차 어허넘
이세상이 네가살때 무슨공덕을 허고왔나
어허넘 어허넘 어가리 넘차 어허넘
나라에는 충성허고 부모한테는 효도허고
어허넘 어허넘 어가리 넘차 어허넘
행제가네는 우에있고 집안간에 화목허고
어허넘 어허넘 어가리 넘차 어허넘
국민한테 치사받고 친구간에 인정주고
어허넘 어허넘 어가리 넘차 어허넘
내무덤을 묻어놓고 눈이오면은 씰어주고
어허넘 어허넘 어가리 넘차 어허넘
비가오거든 덮어주고 따뜻하게 해어주게
어허넘 어허넘 어가리 넘차 어허넘

농부가

자료코드 : 04_04_FOS_20110124_PKS_KBJ_0002
조사장소 : 경상남도 남해군 이동면 신전리 신전마을 김봉진 씨 댁
조사일시 : 2011.1.24
조 사 자 : 박경수, 서정매, 황영태, 윤슬기
제 보 자 : 김봉진, 남, 86세
구연상황 : 제보자는 예전에 많이 불렀다는 농부가를 구연해 주었는데 직접 북을 꺼내어
반주까지 하면서 노래를 구연하였다. 본디 노래를 좋아하는 제보자여서 감정
까지 잘 살려서 구연해 주었다.

어~여루 어여루 상사~디여

여보소 농부들 말-듣소

아~나 농부야 말들어

이논배미를 얼른심고

장구배미로 건너가세

어~여루 어여루 상사디여

들어온다 들어를온다

점심바구니가 들어온다

어~여루 어여루 상사디~여

어와 농부들 말-듣소

아~나 농부들 말들어

이놈배미를 얼른심고

장구배미로 건너가세

어~여루 어여루 상사디여

가자가자 어서가자

점심바구니가 더들어온다

점심때가 되었고나
어~여루 어여루 상사디여

오늘해가 다졌는가
골목골목 연기난다
어~여루 어여루 상사디여

유와농부들 말듣소
아나농부들 말듣소
여기도심고 저기도심고
주인네마눌애 거기도심세
어~여루 어여루 상사디여

가자가자 어서가
이수건의 백로가
백로안땅 한양간다
자네덕에 저딸실어
우리 수궁을 언제갈까
어~여루 어여루 상사디여

상여소리(2) / 비탈진 고개를 올라갈 때

자료코드 : 04_04_FOS_20110124_PKS_KBJ_0003
조사장소 : 경상남도 남해군 이동면 신전리 신전마을 김봉진 씨 댁
조사일시 : 2011.1.24
조 사 자 : 박경수, 서정매, 황영태, 윤슬기
제 보 자 : 김봉진, 남, 86세
구연상황 : 상여 소리 중에서 비탈진 고개를 올라갈 때 어떻게 부르는지 묻자, 직접 요령

을 흔들며 빠른 템포로 노래를 구연해 주었다.

어허넘자 넘차넘차
어허넘자 넘차넘차
어허넘자 넘차넘차
어허넘자 넘차넘차
어허넘자 넘차넘차
어허넘자 넘차넘차
잘도간다 어허넘차
올라간다 어허넘차
어허넘차 어허넘차
조심조심
앞에서 잘지고 어허넘차
뒤에서 딛어주고 어처넘차
어허넘자 넘차넘차
어허넘자 넘차넘차
잘도간다 어허넘차
어허넘차 어허넘차
북만산이 어허넘차
멀고멀다 어허넘차
어허넘자 넘차넘차
어허넘자 넘차넘차
어허넘자 넘차넘차
어허넘자 넘차넘차
조심조심 어허넘차
어허넘자 넘차넘차

어허넘자 넘차넘차

어허넘자 넘차넘차

어허넘차 잘도간다

어허넘차 넘차넘차

앞에서 댕기고 어허넘차

뒤에서 밀어주고 어허넘차

어허넘자 넘차넘차

어허넘자 넘차넘차

어허넘자 넘차넘차

어허넘자 넘차넘차

어허넘자 넘차넘차

어허넘자 넘차넘차

다돼간다 어허넘차

다올라간다 어허넘차

어허넘자 넘차넘차

어허넘자 넘차넘차

어허넘자 넘차넘차

어허넘자 넘차넘차

다왔다 어허넘차

상부놓고

상여소리 (3) / 상여를 들고 집에서 나올 때

자료코드 : 04_04_FOS_20110124_PKS_KBJ_0004

조사장소 : 경상남도 남해군 이동면 신전리 신전마을 김봉진 씨 댁

조사일시 : 2011.1.24

조 사 자 : 박경수, 서정매, 황영태, 윤슬기
제 보 자 : 김봉진, 남, 86세
구연상황 : 제보자는 직접 요령을 흔들면서 실제로 지금 장례식을 하는 것처럼 감정을
실어 노래하였다.

관음~보살~
에~
열둘이 매고난 상두군들
조심조심 잘도간다~
관음~보살~

어제그제 성턴몸이
저녁나잘에 빙이나서~
관음~보살~

팔두겉은~ 이내몸이~
실낱겉은 목숨이고~
관음~보살~

어이가나~ 어이가나~
북망산을 어찌갈꼬~
관음~보살~

병이나면~ 다죽는가~
빙이나서~ 울우물때~
관음~보살~

이영결동천~ 숨거둘때~
관음~보살~

우러는거슨~ 어머니고
찾는거슨 냉수로다~
관음~보살~

달~아니높아 우찌가고~
물이깊어~ 어이가리~
관음~보살~

오만사람~ 다달래도~
염라대왕은 몬달래서~
관음~보살~

일찍사자~ 등을밀고~
얼찍사자~ 팔을당겨~
관음~보살~

염라대왕~ 깨뭉치로 등을밀고~
여보시오 사자님네
이내한말 들어주소~
관음~보살~

목마른데~ 물마시고
신발이나 곤쳐신고~
그리가면 어떠하오~
관음~보살~

가자~가자 어서가자~
해가지면 못갈끼고~

물이들면 몬갈끼고~

관음~보살~

망깨소리

자료코드 : 04_04_FOS_20110124_PKS_KBJ_0005
조사장소 : 경상남도 남해군 이동면 신전리 신전마을 김봉진 씨 댁
조사일시 : 2011.1.24
조 사 자 : 박경수, 서정매, 황영태, 윤슬기
제 보 자 : 김봉진, 남, 86세
구연상황 : 조사자가 제보자에게 혹시 망깨 소리를 불러 본 적이 있는지 묻자, 예전에 많
이 불렀다며 북으로 반주를 하면서 메기고 받으면서 불러 주었다.

어~여루 망깨야

이방아를 얼른찧고

어덜쿵 더덜쿵 잘찧는다

어~여루 망깨야

일락서산에 해는지고

얼추동정에 달솟아온다

어~여루 망깨야

이방아를 얼른찧고

지킴도를 구경가세

어~여루 망깨야

이망깨를 얼른 찧어

우리농사 잘되라고

어~여루 망깨야

비오지를 막아가꼬

이 댐을 막아가꼬

어~여루 망깨야

농사를 잘찧어서

우리 농부 시절이로구나

어~여루 망깨야

어덜쿵 더덜쿵 잘도찧는다

어~여루 망깨야

강태공네 더덜방아

어~여루 망깨야

가자가자 어서가자

어~여루 망깨야

이수건너 백로무가시

어~여루 망깨야

백로아땅 한양가세

어~여루 망깨야

어~여루 망깨야

어~여루 망깨야

어~여루 망깨야

꽃은피어서 만발헌디

어~여루 망깨야

어느나비가 날찾을까

어~여루 망깨야

어덜쿵 더덜쿵 잘찧는다

어~여루 망깨야

망깨소리를 잘맞고보면

어~여루 망깨야

먼디사람은 백이없고

가지근 사람은 죽이좋고

어~여루 망깨야

어덜쿵 더덜쿵 잘도 찧는다

어~여루 망깨야

어~여루 망깨야

가자가자 어서가자

어~여루 망깨야

이방아를 얼른찧고

우리집을 자주가세

어~여루 망깨야

오늘해는 다졌는가

골목골목 연기난다

어~여루 망깨야

일약서산은 해는지고

얼추동정에 달떠온다

어~여루 망깨야

달아달아 밝은달

이태백이 노던달

어~여루 망깨야

계수나무 끈어다가

초가삼간 집을짓고

어~여루 망깨야

양친부모 모시갖고

천년만년 살고지고

어~여루 망깨야

어딜쿵 더딜쿵 잘도 찧는다

어~여루 망깨야

이노무 궁딩이를 두었다가

논을살까 밭을살아

어~여루 망깨야

얼씨구좋네 놀아보세 흔들어보세

어~여루 망깨야

어여루 망깨야

어~여루 망깨야

이농사를 지어갖고

국가보전도 허련만은

어~여루 망깨야

성주조상 보전허세

어~여루 망깨야

어딜쿵 더딜쿵 잘찧는다

어~여루 망깨야

배는고파 배가지나

어~여루 망깨야

허리띠를 졸려감서

망깨소리 잘맞아주소

어~여루 망깨야

망깨소리를 잘맞고보면

어~여루 망깨야

다찧은사람은 배기놓고

어~여루 망깨야

먼디사람 듣기좋고

어~여루 망깨야

어~여루 망깨야

어덜쿵 더덜쿵 잘찧는다

어~여루 망깨야

어~여루 망깨야~

성주풀이

자료코드 : 04_04_FOS_20110124_PKS_KBJ_0006
조사장소 : 경상남도 남해군 이동면 신전리 신전마을 김봉진 씨 댁
조사일시 : 2011.1.24
조 사 자 : 박경수, 서정매, 황영태, 윤슬기
제 보 자 : 김봉진, 남, 86세
구연상황 : 제보자는 상여 소리를 구연하고 난 뒤 이어서 성주풀이를 구연해 주었다. 직접 북을 치면서 반주하였고 감정을 실어 구연해 주었다.

황정유택 제징계녀 영절종철~

인자 상여 내 놓고 그 제사 볼 때 축이 있습니다.

낙영사 십리하에

높고나진 저무덤은

영웅호걸이 몇몇이며

절대가인이 그누구냐

우리네 인생

한번가면 다시오지는 못하리로다

에라만수~ 에라 대신이야

놀고놀고 놀아봅시다

아니노지는 못하려니

애경항송정 솔을베어

조그만케 배를모아

한강에다 띄어놓고

술이술을 안주 가득실어라

강~릉길포에 달구경간다

에라만수~ 에라 대신이구나

쾌지나 칭칭나네

자료코드 : 04_04_FOS_20110124_PKS_KBJ_0007
조사장소 : 경상남도 남해군 이동면 신전리 신전마을 김봉진 씨 댁
조사일시 : 2011.1.24
조 사 자 : 박경수, 서정매, 황영태, 윤슬기
제 보 자 : 김봉진, 남, 86세
구연상황 : 조사자게 제보자에게 칭칭이 소리를 구연해 달라고 요청하니, 흔쾌히 북으로
　　　　　반주를 넣으면서 구연해 주었다. 제보자가 소리를 메기면 조사자들이 소리를
　　　　　받는 식으로 구연하였다.

치기나 칭칭나네

치기나 칭칭나네

노자노자 젊어노자

치기나 칭칭나네

늙고병들면 못노-느니라

치기나 칭칭나네

하늘이 아파서 몬뛰~것나

치나~ 칭칭나 네~

땅이얇아서 몬-뛰것나
치이나 칭칭나네
치이나 칭칭나네
치기나 칭칭 나네
청천하늘에 잔별도많다
치기나 칭칭 나네
요내가슴에 수심도많다
치기나 칭칭나네
가자가자 어서가-
치기나 칭칭나네
이수건너서 백로가
치기나 칭칭나네
백로안땅을 한양가세
치기나 칭칭나네
자네등에 저달실고
치기나 칭칭나네
우리수궁은 언제가나
치기나 칭칭나네
칭칭소리를 잘맞고보면
치기나 칭칭나네
먼-디사람은 들기좋고
치기나 칭칭나네
나직은사람은 뵈기좋고
치기나 칭칭나네
청천하늘에 잔별도많다
치기나 칭칭나네

요내가슴에 헐말도많고

치기나 칭칭나네

노세노세 젊어-노세

치기나 칭칭나네

늙고병들면 못노니라

치기나 칭칭나네

노자노자 많이놀세

치기나 칭칭나네

호박겉은 이세상에

치기나 칭칭나네

둥글둥글 놀아보자

치기나 칭칭나네

어이나 칭칭나네

노자노자 많이놀세

치기나 칭칭나네

늙고병들면 못노는디

치기나 칭칭나네

가자가자 어서가

치기나 칭칭나네

오날은 가다가 어디놀고

치기나 칭칭나네

내일은 가다가 어디에놀고

치기나 칭칭나네

치기나 칭칭나네

치기나 칭칭나네

백호야허를 나지마라

치기나 칭칭나네

너를쫓아 내안간다

치기나 칭칭나네

중산백호가 말을잇고

치기나 칭칭나네

물속에잠긴달 못잡아보고

치기나 칭칭나네

귀한철박은 후투렇고

치기나 칭칭나네

꽃은피어 만발헌데

치기나 칭칭나네

어느나비가 날찾으리

치기나 칭칭나네

고고천봉 일일노홍

치기나 칭칭나네

북산에 두둥실 높이떴다

치기나 칭칭나네

이안고개 잦은안개

치기나 칭칭나네

어디붕으로 돌고돌아

치치기나 칭칭나네

어장춘 계집도

치기나 칭칭나네

이골문잘잘 저골물줄줄

치기나 칭칭나네

열두골문이 합수되니

치기나 칭칭나네
전방전 칠방전 언덕돌아~
치기나 칭칭나네
치이나 칭칭나네
치기나 칭칭나네
간다더니 니가와~
치기나 칭칭나네
가노라하더니 또고왔나~
치기나 칭칭나네
기왕길이라 온걸음에
치기나 칭칭나네
하로밤만 자고가자
치기나 칭칭나네
치기나 칭칭나네
치기나 칭칭나네
숭월숭월 꽃숭월은
치기나 칭칭나네
나비오기만 기달리고
치기나 칭칭나네
옥중에갇힌 성춘향이
치기나 칭칭나네
이도령오기만 기달린다
치기나 칭칭나네
치기나 칭칭 나네
치기나 칭칭나네
가자가자 어서가

치기나 칭칭나네

이수건너 백로가세

치기나 칭칭나네

백로안땅 한양가서

치기나 칭칭나네

자네등에 저달실고

치기나 칭칭나네

우리수궁 언제갈까

치기나 칭칭나네

한번가신 우리부모

치기나 칭칭나네

다시오기 어렵더라

치기나 칭칭나네

잘허고 잘허고 잘해보세

치기나 칭칭나네

기실적에 잘해보자

치기나 칭칭나네

죽고나면 우에허고

치기나 칭칭나네

치기나 칭칭나네

얼씨고나 절씨고

치기나 칭칭나네

지화자가 좋을씨고나

치기나 칭칭나네

어이둥둥 내사랑

치기나 칭칭나네

이리보아도 내낭군

치기나 칭칭나네

저리보아도 내사랑

치기나 칭칭나네

저리가거라 뒷태를보자

치기나 칭칭나네

이만큼오거라 앞태를보자

치기나 칭칭나네

아장아장 걸어바라

치기나 칭칭나네

뱅긋웃어라 입속을보니

치기나 칭칭나네

우리둘이 사랑타~

치기나 칭칭나네

아차한번 죽어지면

치기나 칭칭나네

니는죽어 꽃이되고

치기나 칭칭나네

나는죽어 나비되어

치기나 칭칭나네

매년춘삼월 홑시절에

치이나 칭칭나네

너울너울 춤을춤서

치이나 칭칭나네

니가날인줄 아는구나

치이나 칭칭나네

시집살이 노래 (1) / 사촌형 노래

자료코드 : 04_04_FOS_20110126_PKS_KSY_0001
조사장소 : 경상남도 남해군 이동면 용소리 용소마을 용문사길 9235번지 박종엽 씨 댁
조사일시 : 2011.1.26
조 사 자 : 박경수, 서정매, 황영태, 윤슬기
제 보 자 : 김숭여, 여, 79세
구연상황 : 제보자는 조사를 하기 전에는 아는 노래가 많다고 자신감을 보였으나, 막상
         조사가 시작되자 어떤 노래를 할지 몰라 당황스러워 했다. 조사자의 노래의
         앞 구절을 유도하자 그제야 부끄러워하면서 구연해 주었다.

        성아성아 사촌성아
        내왔다고 기님말고
        쌀한되만 안치시면
        성도묵고 내도묵고
        그솥에라 누룬밥은
        성게주제 내게주나
        그솥에라 꾸정물은
        성새이주제 내새이주나

파랑새 노래

자료코드 : 04_04_FOS_20110126_PKS_KSY_0002
조사장소 : 경상남도 남해군 이동면 용소리 용소마을 용문사길 9235번지 박종엽 씨 댁
조사일시 : 2011.1.26
조 사 자 : 박경수, 서정매, 황영태, 윤슬기

제 보 자 : 김숭여, 여, 79세
구연상황 : 제보자가 처음에는 쑥스러워 했지만, 몇 번 노래를 구연하다 보니 자발적으로
　　　　　파랑새 노래를 구연해 주었다.

　　　새야새야 파랑새야
　　　녹두밭에 앉지마라
　　　녹두꽃이 떨어지면
　　　청포장사 울고간다

잠 노래

자료코드 : 04_04_FOS_20110126_PKS_KSY_0003
조사장소 : 경상남도 남해군 이동면 용소리 용소마을 용문사길 9235번지 박종엽 씨 댁
조사일시 : 2011.1.26
조 사 자 : 박경수, 서정매, 황영태, 윤슬기
제 보 자 : 김숭여, 여, 79세
구연상황 : 조사자가 노래의 앞 소절을 불러 주며 아느냐고 묻자 제보자는 아는 노래이
　　　　　긴 한데 잘 기억이 나지 않는다며 곰곰이 생각해 본 후 구연해 주었다.

　　　잠아잠아 오지마라
　　　시어마니 눈에난다
　　　시어마니 눈에나면
　　　임의눈에 절로난다
　　　임의눈에 절로나면
　　　안친밥이 잠깐이라

창부타령

자료코드 : 04_04_FOS_20110126_PKS_KSY_0004
조사장소 : 경상남도 남해군 이동면 용소리 용소마을 용문사길 9235번지 박종엽 씨 댁
조사일시 : 2011.1.26
조 사 자 : 박경수, 서정매, 황영태, 윤슬기
제 보 자 : 김숭여, 여, 79세
구연상황 : 조사자가 노래의 앞 구절을 불러 주자 조사자는 그제서야 기억이 난 듯 구연
해 주었다.

남해금산 뜬구름아
눈실었나 비실었나
눈도비도 아니실고
노래명창 내실었네
노래명창은 네불러라
춤장단은 내쳐주께

양산도

자료코드 : 04_04_FOS_20110126_PKS_KSY_0005
조사장소 : 경상남도 남해군 이동면 용소리 용소마을 용문사길 9235번지 박종엽 씨 댁
조사일시 : 2011.1.26
조 사 자 : 박경수, 서정매, 황영태, 윤슬기
제 보 자 : 김숭여, 여, 79세
구연상황 : 조사자가 용문사 절골과 관련된 노래를 문자 제보자가 구연했다. 마지막 한
소절도 조사자의 도움으로 마무리 했다. 양산도 가락으로 불렀으나 후렴구는
부르지 않았다.

용문사 절골에 사장구소리
자다가 들어도 울언님소리

노자 놉시다 젊어서 놀아

늙고야 병이들면 내가못노나니

아서라 말어라 내그리말아

사람은 괄세를 내그리말아

꿩 노래

자료코드 : 04_04_FOS_20110126_PKS_KSY_0006
조사장소 : 경상남도 남해군 이동면 용소리 용소마을 용문사길 9235번지 박종엽 씨 댁
조사일시 : 2011.1.26
조 사 자 : 박경수, 서정매, 황영태, 윤슬기
제 보 자 : 김숭여, 여, 79세
구연상황 : 청중들끼리 어떤 노래에 대해 얘기하는 소리를 듣고 조사자가 불러 달라고
　　　　　요청을 하자 제보자가 구연해 주었다.

꿩꿩 장서방

재인네 집에간께

뭘뭘 주던고

콩을볶아 오도독

보리로볶아 오도독

풀국새 노래

자료코드 : 04_04_FOS_20110126_PKS_KSY_0007
조사장소 : 경상남도 남해군 이동면 용소리 용소마을 용문사길 9235번지 박종엽 씨 댁
조사일시 : 2011.1.26
조 사 자 : 박경수, 서정매, 황영태, 윤슬기

제 보 자 : 김숭여, 여, 79세
구연상황 : 조사자가 제보자에게 풀국새 노래를 아느냐고 물으면서 노래 앞 운을 불러주
자 그제서야 생각난 듯 곧바로 구연해 주었다.

풀꾹 풀꾹
계집죽고 자슥13)죽고
내혼체서14) 어찌살꼬
푹쭉 푹쭉

진주난봉가

자료코드 : 04_04_FOS_20110126_PKS_KSY_0008
조사장소 : 경상남도 남해군 이동면 용소리 용소마을 용문사길 9235번지 박종엽 씨 댁
조사일시 : 2011.1.26
조 사 자 : 박경수, 서정매, 황영태, 윤슬기
제 보 자 : 김숭여, 여, 79세
구연상황 : 조사자가 제보자에게 진주남강 노래를 부탁하자 제보자가 잘 아는 노래인지
곧바로 구연해 주었다.

진주남강 이애미는
왜놈대장 목을안고
숙어졌네 숙어졌네
진주남강에 숙어졌네

---

13) 자식.
14) 나 혼자서.

시집살이 노래 (2) / 사촌형 노래

자료코드 : 04_04_FOS_20110126_PKS_KSY_0009
조사장소 : 경상남도 남해군 이동면 용소리 용소마을 용문사길 9235번지 박종엽 씨 댁
조사일시 : 2011.1.26
조 사 자 : 박경수, 서정매, 황영태, 윤슬기
제 보 자 : 김숭여, 여, 79세
구연상황 : 조사자가 제보자에게 그네 노래를 넌지시 제시하자 생각이 났는지 곧바로 구
연해 주었다. 그러나 노래 끝부분에서 가사가 잘 기억이 안 난다며 이야기로
바꾸다가 가사가 생각이 나자 다시 노래로 마무리를 지어 주었다.

성아내랑 널뛰다가

담넘에다 잊었구나

열두명 서당꾼아

주웠걸랑 나를주라

줍기는 주웠는데

값없이는 못주겠네

비 노래

자료코드 : 04_04_FOS_20110126_PKS_KSY_0010
조사장소 : 경상남도 남해군 이동면 용소리 용소마을 용문사길 9235번지 박종엽 씨 댁
조사일시 : 2011.1.26
조 사 자 : 박경수, 서정매, 황영태, 윤슬기
제 보 자 : 김숭여, 여, 79세
구연상황 : 제보자가 노래를 잘 모르는 듯 가사를 읊고 있을 때 조사자가 노래로 구연해
달라고 요청하였다. 제보자는 약간 부끄러워하면서 노래를 구연해 주었다.

비야비야 오지마라

우리생이 시집간다

가메꼭지 비맞는다

황새 노래

자료코드 : 04_04_FOS_20110126_PKS_KSY_0011
조사장소 : 경상남도 남해군 이동면 용소리 용소마을 용문사길 9235번지 박종엽 씨 댁
조사일시 : 2011.1.26
조 사 자 : 박경수, 서정매, 황영태, 윤슬기
제 보 자 : 김숭여, 여, 79세
구연상황 : 청중들끼리 말하는 걸 제보자가 대표로 불러 주었다. 예전부터 들었던 노래라
며 부끄러운듯이 쑥스럽게 웃으면서 짧게 구연해 주었다.

황새야 떡새야

너그매 씹에 불났다

여앞에다 물떠다놓고

뱅뱅 돌아라

산아지타령 (1)

자료코드 : 04_04_FOS_20110126_PKS_KSY_0012
조사장소 : 경상남도 남해군 이동면 용소리 용소마을 용문사길 9235번지 박종엽 씨 댁
조사일시 : 2011.1.26
조 사 자 : 박경수, 서정매, 황영태, 윤슬기
제 보 자 : 김숭여, 여, 79세
구연상황 : 조사자가 노래의 앞 운을 띄우자 제보자가 웃으면서 곧바로 구연해 주었다.

영감아 탱감아 죽지를말아

봄보리 개떡에 코불라주께

노랫가락 / 그네 노래

자료코드 : 04_04_FOS_20110126_PKS_KSY_0013
조사장소 : 경상남도 남해군 이동면 용소리 용소마을 용문사길 9235번지 박종엽 씨 댁
조사일시 : 2011.1.26
조 사 자 : 박경수, 서정매, 황영태, 윤슬기
제 보 자 : 김숭여, 여, 79세
구연상황 : 제보자가 아는 노래가 있다며 그네 노래를 구연하였으나 가사가 생각이 잘
안 났는지 중간쯤에서 마무리 지었다.

수천당 계모슬남개 당사십리를 그네매자
임이밀면 내가밀고 내가밀면 임이밀고

화투타령

자료코드 : 04_04_FOS_20110126_PKS_KSY_0014
조사장소 : 경상남도 남해군 이동면 용소리 용소마을 용문사길 9235번지 박종엽 씨 댁
조사일시 : 2011.1.26
조 사 자 : 박경수, 서정매, 황영태, 윤슬기
제 보 자 : 김숭여, 여, 79세
구연상황 : 제보자가 화투타령은 누구나 다 아는 노래라면서 구연을 하였다. 노래 부르던
도중에 가사를 잊어버리자, 조사자가 운을 띄워 주면서 가사를 유도하자 거기
에 맞춰서 구연을 마무리하였다.

정월솔가지 속속히올라
이월멧대에 이승하랴
삼월사쿠라 산란한마음
사월흑사리 홀로누워
오월난초 날아든나비
유월목단 꽃대앉아

칠월홍사리 홀로누워

팔월공산 달도밝다

구월국화 굳었던마음

시월단풍에 날아갔다

산아지타령 (2)

자료코드 : 04_04_FOS_20110126_PKS_KSY_0015

조사장소 : 경상남도 남해군 이동면 용소리 용소마을 용문사길 9235번지 박종엽 씨 댁

조사일시 : 2011.1.26

조 사 자 : 박경수, 서정매, 황영태, 윤슬기

제 보 자 : 김숭여, 여, 79세

구연상황 : 조사자가 노래의 앞 운을 띠워 주자 제보자가 아는 노래여서인지 웃으면서
구연해 주었다. 처음에는 한 소절 불렀지만, 천천히 다음 소절까지 부르고 후
렴까지 구연해 주었다.

물레야 자세야 내리뱅뱅 돌아라

정밤중 새별이 산넘어간다

함양산천 물레방아는 물을안고돌고

우러집에 울언님은 나를안고돈다

헤이야 데야 헤에헤이야

에이야 디여루 상사루구나

창부타령 (1)

자료코드 : 04_04_FOS_20110125_PKS_KYG_0001

조사장소 : 경상남도 남해군 이동면 무림리 봉곡마을 봉곡마을회관

조사일시 : 2011.1.25

조 사 자 : 박경수, 서정매, 황영태, 윤슬기

제 보 자 : 김영자, 여, 73세

구연상황 : 제보자는 부끄러움이 많은 편이어서 노래를 제보하기 전에 잘 못한다는 말을
자꾸 하는 편이었다. 그렇지만 막상 구연을 할 때는 자신 있게 노래해 주었다.

높은산에 눈날리고 낮은산에 비날리고

억수장마 비퍼붓고 대천지 한바닥에 눈날린다

얼씨구나 좋다 지화자좋네

아니놀면은 무엇하리

강피 훑는 노래

자료코드 : 04_04_FOS_20110125_PKS_KYG_0002

조사장소 : 경상남도 남해군 이동면 무림리 봉곡마을 봉곡마을회관

조사일시 : 2011.1.25

조 사 자 : 박경수, 서정매, 황영태, 윤슬기

제 보 자 : 김영자, 여, 73세

구연상황 : 제보자는 처음에는 노래에 담긴 이야기를 설명해 주었는데, 조사자가 노래로
불러 달라고 요청을 하자 이내 노래로 구연해 주었다.

갱피훑는 저마누래

간데쪽쪽 갱피로다

아말죽도 내사싫고

쇠죽도 내사싫고

경상감사 매양사까

매암이가 매양살지

창부타령 (2)

자료코드 : 04_04_FOS_20110125_PKS_KYG_0003
조사장소 : 경상남도 남해군 이동면 무림리 봉곡마을 봉곡마을회관
조사일시 : 2011.1.25
조 사 자 : 박경수, 서정매, 황영태, 윤슬기
제 보 자 : 김영자, 여, 73세
구연상황 : 조사자가 노래의 첫 구절을 말하면서 혹시 아는지 물어보자 바로 노래를 불러 주었다. 한번 부르기 시작하자 이어서 계속 불러 주었다.

금산우에 뜬구름아 눈실었나 비실었나
눈도비도 아니실고 노래명창을 날실었네
얼씨구나 좋네 기화자 좋네
아니 놀고는 무엇하나

짠디짠디 금짠디는 한량의 발길에 녹아내고
사장구 북장구는 기생아 손길에 녹아난다
얼씨구나 좋네 기화자 좋네
얼마나 좋아서 이지랄고

너냥 나냥

자료코드 : 04_04_FOS_20110125_PKS_KYG_0004
조사장소 : 경상남도 남해군 이동면 무림리 봉곡마을 봉곡마을회관
조사일시 : 2011.1.25
조 사 자 : 박경수, 서정매, 황영태, 윤슬기
제 보 자 : 김영자, 여, 73세
구연상황 : 다른 제보자가 앞 부분만 조금 불러 주던 것을 제보자가 받아서 다시 불러 주었다. 노래를 부르기 시작하자 청중들도 모두 아는 노래여서인지 함께 불러 주었다.

우리댁 서방님은 명태잽이를 갔는데
바람아 강풍아 섣달열흘만 불어라
에히야 좋으냥 두리둥실 놀아라
낮이낮이나 밤에밤이나 참사랭이로구나

금잔디 노래

자료코드 : 04_04_FOS_20110125_PKS_KYG_0005
조사장소 : 경상남도 남해군 이동면 무림리 봉곡마을 봉곡마을회관
조사일시 : 2011.1.25
조 사 자 : 박경수, 서정매, 황영태, 윤슬기
제 보 자 : 김영자, 여, 73세
구연상황 : 다른 제보자가 불렀던 노래를 듣고 난 뒤 제보자가 생각난 노래가 있었는지
앞 제보자에 이어서 노래를 바로 받아서 불러 주었다.

짠디짠디 금잔디는 한량의 발길에 녹아내고
사장구 북장구는 기생아 손길에 녹아난다
얼씨구나 좋네 기화자 좋네
아니놀고는 무엇하나

뒷동산천 대고사리잎은 나날이봐도 절색인데
한숨하다 이내얼굴 하늘이 봐도 배나구나
얼씨구나 좋네 기화자 좋네
아니 놀고는 무엇하나

아기 어르는 노래

자료코드 : 04_04_FOS_20110125_PKS_KYG_0006
조사장소 : 경상남도 남해군 이동면 무림리 봉곡마을 봉곡마을회관
조사일시 : 2011.1.25
조 사 자 : 박경수, 서정매, 황영태, 윤슬기
제 보 자 : 김영자, 여, 73세
구연상황 : 자장가를 불러 달라고 제보자에게 요청을 하자 잘 아는 노래이긴 한데 가사
　　　　　가 끝까지 기억나지 않는다고 하였다. 그래도 아는 데까지 불러 달라고 요청
　　　　　하자 기억나는 데까지 짧게 구연해 주었다.

　　　금자둥아 옥자둥아

　　　칠기칠석 보배둥아

　　　니가왔다 은자왔네

아기 재우는 노래 (1) / 자장가

자료코드 : 04_04_FOS_20110125_PKS_KYG_0007
조사장소 : 경상남도 남해군 이동면 무림리 봉곡마을 봉곡마을회관
조사일시 : 2011.1.25
조 사 자 : 박경수, 서정매, 황영태, 윤슬기
제 보 자 : 김영자, 여, 73세
구연상황 : 자장자를 구연해 달라고 요청을 하자 제보자는 빠른 템포의 4. 4조의 가사체
　　　　　로 구연해 주었다.

　　　자장자장 우리자장

　　　엄마품에 폭안겨서

　　　찡얼찡얼 잠노래를

　　　끊졌다가 또하면서

　　　새끔새끔 꿈노래를

저녁노래 사라지며

돌아오는 밝은달에

다리 세기 노래

자료코드 : 04_04_FOS_20110125_PKS_KYG_0008

조사장소 : 경상남도 남해군 이동면 무림리 봉곡마을 봉곡마을회관

조사일시 : 2011.1.25

조 사 자 : 박경수, 서정매, 황영태, 윤슬기

제 보 자 : 김영자, 여, 73세

구연상황 : 조사자가 제보자에게 어릴 적 불렀던 노래를 부탁을 하자 흔쾌히 다리 세기 노래를 불러 주었다.

이거리 저거리 갓거리

진주망구 또망구

짝발래 히양반

소래줌치 소래죽

육자육자 전라도

하늘생이은 제비꽃

똘똘몰아 장두칼

아기 재우는 노래 (2) / 자장가

자료코드 : 04_04_FOS_20110125_PKS_KYG_0009

조사장소 : 경상남도 남해군 이동면 무림리 봉곡마을 봉곡마을회관

조사일시 : 2011.1.25

조 사 자 : 박경수, 서정매, 황영태, 윤슬기

제 보 자 : 김영자, 여, 73세

구연상황 : 조금 전에 4. 4조의 가사체로 구연해준 것을 다시 노래로 부탁을 하자 아기를 재우듯이 천천히 노래로 불러 주었다.

자장자장 우리자장

엄마품에 폭안겨서

칭얼칭얼 잠노래를

끊겼다가 또하면

새끔새끔 꿈노래를

저녁노래 사라지면

돌아오면 밝은닥아(밝은달아)

창부타령 (1)

자료코드 : 04_04_FOS_20110126_PKS_KOR_0001
조사장소 : 경상남도 남해군 이동면 용소리 용소마을 용문사길 9235번지 박종섭 씨 댁
조사일시 : 2011.1.26
조 사 자 : 박경수, 서정매, 황영태, 윤슬기
제 보 자 : 김옥련, 여, 77세
구연상황 : 제보자는 본인이 아는 노래가 없다면서 구연하기를 꺼려 했다. 그러나 조사자가 노래의 앞 운을 띄우면서 노래를 유도하자 노래가 생각이 났는지 짤막하게 구연해 주었다.

강진바다 갈포래는 시어매 죽은 넋이던가

펄펄허네 펄펄허네 날만보면 펄펄허네

창부타령 (2)

자료코드 : 04_04_FOS_20110126_PKS_KOR_0002
조사장소 : 경상남도 남해군 이동면 용소리 용소마을 용문사길 9235번지 박종섭 씨 댁

조사일시 : 2011.1.26

조 사 자 : 박경수, 서정매, 황영태, 윤슬기

제 보 자 : 김옥련, 여, 77세

구연상황 : 제보자가 노래를 듣기는 많이 해도 기억나는 것이 별로 없다며 자신이 없어
하였지만, 아는 데까지 불러 보겠다며 짧게 구연해 주었다.

> 앞니빠진 고양이야
>
> 냇꼬랑에 가지마라

화투타령

자료코드 : 04_04_FOS_20110125_PKS_PMS_0001

조사장소 : 경상남도 남해군 이동면 난음리 문현마을 문현마을회관

조사일시 : 2011.1.25

조 사 자 : 박경수, 서정매, 황영태, 윤슬기

제 보 자 : 박막순, 여, 78세

구연상황 : 제보자는 청중들의 권유로 화투타령을 대표로 부르게 되었다. 제보자는 목청
도 좋고 발음도 좋은 편이어서 노래가 끝나자 청중들이 모두 잘 부른다며 박
수를 치며 칭찬했다.

> 정월솔가지 속속히앉아
>
> 이월맷대에 이상하다
>
> 삼월사쿠라 산란한마음
>
> 사월흑사리 허사로다
>
> 오월난초 날아든나비
>
> 유월목단 꽃에앉아
>
> 칠월홍사리 홀로누워
>
> 팔월공산이 달도밝네
>
> 구월국화 굳었던마음

시월단풍에 뚝떨어지고
동지오동 오싰던님이
섣달비바람에 간곳없네

시집살이 노래

자료코드 : 04_04_FOS_20110125_PKS_PMS_0002
조사장소 : 경상남도 남해군 이동면 난음리 문현마을 문현마을회관
조사일시 : 2011.1.25
조 사 자 : 박경수, 서정매, 황영태, 윤슬기
제 보 자 : 박막순, 여, 78세
구연상황 : 제보자는 평소에 노래를 많이 불러 왔었는지 마을에서도 소문난 명창이었다. 노래를 즐기면서 구연하였기에 청중들은 박수를 치며 즐겁게 경청하였다. 기억력이 좋은 편이어서 노래 가사가 길어도 끊어지지 않고 잘 불러 주었다.

시집가신 삼일만에
참깨닷말 들깨닷말
깨열말을 볶으라하니
한솥볶고 두솥볶고
삼사세솥 볶아네니
벌어지네 벌어지네
양가매가 벌어졌네
시아버님 쑥나섬서
에라요년 요망한년
너거집에 어서가서
새비쟁기를 다팔아도
우리양가매 물어주라

시오마니 쏙나섬서
에라요녀 요망한년
너거집에 어서가서
세간정지를 다폴아도
내양가매 물어주라
시아바니 여앉지소
시어마니 여앉지소
하늘것은 자기자슥
구름겉은 말을타고
우러집에 건너올제
닭도잡고 새도잡고
동네불러서 잔치하고
집둥같이 몸뚱이몸
하루저녁에 헐었으니
이내몸도 물어주면
양가매 양주개 물어주마

낚시 노래

자료코드 : 04_04_FOS_20110125_PKS_PMS_0003
조사장소 : 경상남도 남해군 이동면 난음리 문현마을 문현마을회관
조사일시 : 2011.1.25
조 사 자 : 박경수, 서정매, 황영태, 윤슬기
제 보 자 : 박막순, 여, 78세
구연상황 : 청중들이 노래를 잘 부른다며 제보자를 부추기자 제보자는 앞의 노래에 이어
또다시 노래를 구연해 주었다.

저건네라 삿갓집에 울도담도 없는집에

처녀하나 들랑날랑

낚수대로 낚아낼까 돌물래를 돌리낼까

낚아내면 정분이요 못낚으면 상사로다

상사영산 목에걸고 그곳푸드락 살아보세

고동 노래

자료코드 : 04_04_FOS_20110125_PKS_PMS_0004

조사장소 : 경상남도 남해군 이동면 난음리 문현마을 문현마을회관

조사일시 : 2011.1.25

조 사 자 : 박경수, 서정매, 황영태, 윤슬기

제 보 자 : 박막순, 여, 78세

구연상황 : 다른 청중이 이야기로 읊은 것을 노래로 구연해 달라고 부탁하자 제보자가
선뜻 노래로 구성지게 불러 주었다.

오매오매 고동주기 청에있다 까묵어라

울어매가 주는고동 알맹이도 많더마는

다신애미 주는고동 요리불어도 홀래고동

저리불어도 홀래고동

울어매가 살았시면 홀래고동을 날주겠나

창부타령 (1)

자료코드 : 04_04_FOS_20110125_PKS_PMS_0005

조사장소 : 경상남도 남해군 이동면 난음리 문현마을 문현마을회관

조사일시 : 2011.1.25

조 사 자 : 박경수, 서정매, 황영태, 윤슬기

제 보 자 : 박막순, 여, 78세

구연상황 : 제보자가 거의 마을의 대표격으로 연속적으로 노래를 구연해 주었다. 노래 하나가 끝나면 새로운 노래가 바로 생각이 났는지 이어서 곧바로 불러 주었다.

배꽃일래 배꽃일래 처녀손수건 배꽃일래

배꽃같은 흰수건밑에 거울겉은 얼굴보소

거울겉은 얼굴밑에 제비나겉은도 눈매보소

누구간장을 녹힐라고 눈매곱기도 내생깄네

녹힐라요 녹힐라요 대장부간장을 녹힐라요

창부타령 (2)

자료코드 : 04_04_FOS_20110125_PKS_PMS_0006

조사장소 : 경상남도 남해군 이동면 난음리 문현마을 문현마을회관

조사일시 : 2011.1.25

조 사 자 : 박경수, 서정매, 황영태, 윤슬기

제 보 자 : 박막순, 여, 78세

구연상황 : 모심기 노래를 불러 달라고 제보자에게 요청하자 제보자는 노래가 생각이 났는지 짧게 구연해 주었다. 제보자는 짧은 가사더라도 감정을 넣어서 정성껏 불러 주었다.

남의점심 다오는디 우리점심은 안오는가

점심때야 어데거라 주인네 마누래 솜씨보자

시집살이 노래 / 밭매기 노래

자료코드 : 04_04_FOS_20110125_PKS_PMS_0007

조사장소 : 경상남도 남해군 이동면 난음리 문현마을 문현마을회관

조사일시 : 2011.1.25

조 사 자 : 박경수, 서정매, 황영태, 윤슬기
제 보 자 : 박막순, 여, 78세
구연상황 : 제보자는 기억력이 무척 좋은 편이어서 긴 가사로 된 시집살이 노래를 감정
        을 넣어 불러 주었다. 청중들도 모두 가사를 음미하면서 경청하였다.

앞집에는 유자나무
뒷집에는 석노나무[15]
유자석노 근원이좋아
한방아래 들랑날랑

하늘에다 베를채리
구름잡아서 잉애걸고
비자나무 보디집에
알갈잘각 베를짜니
편주왔네[16] 편주왔네
대문밖에 편주왔네
한손으로 받은편지
두손으로 펴어보니
부모죽은 부고로다
댕기풀어 한개걸고
비내빼어 땅아꼽고
달비풀어서 품에여코
신은벗어 손에들고
얼싸안고 넘어가니
곡소리가 나는구나
또한고개 넘어가니

---

15) 석류.
16) 편지가 왔네.

상부꾼이 오는구나

여게오는 이상부야

그게조금 지체하소

셋중에 울오랍시

방문조께 열어주소

에라요년 요망한년

부모얼굴 볼라커던

어제거지17) 못오더냐

울오랍시는 딸놓거던

덩너매도 주지말고

재너매도 주지말고

이웃집에 사우삼소

우리부모는 나를낳여

물건네다 나를줘서

부모얼굴을 못봤다요

창부타령 (3)

자료코드 : 04_04_FOS_20110125_PKS_PMS_0008

조사장소 : 경상남도 남해군 이동면 난음리 문현마을 문현마을회관

조사일시 : 2011.1.25

조 사 자 : 박경수, 서정매, 황영태, 윤슬기

제 보 자 : 박막순, 여, 78세

구연상황 : 제보자는 기억력이 좋고 목청도 좋은 편이었다. 앞 노래를 부른 후에 조사자
         가 가사의 앞 소절을 읊어주자 바로 기억을 해 내어 구연해 주었다.

---

17) 어제와 그저께에.

시들새들 봄배추는 봄비오기만 기다리고

옥에갇은[18] 춘향이는 이도령 오기만 기다리고

물에빠진 심봉사는 심청이 오기만 기다리고

우리겥은 청년들은 임오기만 기다리네

사발가

자료코드 : 04_04_FOS_20110125_PKS_PMS_0009
조사장소 : 경상남도 남해군 이동면 난음리 문현마을 문현마을회관
조사일시 : 2011.1.25
조 사 자 : 박경수, 서정매, 황영태, 윤슬기
제 보 자 : 박막순, 여, 78세
구연상황 : 제보자는 처음에는 가사를 이야기로 얘기하다가 조사자가 노래로 요청하자
　　　　　곧바로 불러 주었다.

석탄백탄 타는데는 연기나 몽탕 나고요

요내가슴 타는데 연기도 짐도[19] 아니나네

산아지타령

자료코드 : 04_04_FOS_20110125_PKS_PMS_0010
조사장소 : 경상남도 남해군 이동면 난음리 문현마을 문현마을회관
조사일시 : 2011.1.25
조 사 자 : 박경수, 서정매, 황영태, 윤슬기
제 보 자 : 박막순, 여, 78세
구연상황 : 조사자가 노래의 앞 운을 띄우며 노래를 유도하자 제보자가 조금 생각하다가

---

18) 옥에 갇힌.
19) 김도.

바로 구연해 주었다.

영감아 탱감아 죽지를 말어라
봄보리 개떡에 코로 볼라주께
에이야 디야 에헤에에이야
에이야디여루 산아지로구나

창부타령 (4)

자료코드 : 04_04_FOS_20110125_PKS_PMS_0011
조사장소 : 경상남도 남해군 이동면 난음리 문현마을 문현마을회관
조사일시 : 2011.1.25
조 사 자 : 박경수, 서정매, 황영태, 윤슬기
제 보 자 : 박막순, 여, 78세
구연상황 : 제보자가 노래를 연이어 구연해 주었다. 한 곡을 부르고 나서 조금 뒤에 또
생각이 나면 바로 불러 주었다.

울아부지는 제비닮아 집만짓고 간곳없네
울어매는 거미를닮아 알만싣고 간곳없네

너냥 나냥

자료코드 : 04_04_FOS_20110125_PKS_PMS_0012
조사장소 : 경상남도 남해군 이동면 난음리 문현마을 문현마을회관
조사일시 : 2011.1.25
조 사 자 : 박경수, 서정매, 황영태, 윤슬기
제보자 1 : 박막순, 여, 78세
제보자 2 : 박소녀, 여, 79세
구연상황 : 조사자가 노래의 앞부분 가사로 읊자 청중들도 모두 안다는 듯이 고개를 끄

덕였다. 마침 두 제보자가 구연해 주었는데, 모르는 부분은 청중들과 함께 운을 맞추며 구연하였다.

제보자 1 너냥 나냥 씨리둥실 놀아라
낮에낮이나 밤에밤이나 참사랭이로구나

아침에 우는새는 배가고파 울고요
저녁에 우는새는 임이기러바 운다
너냥 나냥 쓰리둥실 놀아라
낮이낮이나 밤이밤이나 참사랑이로구나

제보자 2 우리딸 서방은 명태잡이를 갔는데
바람아 강풍아 섣달열흘만 불어라
너냥 나냥 쓰리둥실 놀아라
낮이낮이나 밤이밤이나 참사랑이로구나

신작로 넓어서 도망가기가 좋고요
전깃불이 밝아서 임찾기가 좋네
너냥 나냥 쓰리둥실 놀아라
낮이낮이나 밤이밤이나 참사랑이로구나

가는새는 덤불구녕에 놀고요
오는각시 가는각시는 내품안에 논다
너냥 나냥 쓰리둥실 놀아라
낮이낮이나 밤이밤이나 참사랑이로구나

다리 세기 노래

자료코드 : 04_04_FOS_20110125_PKS_PMS_0013
조사장소 : 경상남도 남해군 이동면 난음리 문현마을 문현마을회관
조사일시 : 2011.1.25
조 사 자 : 박경수, 서정매, 황영태, 윤슬기
제 보 자 : 박막순, 여, 78세
구연상황 : 제보자가 우물거리던 것을 조사자가 노래로 불러 달라고 요청하자 그제서야
노래로 불러 주었다.

이다리 저다리 콩다리

진주망근 또망근

짝바리 이양근

도라미줌치 장두칼

머구밭에 덕서리

칠팔월에 무서리

동지섣달 대서리

황새 노래

자료코드 : 04_04_FOS_20110125_PKS_PMS_0014
조사장소 : 경상남도 남해군 이동면 난음리 문현마을 문현마을회관
조사일시 : 2011.1.25
조 사 자 : 박경수, 서정매, 황영태, 윤슬기
제 보 자 : 박막순, 여, 78세
구연상황 : 노래 가사가 조금 짓궂은 내용이어서 제보자는 노래를 구연하면서도 부끄러
워하면서 구연해 주었다. 청중들도 노래를 들으며 가사가 재미있었는지 모두
함께 웃었다.

황새야 떡새야

너그어매 찝에20) 불났다

떡사갔다 바치라

방석갔다 바치라

아기 어르는 노래

자료코드 : 04_04_FOS_20110125_PKS_PMS_0015
조사장소 : 경상남도 남해군 이동면 난음리 문현마을 문현마을회관
조사일시 : 2011.1.25
조 사 자 : 박경수, 서정매, 황영태, 윤슬기
제 보 자 : 박막순, 여, 78세
구연상황 : 제보자가 혼자 곰곰이 생각하더니 노래로 부르지 않고 가사를 읊어 주었다. 가
사 내용이 무척 의미 있다며 조사자에게 가사를 이해시키듯이 구연해 주었다.

[이야기로]

청금둥아 만금둥아 일월영천 호걸동아

만첩청산에 기른동아 눈진산에 꽃봉진양

얼음궁녀 수달피냐 다무르컨가 저애긴가

챙이끝에 사래긴가 한질같이 맹질거라

세상같이 너리거라 하늘같이 높으거라

동해같이 살찌거라 막대같이 질기거라

용마같이 날래거라

감자 노래

자료코드 : 04_04_FOS_20110125_PKS_PMS_0016

---

20) 찝에.

조사장소 : 경상남도 남해군 이동면 난음리 문현마을 문현마을회관
조사일시 : 2011.1.25
조 사 자 : 박경수, 서정매, 황영태, 윤슬기
제 보 자 : 박막순, 여, 78세
구연상황 : 다른 제보자가 이야기를 읊어 주는 것을 제보자가 노래로 구연해 주었다.

옛날에 옛날에 감자새끼가
저거아버지 팔아묵고 도망갔다네

창부타령 (5)

자료코드 : 04_04_FOS_20110125_PKS_PMS_0017
조사장소 : 경상남도 남해군 이동면 난음리 문현마을 문현마을회관
조사일시 : 2011.1.25
조 사 자 : 박경수, 서정매, 황영태, 윤슬기
제 보 자 : 박막순, 여, 78세
구연상황 : 제보자는 노래를 구연하고 나서 바로 또 생각나는 노래가 있어서 이어서 구
연해 주었다. 무척 노래를 좋아하고 잘 부르는 편이었다.

양밑에라 미나리깡에 미나리비는 저처녀야
니는총총 미나리비나 내가심으면 콩이된다
던지자니 넘이알고 두손을 쥐자니 지가아나
던진다고 던진돌이 발등에다 맞았구나
훌쩍훌쩍 우는소리 대장부 가슴이 다타진다

잠 노래

자료코드 : 04_04_FOS_20110125_PKS_PMS_0018
조사장소 : 경상남도 남해군 이동면 난음리 문현마을 문현마을회관

조사일시 : 2011.1.25
조 사 자 : 박경수, 서정매, 황영태, 윤슬기
제 보 자 : 박막순, 여, 78세
구연상황 : 제보자가 구연을 하고 난 뒤 또 다른 노래가 문득 생각났는지 이어서 바로
구연해 주었다.

잠아잠아 깨어나지를 말아 시어마니가 눈에낸다
시어마니가 눈에를내면 임의눈에 절로난다
임의눈에 눈에나면 안친밥이 잠깐이라

달타령

자료코드 : 04_04_FOS_20110125_PKS_PMS_0019
조사장소 : 경상남도 남해군 이동면 난음리 문현마을 문현마을회관
조사일시 : 2011.1.25
조 사 자 : 박경수, 서정매, 황영태, 윤슬기
제 보 자 : 박막순, 여, 78세
구연상황 : 조사자가 노래의 앞 운을 띄우자 제보자가 바로 노래로 구연해 주었다.

달아달아 밝은달아 이태백이 놀던달아
저기저기 저달속에 계수나무가 뱃겨서니
옥토치를 찍어내어 금도치를 다듬어서
초간삼간 집을 짓고 양천부모를 모시놓고
살고지아 살고나지아 천년만년을 살고지아

딱따구리 노래

자료코드 : 04_04_FOS_20110125_PKS_PMS_0020
조사장소 : 경상남도 남해군 이동면 난음리 문현마을 문현마을회관

조사일시 : 2011.1.25

조 사 자 : 박경수, 서정매, 황영태, 윤슬기

제 보 자 : 박막순, 여, 78세

구연상황 : 제보자가 이야기를 하듯이 노래를 불러 주어서 다시 노래로 부탁을 드리자
부끄러운지 그대로 4. 4조의 가사체로 읊어 주었다.

[이야기로]

뒷동산 딱따구리는 참나무 구녕을 뚫버내고

우리집 저문댕이 떱던구녕도 못뚫는다

시집살이 노래 / 사촌형 노래

자료코드 : 04_04_FOS_20110125_PKS_PMS_0021

조사장소 : 경상남도 남해군 이동면 난음리 문현마을 문현마을회관

조사일시 : 2011.1.25

조 사 자 : 박경수, 서정매, 황영태, 윤슬기

제 보 자 : 박막순, 여, 78세

구연상황 : 제보자가 노래를 구연하던 중에 갑자기 가사가 기억나지 않자 청중들에게 가
사를 묻게 되었다. 청중들이 가사를 얘기해 주자 다시 가사를 이어서 구연하
였다.

성아성아 사춘성아

내왔다고 기지말고

살한되만 재겼으면

성도묵고 내도묵고

그솥에 누룬밥은

성내개주지 내개줬나

그싸래기 받았시면

성내닭주제 내닭줬나

그솥에라 구정물은

성내새주지 내새주나

시집살이 노래 / 사촌형 노래

자료코드 : 04_04_FOS_20110124_PKS_PMR_0001
조사장소 : 경상남도 남해군 이동면 무림리 정거마을 이동면 복지회관
조사일시 : 2011.1.24
조 사 자 : 박경수, 서정매, 황영태, 윤슬기
제 보 자 : 박말례, 여, 88세
구연상황 : 조사자가 앞 운을 띄워 주자 제보자가 기억이 난다며 구연해 주었다.

아니 아니놀지는 못하리라

성아성아 사춘성아 내왔다고 기념마라

쌀한되만제치시면 성도묵고 내도묵고

구중물은 성내세주고 누룬밥은 성네개 주게

우리개를 준다말까

모심기 노래(1)

자료코드 : 04_04_FOS_20110124_PKS_PMR_0002
조사장소 : 경상남도 남해군 이동면 무림리 정거마을 이동면 복지회관
조사일시 : 2011.1.24
조 사 자 : 박경수, 서정매, 황영태, 윤슬기
제 보 자 : 박말례, 여, 88세
구연상황 : 조사자가 제보자에게 모심기 노래를 요청하자 제보자는 모심기 노래는 원래
소리를 길게 빼서 부르는 노래라고 하면서, 중간에 설명까지 덧붙여 주며
구연해 주었다.

이논에다 모를심~어 가모감~실 영화로세~

앞산은옆옆- 멀어오고- 뒷산은~ 옆옆~ 가지가지가 온다~

여기도꼽꼬 저기도꼽꼬 주인네마누레 손등에도 꼽쩨-

창부타령

자료코드 : 04_04_FOS_20110124_PKS_PMR_0003

조사장소 : 경상남도 남해군 이동면 무림리 정거마을 이동면 복지회관

조사일시 : 2011.1.24

조 사 자 : 박경수, 서정매, 황영태, 윤슬기

제 보 자 : 박말례, 여, 88세

구연상황 : 제보자는 기억력이 좋은 편이었다. 앞에 노래를 구연하고 나서 이어서 계속 구연해 주었다.

남해금산 잔솔밭에 딸기나피는 꽃이나피어

씨누올케 꽃따러가 남강물에 뚝떨어졌네

울오랍시 거둥을보소 옆에동생 밀쳐놓고

먼디야 있는 저건진다

나도죽어 남자가되어 부모야부터 생기놓고

얼씨구 절씨구 타는간장

엥간이 들어도 다터진다

서울에라 왕대밭에 금비둘기가 알을낳여

몬치보고 때리나보고 놓고야가는도 저선부야

첫아들을 놓거들랑 평상감사를 매련하고

둘째딸을 놓거들랑 평양감사로 매련하소

얼씨구절씨구 지화자자 좋네

요렇게 좋다이면 딸놓겄네

남해금산 뜬구름아 눈실었나 비실었나

눈도비도 내아니실고 노래명창 내실었소

노래명창 니불러라 소구나장단을 내잽히께

얼씨구 절씨구 지화자자 좋네

요롷게 좋다면 몬살겠네

회심곡

자료코드 : 04_04_FOS_20110124_PKS_PMR_0004

조사장소 : 경상남도 남해군 이동면 무림리 정거마을 이동면 복지회관

조사일시 : 2011.1.24

조 사 자 : 박경수, 서정매, 황영태, 윤슬기

제 보 자 : 박말례, 여, 88세

구연상황 : 제보자가 직접 회심곡을 한번 불러 보겠다며 스스로 박수를 치며 구연해 주었다. 4. 4조의 가사체로 읊어 주었고, 맨 마지막 부분의 '나무아미타불 관세음보살'에서만 노래로 불렀다. 가사 내용이 절절하여 청중들도 모두 귀를 귀울이며 경청하였다.

슬프고다 슬프더라 어찌하여 슬프던고

이세월이 견고한줄 태산같이 믿었더니

백년간 못다가서 백발되기 슬프더라

어와청춘 소년들아 백발보고 웃지마라

끝없이 가는세월 닌들아니 늙을소냐

적은듯이 늙은듯이 한심하고 슬프더라

너무없이 오는백발 털끝마다 점노하고

이리저리 하여본들 오는백발 금할소냐

허창으로 빌어보니 보지못해서 아니올까

뜨는칼을 내던지면 혼이나서 아니올까

만단진수 채려놓고 빌어보면 아니올까

뜨는칼을 내던지면 혼이나서 아니올까

석중이여 엄한죄로 인정쓰면 아니올까

할수없는 저백발은 사람마다 끊는도다

영웅인들 늙지않나 호걸인들 죽지않소

영웅도 자랑말고 호걸도 말을마소

만구영웅 진시황도 영산축에 잠들었고

글잘하는 이태백이도 백년산천 아니있고

백자천석 갑부냥도 할수없이 돌아가니

억조창생 만민들아 이내일신 젊었을때

선심공덕을 얻어하소

나무아~미타불

관세음보살-

양산도

자료코드 : 04_04_FOS_20110124_PKS_PMR_0005

조사장소 : 경상남도 남해군 이동면 무림리 정거마을 이동면 복지회관

조사일시 : 2011.1.24

조 사 자 : 박경수, 서정매, 황영태, 윤슬기

제 보 자 : 박말례, 여, 88세

구연상황 : 제보자는 예전에 많이 불렀던 노래라고 하면서 손뼉을 치며 노래를 시작하였
다. 청중들도 함께 따라 불러 주었다.

에헤이~요-

사람이 못나면 돈을보고 살고~

언젠가 못나면은 돈도야 싫네

니가잘나 내가잘나 그뉘가잘나~

어나동전 지하백전 돈잘나구~나

에헤이~요-

세월을 간다고 한탄을말~고-

세월가 따라서 놀아나보~세-

아서라 말어라 너그리말~아~

산사람 괄세를 내가가리말~아-

모심기 노래 (2)

자료코드 : 04_04_FOS_20110124_PKS_PMR_0006

조사장소 : 경상남도 남해군 이동면 무림리 정거마을 이동면 복지회관

조사일시 : 2011.1.24

조 사 자 : 박경수, 서정매, 황영태, 윤슬기

제 보 자 : 박말례, 여, 88세

구연상황 : 모심기 노래는 예전에 길게 소리를 빼면서 부르는 것이라고 하면서 가사에
대한 설명도 곁들여 주면서 구연해 주었다.

이논에다- 모를심어 가못감실~ 영화로세~

점심때야- 어오니라 주인네 마누래 솜씨를보~자~

잠 노래

자료코드 : 04_04_FOS_20110124_PKS_PMR_0007

조사장소 : 경상남도 남해군 이동면 무림리 정거마을 이동면 복지회관

조사일시 : 2011.1.24

조 사 자 : 박경수, 서정매, 황영태, 윤슬기

제 보 자 : 박말례, 여, 88세

구연상황 : 조사자가 제보자에서 가사의 운을 띄워 주자 생각이 났는지 곧바로 긴 노래로 구연해 주었다.

시쿠놈의 잠아-잠~아 오지마라~

시어-마니 눈에~난다-

시어-마니 눈에~나몬-

임의눈~에도 절로난다-

노랫가락 / 그네 노래

자료코드 : 04_04_FOS_20110125_PKS_PSN_0001

조사장소 : 경상남도 남해군 이동면 난음리 문현마을 문현마을회관

조사일시 : 2011.1.25

조 사 자 : 박경수, 서정매, 황영태, 윤슬기

제 보 자 : 박소녀, 여, 79세

구연상황 : 앞 제보자가 노래를 부른 후에 잠시 조용해진 분위기였다. 그때 조사자가 청중들에게 그네 노래를 아는지 물어보자, 제보자가 선뜻 구연해 주었다.

수천당 세모실남개~ 둘이타자는 그네줄매여-

임이타이면 내가야-밀고 내가타-면은 임이민다-

임아임아~ 줄밀지마라 줄떨어지면은 정떨어진다

꿩 노래

자료코드 : 04_04_FOS_20110125_PKS_PSN_0002

조사장소 : 경상남도 남해군 이동면 난음리 문현마을 문현마을회관

조사일시 : 2011.1.25

조 사 자 : 박경수, 서정매, 황영태, 윤슬기

제 보 자 : 박소녀, 여, 79세
구연상황 : 제보자가 구연을 하면서도 스스로 웃음을 참지 못하고 웃으면서 구연해 주었다.

끌끌 장서방
재인네 집에간께
뭐뭐 주던고
앵감도 가시라꼬
물똥도 안주데

끌끌 꿩서방
재인에집에 간께
뭐뭐 주던고
앵감도 가시라꼬
앵감한개 안주데

양산도

자료코드 : 04_04_FOS_20110125_PKS_PSN_0003
조사장소 : 경상남도 남해군 이동면 난음리 문현마을 문현마을회관
조사일시 : 2011.1.25
조 사 자 : 박경수, 서정매, 황영태, 윤슬기
제 보 자 : 박소녀, 여, 79세
구연상황 : 제보자는 노래를 한 번 구연하고 난 뒤 자신감이 붙어 보였다. 다른 제보자가
노래를 하는 동안 미리 생각을 해 놓고는 한 제보자의 노래가 끝나자 이어서
양산도를 불러 주었다.

총각아 총~각아 유다른 총–각아~
말많은 내집에 님얼으로 왔네
숫돌이 좋아서 낫갈러–왔~네

우리오빠 오기전에 어서빨리-가소

도라지타령

자료코드 : 04_04_FOS_20110125_PKS_PSN_0004
조사장소 : 경상남도 남해군 이동면 난음리 문현마을 문현마을회관
조사일시 : 2011.1.25
조 사 자 : 박경수, 서정매, 황영태, 윤슬기
제 보 자 : 박소녀, 여, 79세
구연상황 : 다른 제보자가 읊는 소리를 듣고 노래가 생각이 났는지 바로 구연해 주었다.

도라지캐러 간다고~ 요핑기 조핑기를 다대더니

총각낭군 무덤에~ 삼오지 지내러 가구나

에헤이용 에헤이용 에헤이~야

호여라난다 지화자자 좋다

니가내간장을 시리살살 다녹힌다

진도아리랑

자료코드 : 04_04_FOS_20110125_PKS_BKH_0001
조사장소 : 경상남도 남해군 이동면 무림리 봉곡마을 봉곡마을회관
조사일시 : 2011.1.25
조 사 자 : 박경수, 서정매, 황영태, 윤슬기
제 보 자 : 배국향, 여, 80세
구연상황 : 앞 사람의 제보가 끝나고 약간 조용한 분위기였다. 그때 조사자가 아리랑을
         불러 달라고 요청하자 제보자가 진도아리랑을 불러 주었다.

문전세전은 왠고갠가

구부야 구부구부가 눈물이로구나

아리아리랑 쓰리쓰리랑 아라리가 났네

아~리랑 응응응 아라리가 났네

우리가 살더라 몇만년 사나

쭉많이 살아야 금팔십년 산다

아리아리랑 쓰리쓰리랑 아라리가 났네

아~리랑 응응응 아라리가 났네

창부타령 (1)

자료코드 : 04_04_FOS_20110125_PKS_BKH_0002

조사장소 : 경상남도 남해군 이동면 무림리 봉곡마을 봉곡마을회관

조사일시 : 2011.1.25

조 사 자 : 박경수, 서정매, 황영태, 윤슬기

제 보 자 : 배국향, 여, 80세

구연상황 : 다른 제보자가 부르려고 하자 제보자가 본인부터 먼저 부르겠다며 구연해 주었다.

뒷동산에 박달나무 홍돌깨 방마치 다나가고

키크고 곧은나무는 전봇대로 다나간다

얼씨구나 좋네 지화자 좋네

아니놀지는 못하리라

시집살이 노래

자료코드 : 04_04_FOS_20110125_PKS_BKH_0003

조사장소 : 경상남도 남해군 이동면 무림리 봉곡마을 봉곡마을회관

조사일시 : 2011.1.25

조 사 자 : 박경수, 서정매, 황영태, 윤슬기
제 보 자 : 배국향, 여, 80세
구연상황 : 조사자가 노래의 앞 운을 띠우자 제보자가 그제서야 노래가 생각이 났는지
구연해 주었다.

시집가던 삼년만에 서방님이 병이나서
비내폴고 달비폴고 인조적삼 다폴아서
약한첩을 지어다가 약탕간에 걸어놓고
앉아종신 누워종신 두종신을 하시다가
언숨열어 새벽잠에 님가는줄 내몰랐네

창부타령 (2)

자료코드 : 04_04_FOS_20110125_PKS_BKH_0004
조사장소 : 경상남도 남해군 이동면 무림리 봉곡마을 봉곡마을회관
조사일시 : 2011.1.25
조 사 자 : 박경수, 서정매, 황영태, 윤슬기
제 보 자 : 배국향, 여, 80세
구연상황 : 조사자가 제보자에게 또 생각나는 노래가 있는지 묻자 제보자는 곰곰이 생각
하더니 갑자기 구연해 주었다.

앞집에는 비가오고
뒷집에는 배들째고21)
얼씨구나 좋네 지화자 좋네
아니 놀지를 못하리라
사쿠라 꽃밑에 임새와놓고
임인가 꽃인가 잘모르겠네

---

21) 햇볕을 쬐고.

잠 노래

자료코드 : 04_04_FOS_20110125_PKS_BKH_0005
조사장소 : 경상남도 남해군 이동면 무림리 봉곡마을 봉곡마을회관
조사일시 : 2011.1.25
조 사 자 : 박경수, 서정매, 황영태, 윤슬기
제 보 자 : 배국향, 여, 80세
구연상황 : 제보자는 미리 청중들과 가사를 한 번 읊고 난 뒤에 노래로 구연해 주었다.

> 잠아잠아 오지마라
> 시어마니 눈에난다
> 시어마니 눈에나면
> 임의눈에 절로난다

방귀타령

자료코드 : 04_04_FOS_20110125_PKS_BKH_0006
조사장소 : 경상남도 남해군 이동면 무림리 봉곡마을 봉곡마을회관
조사일시 : 2011.1.25
조 사 자 : 박경수, 서정매, 황영태, 윤슬기
제 보 자 : 배국향, 여, 80세
구연상황 : 조사자가 방귀 노래를 아느냐고 묻자 제보자가 예전에 많이 부른 것이라며 구연해 주었다.

> 시아배 방구는 호롱방구
> 시어매 방구는 앙살방구
> 아들 방구는 유둑방구
> 손지 방구는 꾀신방구
> 며느리 방구는 도둑방구
> 이불밑에 기는방구

할대밑에 나는방구
골목골목 애들 방구
엇다 그방구 수도많다

창부타령 (3)

자료코드 : 04_04_FOS_20110125_PKS_BKH_0007
조사장소 : 경상남도 남해군 이동면 무림리 봉곡마을 봉곡마을회관
조사일시 : 2011.1.25
조 사 자 : 박경수, 서정매, 황영태, 윤슬기
제 보 자 : 배국향, 여, 80세
구연상황 : 제보자가 가사가 잘 생각이 안 난다고 하였지만, 아는 데까지 짧게 구연해 주
었다.

강진바다 갈포래는 시어매 닮아서 펄펄헌다
강진바다 소래고동 시누닮아 비뚤어진다

너냥 나냥

자료코드 : 04_04_FOS_20110125_PKS_BKH_0008
조사장소 : 경상남도 남해군 이동면 무림리 봉곡마을 봉곡마을회관
조사일시 : 2011.1.25
조 사 자 : 박경수, 서정매, 황영태, 윤슬기
제 보 자 : 배국향, 여, 80세
구연상황 : 조사자가 가사의 앞부분을 읊어 주자 제보자가 그제서야 생각이 난 듯 불러
주었다. 막상 노래를 시작하면서도 기억이 잘 안 나자 청중들이 함께 불러 주
었다.

너냥 나냥 두리둥실 놀아라

낮이낮이나 밤이밤이나 참사랑이로구나

너냥내냥 스리쑹실 놀아라

낮에낮이나 밤에밤이나 참사랑이로구나

아침에 우는새는 배가고파서 울~고요

저녁에 우는새는 임이기러와 운다

너냥 나냥 두리둥실 놀아라

낮에낮이나 밤에밤에나 참사랑이로~구나

사발가

자료코드 : 04_04_FOS_20110125_PKS_BKH_0009

조사장소 : 경상남도 남해군 이동면 무림리 봉곡마을 봉곡마을회관

조사일시 : 2011.1.25

조 사 자 : 박경수, 서정매, 황영태, 윤슬기

제 보 자 : 배국향, 여, 80세

구연상황 : 제보자가 막상 노래를 잘 기억하지 못하자 조사자와 청중이 함께 도와주면서
노래가 구연되었다.

석탄백탄 타는데는 연기나몰콕 나는데

요내가슴 타는데는 연기도짐도 아니난다

얼씨구나 좋네 지화자 좋네

아니 놀지는 못하리라

산아지타령 (1)

자료코드 : 04_04_FOS_20110125_PKS_SSA_0001

조사장소 : 경상남도 남해군 이동면 무림리 봉곡마을 봉곡마을회관

조사일시 : 2011.1.25

조 사 자 : 박경수, 서정매, 황영태, 윤슬기

제 보 자 : 송순아, 여, 76세

구연상황 : 제보자는 다른 청중이 노래하는 것을 듣고 자신의 차례를 기다린 후에 자신 있게 구연해 주었다. 조사자가 노래의 앞 운을 조금씩 떠워 주자 연속해서 불러 주었다.

세월아 봄철아 오고가지를 말아라

아까분 이내청춘 다늙어진다

에이야디야 에~혜야

에혜야 디여루 산아지로구나

영감아 탱감아 죽지를 말어라

봄보리 개떡에 불을 볼라줄께

에이야디야 에~혜야

에혜야 디여루 산아지로~구나

산아지타령 (2)

자료코드 : 04_04_FOS_20110125_PKS_SSA_0002

조사장소 : 경상남도 남해군 이동면 무림리 봉곡마을 봉곡마을회관

조사일시 : 2011.1.25

조 사 자 : 박경수, 서정매, 황영태, 윤슬기

제 보 자 : 송순아, 여, 76세

구연상황 : 제보자가 노래를 한번 시작하더니 계속 생각이 났는지 잠시 생각한 후 곧바로 불러 주었다.

총각아 총각아 유다른 총각아

말많은 우러집에 누가 들어왔제

배를짜길래 소리듣고 왔네

에이야 디야 에헤에이야
에헤야 디여루 산아지로구나

기차야 마차야 소리내지 말어라
봄가장 새빠질놈이 들밟아온다
에이야 디야 에헤에이야
에헤야 디여루 산아지로구나

산아지타령 (3)

자료코드 : 04_04_FOS_20110125_PKS_SSA_0003
조사장소 : 경상남도 남해군 이동면 무림리 봉곡마을 봉곡마을회관
조사일시 : 2011.1.25
조 사 자 : 박경수, 서정매, 황영태, 윤슬기
제 보 자 : 송순아, 여, 76세
구연상황 : 제보자는 노래를 그만하겠다고 하면서도 그때 다시 생각나는 가사가 있었는
지 앞 노래에 이어서 산아지타령을 구연해 주었다. 조사자가 노래 가사의 운
을 띄워 주자 곧바로 노래로 이어서 구연하였다.

청천하늘에 잔별도 많고
요내야 가슴에는 잔수심도 많네
에이야 디야 에헤에이야
에헤이야 디여루 산아지로구나

삼각산 만당에 비오나마나
나애린 서방님은 얻으나마나
에이햐디야 에헤이야 에이야
에헤이야디여루 산아지로구나

창부타령

자료코드 : 04_04_FOS_20110125_PKS_SSA_0004
조사장소 : 경상남도 남해군 이동면 무림리 봉곡마을 봉곡마을회관
조사일시 : 2011.1.25
조 사 자 : 박경수, 서정매, 황영태, 윤슬기
제 보 자 : 송순아, 여, 76세
구연상황 : 조사자가 앞 운을 띄우자 짧지만 자신 있게 구연해 주었다. 그러나 뒷부분을
기억을 못하고 바로 후렴구로 연결하여 마무리를 지었다.

낮은산에 비날리고 높은산에 눈날리고
얼씨구 좋네 지화자자 좋네
아니 놀지를 못하리라

노랫가락 / 그네 노래

자료코드 : 04_04_FOS_20110125_PKS_SSA_0005
조사장소 : 경상남도 남해군 이동면 무림리 봉곡마을 봉곡마을회관
조사일시 : 2011.1.25
조 사 자 : 박경수, 서정매, 황영태, 윤슬기
제 보 자 : 송순아, 여, 76세
구연상황 : 다른 청중이 부르다 말은 노래를 제보자가 처음부터 다시 노래해야 한다고
하면서 불러 주었다. 다른 청중도 아는 노래여서인지 함께 불러 주었다.

수천당 세모신남개 오색가지 그네를매와
임이뛰면 내가밀고 내가뛰면 임이민다
임아임아 줄살살밀어라 줄떨어지면 정떨어진다

진도아리랑

자료코드 : 04_04_FOS_20110125_PKS_SSA_0006
조사장소 : 경상남도 남해군 이동면 무림리 봉곡마을 봉곡마을회관
조사일시 : 2011.1.25
조 사 자 : 박경수, 서정매, 황영태, 윤슬기
제 보 자 : 송순아, 여, 76세
구연상황 : 조사자가 제보자에게 아리랑을 불러 달라고 요청하자 진도아리랑을 구연해
주었다.

노세노세 젊어서 놀아

늙고야 병들면 못노니라

아리아리랑 쓰리쓰리랑 아라리가 났네~

아~리랑 꿍~꿍꿍 아라리가 났네

황새 노래

자료코드 : 04_04_FOS_20110125_PKS_SSA_0007
조사장소 : 경상남도 남해군 이동면 무림리 봉곡마을 봉곡마을회관
조사일시 : 2011.1.25
조 사 자 : 박경수, 서정매, 황영태, 윤슬기
제 보 자 : 송순아, 여, 76세
구연상황 : 청중과 제보자가 노래 가사에 대한 이야기를 하면서 웃음바다가 되었다. 조사
자가 노래로 불러 달라고 요청하자 제보자가 마음을 가다듬고 구연해 주었다.
부르면서도 부끄럽고 쑥스러웠는지 머쓱해 하였다.

황새야 떡새야

너그어매 보지 불났다

장꼬방에 물떠놓고

뱅~뱅~ 돌아라

비야비야 노래

자료코드 : 04_04_FOS_20110125_PKS_SSA_0008

조사장소 : 경상남도 남해군 이동면 무림리 봉곡마을 봉곡마을회관

조사일시 : 2011.1.25

조 사 자 : 박경수, 서정매, 황영태, 윤슬기

제 보 자 : 송순아, 여, 76세

구연상황 : 제보자는 노래를 부르고 난 뒤 가사가 안 맞다며 다시 구연해 주었다.

비야비야 오지마라

우리생이 시집간다

가매꼭디 비맞으면

고운치매 얼룽진다

모심기 노래

자료코드 : 04_04_FOS_20110125_PKS_SSA_0009

조사장소 : 경상남도 남해군 이동면 무림리 봉곡마을 봉곡마을회관

조사일시 : 2011.1.25

조 사 자 : 박경수, 서정매, 황영태, 윤슬기

제 보 자 : 송순아, 여, 76세

구연상황 : 제보자는 가사를 읊어 보다가 가사가 맞지 않다며 구연을 하다가 멈추었다. 청중들도 가사를 거들어서 겨우 마무리를 지었다.

서마지기 논배미가 반달만치 남았구나

그게무신 반달이냐

초승달만 반달이냐 그믐달도 반달이다

보리타작 노래

자료코드 : 04_04_FOS_20110125_PKS_SJS_0001
조사장소 : 경상남도 남해군 이동면 난음리 난음마을 난음리경로당
조사일시 : 2011.1.25
조 사 자 : 박경수, 서정매, 황영태, 윤슬기
제 보 자 : 송주성, 남, 71세
구연상황 : 제보자는 경로당에서 혼자서 화투패를 정리하고 있었다. 조사자가 민요 한 곡
을 요청하자 받는소리 없으면 못한다고 하였다. 조사자들이 소리를 받아 부르
겠다고 하자 그제서야 보리타작 노래를 구연해 주었다.

때리라 어화

때리 어화

여깄네 어화

여기요 어화

여게 어화

쎄이 어화

휘젓어 어화

밑으로 어화

여깄네 어화

때려 어화

때리라 어화

어허 어화

어허 어화

때리라 어화

때리라 어화

어히 어화

때리 어화

때리 어화

때리라 어화

때리라 어화

때리라 어화

여기요 어화

여게 어화

여깄네 어화

여깄네 어화

어히 어화

때리라 어화

어허 어화

어허 어화

그거는 숨쉬는 소리고

다리 세기 노래

자료코드 : 04_04_FOS_20110126_PKS_JJE_0001
조사장소 : 경상남도 남해군 이동면 용소리 용소마을 용문사길 9235번지 박종섭 씨 댁
조사일시 : 2011.1.26
조 사 자 : 박경수, 서정매, 황영태, 윤슬기
제 보 자 : 정정애, 여, 76세
구연상황 : 조사자가 다리세기 노래를 아느냐고 물으면서 노래의 앞 운을 띄우자 제보자
　　　　　가 곧바로 구연했다. 마지막 부분은 재미를 더하는 부분이라 익살스럽게 강조
　　　　　를 하며 불러 주었다.

이거리 저거리 각거리

진주망구 또망구

짝발로 익었나

적도적도 전라도
논새 묵었나
하늘뻔득 제비콩

해방가 (1)

자료코드 : 04_04_MFS_20110125_PKS_KBW_0001
조사장소 : 경상남도 남해군 이동면 초음리 초양마을 김봉원 씨 댁
조사일시 : 2011.1.25
조 사 자 : 박경수, 서정매, 황영태, 윤슬기
제 보 자 : 김봉원, 남, 71세
구연상황 : 제보자는 노래를 즐기는 편이었고, 조사자의 요청에 흔쾌히 응해 주는 편이었
다. 즐거운 마음으로 술을 한 모금 한 후에 노래를 시작하였다. 노래를 구연
하면서도 조사자가 뜻을 알아들을 수 있도록 설명을 곁들이면서 구연하였다.
후렴구는 상여 소리의 것과 같은데 제보자는 후렴구는 생략하고 앞소리만 불
러 주었다.

일천~오백사십오년~조선~천지가

일제에 삼십육년동안 압박을 받어~

서리서리 살아온 우리조선 백성들

(후렴)

이리하야 세월은 흘러

일천오~백 사십오년~

(후렴)

조선~천지가 해방이되어

집집마다~ 태극기를 달고~

(후렴)

만세소리가 처령하다

부산서울 넓븐땅에

(후렴)

허다~허님들은 다왔는데
안보이네~ 간곳이~ 없네
(후렴)
우리야~ 낭군은 보이지를 않는다
원자폭탄에 맞았는가~
(후렴)
외국-나라로 유랑을~갔나
우리-낭군님은 안보인더
(후렴)
여주-백제 돌부처가
말문이 열거든 오실란거
(후렴)
강원도~ 비로봉이
평지가 되거든 오실란거
(후렴)
평풍~란에 그린달기(닭이)
두 날개 펴거든 오실란가
(후렴)
해방은 되었다고~ 좋다고 허는데
지긋지긋한 육이오동란이 또터~졌네
(후렴)
재주가 좋다 제트기는
곳곳이 찾아서~ 다죽~이고
(후렴)
어린자식을 등어리다 업고~
다큰자식은 손목을잡고

(후렴)

한강철교를 건널라~하니

눈물이 쏟아져서 못가~굿네

어화넘 어화넘 어이가루 넘차 어화넘

세월은 흘러 우리나라 정치가인

박정희~ 대통령은

고속도로 지하철을 만들어놓고

선진-대열에 올라섰네

(후렴)

살기좋은 우리나라 대한민국~

어찌나 좋으면 이렇게 좋을까

해방가 (2)

자료코드 : 04_04_MFS_20110125_PKS_KBW_0002

조사장소 : 경상남도 남해군 이동면 초음리 초양마을 김봉원 씨 댁

조사일시 : 2011.1.25

조 사 자 : 박경수, 서정매, 황영태, 윤슬기

제 보 자 : 김봉원, 남, 71세

구연상황 : 제보자는 상여 소리를 구연하고 난 뒤에 또 좋은 노래가 없는지 스스로가 더 생각해 내면서 제보를 많이 해 주려고 신경을 더 쓰는 편이었다. 예전에 부른 노래라면서 해방 노래를 불러 주었는데, 노래를 부르고 나서도 기뻐하여 웃음을 지었다.

진용포국때 끌려나갈적에

다시는 못돌아올줄을 알았는데

일천오백사십오년

조선천지가 해방이되어

이내몸~을 연락선에실고

부산항구에 도착을허니

거리거리는 만세소리요

집집마다는 태극긴데

간곳없고~ 보이지도 않고

우리낭군은 간곳없네

원자폭탄에 맞았는가

외국나라로 유랑갔나

어찌나 할거나 어찌나 할거나

임없시면 못살낸데

강원도라 비로봉이

평지가 되거든 오실란가

여주의 백제 돌부처가

말문이 열리거든 오실란가이

어찌나 할거나 어찌나 할꼬

나홀로는 못살세상

각설이타령

자료코드 : 04_04_MFS_20110124_PKS_KBJ_0001

조사장소 : 경상남도 남해군 이동면 신전리 신전마을 김봉진 씨 댁

조사일시 : 2011.1.24

조 사 자 : 박경수, 서정매, 황영태, 윤슬기

제 보 자 : 김봉진, 남, 86세

구연상황 : 상여 소리를 부르고 난 뒤에 조사가가 제보자에게 또 다른 노래가 없는지 묻
자 흔쾌히 각설이타령을 불러 주었다. 처음에는 노래로 시작하였으나 가사가

잘 생각이 나지 않자 가사를 읊어 주면서 마무리하였다.

일자로 한자 들고보니
일선에 갇힌 우리낭군
돌아-오기를 기다린다
허리구 저리구 잘한다
어허품마 장태로

이자 한자로 들고 보니
이북에 있는 김일성이
손들라고 일어선다
어리구 저리구 잘헌다

삼자 한자 들고 보니
삼천만 우리동포
평화되기를 기다린다

사자 한자 들고보니
사천이백칠십팔년
우리나라가 해방된다

오자 한자를 들고 보니
오억만의 중공군이
남한일대를 침입허고

육자 한자를 들고 보니
육이오 동란 집잡아먹고
피란생활이 웬말이냐

칠자 한자 들고보니
칠억만의 함포소리
남한일대가 우렁친다

팔자 한자 들고보니
판문점에 휴전대담
만국대포가 다모여들고

구자 한자 들고보니
군대생활 구년만에
무등병이 왠말이냐

십자 한자 들고보니
장가가던 첫날밤에
소집령이 왠말인가

이구십팔 노래

자료코드 : 04_04_MFS_20110125_PKS_BKH_0001
조사장소 : 경상남도 남해군 이동면 무림리 봉곡마을 봉곡마을회관
조사일시 : 2011.1.25
조 사 자 : 박경수, 서정매, 황영태, 윤슬기
제 보 자 : 배국향, 여, 80세
구연상황 : 제보자가 노래를 한 곡 부르고 나자 새로운 노래가 생각이 났는지 이어서 불
러 주었다.

이구십팔 건~방진-놈이~ 오토바이를 한들삼고
내꼬다이(넥타이)를 끝날리면서~ 남산-요절로 산보를 간다

■엮은이 소개

박경수 부산대 대학원 문학박사. 현 부산외대 한국어문화학부 교수. 주요 저서로『한국
근대 민요시 연구』,『한국 민요의 유형과 성격』,『현대시의 정체성 탐구』,『아
동문학의 도전과 지역 맥락』,『현대시의 고전텍스트 수용과 변용』등이 있다.

정규식 동아대 대학원 문학박사. 현 동아대 융합교양대학 조교수. 주요 저서로『즐거운
고전 삶으로서의 고전』,『한국 고전문학 연구의 지평과 과제』,『고소설의 주인
공론』등이 있다.

류경자 부산대 대학원 문학박사. 현 부산대 강사. 주요 저서로『남해군 전승민요의 현
장론적 연구』,『현장에서 조사한 구비전승 민요-남해군편』,『한국구전설화집-
남해군 전설편』,『한국구전설화집-남해군 민담1~2』등이 있다.

서정매 부산대 대학원 한국음악학박사. 현 동국대, 부산대 강사. 주요 논저로『한국 농
악의 지역성과 세계성』,「밀양아리랑의 전승과 변용에 관한 연구」,「범패 짓소
리에 관한 연구」등이 있다.

정혜란 부산외대 대학원 외국어로서의 한국어교육학과 박사과정 수료. 현 울산대, 부산
외대 강사. 논저로「전래동요를 활용한 한국 언어·문화 교육 방안 연구」,『외
국인을 위한 한국문학의 이해』(공저)가 있다.

증편 한국구비문학대계 8-24
경상남도 남해군 ②

초판 인쇄 2016년 12월 21일
초판 발행 2016년 12월 28일

엮 은 이 박경수 정규식 류경자 서정매 정혜란
엮 은 곳 한국학중앙연구원 어문생활사연구소
출판기획 유진아

펴 낸 이 이대현
펴 낸 곳 도서출판 역락
편   집 권분옥
디 자 인 이홍주

주   소 서울시 서초구 동광로46길 6-6(반포4동 577-25) 문창빌딩 2층
등   록 1999년 4월 19일 제303-2002-000014호
전   화 02-3409-2058, 2060
팩   스 02-3409-2059
이 메 일 youkrack@hanmail.net

값 37,000원

ISBN 979-11-5686-711-1 94810
       978-89-5556-084-8(세트)